i

为了人与书的相遇

光年

Light Years

James Salter

[美] 詹姆斯·索特 著

孔亚雷 译

广西师范大学出版社

·桂林·

≈

"詹姆斯·索特写出的句子胜过当今任何一个美国写作者，这在小说读者中是一个信仰。"

——理查德·福特

"作为一个写作者，我亏欠这本书多到令人羞愧。"

——裘帕·拉希莉

"詹姆斯·索特是极少数我渴望阅读其全部作品的北美作家之一。"

——苏珊·桑塔格

"詹姆斯·索特仅用一个句子就能令人心碎。"

——迈克尔·德达

"《了不起的盖茨比》一样迷人，《革命之路》一样凄切，《兔子，跑吧》一样敏锐。"

——《卫报》

"在当代小说家中，我不知道谁写出了比《光年》更美妙的作品。"

——《纽约客》

"詹姆斯·索特是一位技艺臻于完美的说故事的人。"

——《巴黎评论》

目　录

第一部

1

我们掠过那条黑色的河流,水面光滑如石头。没有船,没有小艇,没有一片白浪。水平躺着,被风敲破、打碎。这巨大的入海口宽阔,无边无际。河水带点咸味,冰冷的蓝。它在我们下方流过,令人晕眩。海鸟飘浮在它上空,盘旋,消失。我们让那条宽阔的河流闪现,一个过往之梦。深水退下,露出发白的河床,我们奔过浅滩,小船搁在岸上过冬,荒凉的码头。乘着海鸥般的翅膀,翱翔,转向,回首。

那天像纸一样白。窗户哆嗦。采矿场空空荡荡,银矿早已被淹没。哈德逊河在这里显得辽阔,辽阔而静止不动。一个黑暗的国度,鲟鱼和鲤鱼的国度。在秋天因鲥鱼而闪耀。大雁排成长长的、移动的 V 字形飞过头顶。潮水从大海涌入。

印第安人想找一条,他们说,"两边都流"的河。那就是这儿。

咸水的楔子长驱直入达五十英里；有时会到波基普希[1]。这里有庞大的牡蛎层，港湾中的海豹，森林中无止尽的游猎。巨大的冰川切口，与之联姻的是海湾，野西芹和稻米的凹地，以及这条气势磅礴的大河。飞鸟，就像标点符号，水平飞行着穿过。它们看上去仿佛在慢慢接近，加速，然后像箭一样飞过头顶。天空没有颜色。感觉就要下雨。

这里曾属于荷兰。之后，一如其他，属于英国。河流是一种映像。它承载的只有沉默，一种闪烁的寒意。树木赤裸。鳗鱼沉睡。航道深得足以过海轮——如果它们愿意，会吓倒这些内陆小镇。滩涂上有海龟和蟹，苍鹭，波拿巴鸥。污水从更上游的城市注入。河水肮脏，但会自我净化。鱼群呆滞，随波逐流。

沿着岸边有些石头房子，式样已经过时，还有些木屋，空着，四面透风。仍然有庄园残留在过去的大片土地上。靠近水边，一幢维多利亚式的大宅，砖块漆成白色，树荫笼罩，带围墙的花园，一座破败的温室，屋顶镶着一圈铁条。一座河畔的房子，对于下午的阳光地势太低。但早晨来自东边的光线充足。正午它光辉灿烂。有几块地方油漆已经变成黑色，光秃的斑点。砾石小径破碎不堪，鸟在棚子里筑巢。

我们在花园漫步，吃着小而涩的苹果。树木干燥，盘根错节。厨房里的灯亮着。

---

[1] Poughkeepsie，美国纽约州东南部的一座城市。

一辆车开上车道，自城中返回。开车的人走进屋里，不出片刻便听说了消息：小马跑丢了。

他暴跳如雷。"她在哪儿？谁让门开着的？"

"哦，天哪，维瑞。我不知道。"

在一间有许多植物的房间，某种日光浴室，有一只蜥蜴，一条棕色的蛇，一只沉睡的箱龟。入口的台阶很深，让龟无法逃走。它睡在砂砾上，四肢紧缩。它的趾甲是象牙的颜色，很长，蜷曲着。蜥蜴在睡，蛇也在睡。

维瑞竖起衣领，吃力地爬坡。"乌苏拉！"他喊道。他吹起口哨。

暮色四合。草地干枯，在脚下嘎吱作响。整天都没有太阳。喊着小马的名字，他走向更偏远的角落，公路，毗邻的田野。万籁俱寂。天开始下雨。他看见邻居家的那条独眼狗，有点像哈士奇，灰白的口鼻。那只盲眼完全闭合，密封，被毛盖住，它已经缺失那么久，似乎从未有过。

"乌苏拉！"他叫道。

"她在这儿。"妻子在他回来时说。

那匹小马靠在厨房门边，宁静，黝黑，吃着一个苹果。他碰碰她的嘴唇。她心不在焉地咬咬他的手腕。她的眼睛乌黑亮泽，有着喝醉的女人那种狂野的长睫毛。她的皮毛厚实，她的呼吸甜美。

"乌苏拉。"他说。她的耳朵微微转过来，然后便忘了。"你去哪儿了？谁开了你的马厩？"她对他毫无兴趣。

"你已经学会自己开门了？"他摸摸她的一只耳朵；它是暖的，硬得像只鞋。他把她牵到马厩，那儿的门半掩着。在厨房外面他踩掉鞋上的土。

到处都亮着灯：一座巨大、发光的房子。豆子大小的死苍蝇藏在天鹅绒窗帘背后，墙角的墙纸凸起，窗玻璃扭曲变形。他们住的地方是个大鸟笼，是个蜂巢。屋顶是厚厚的石板瓦，房间就像商店。它悄无声息，这房子，在黑暗中它像一艘船。在里面，如果你去听，可以听见一切：水滴，微弱的低语，谷粒缓慢而有节奏的爆裂。

浴室里，水渍，海绵，茶色的肥皂，书本，被水弄皱的《时尚》杂志，他平静地冒着蒸汽。水淹过他的膝盖，渗入骨髓。地板上有地毯，一篮光滑的石头，一只深蓝色的空玻璃杯。

"爸爸。"她们在门外喊。

"嗯。"他正在读《纽约时报》。

"乌苏拉去哪儿了？"

"乌苏拉？"

"她刚才去哪儿了？"

"我不知道，"他说，"她去散步了。"她们等着进一步的解释。他是个故事大王，充满奇迹的男人。她们侧耳倾听，希望门会打开。

"但她去哪儿了？"

"她的腿是湿的。"他大声说。

"她的腿？"

"我猜她游过泳。"

"不，老爸，说真的。"

"她想要吃海底的洋葱。"

"那儿没有洋葱。"

"哦，有。"

"有吗？"

"它们就长那儿。"

她们在门外讨论了一会儿。最后判定这是真的。她们等着他，两个小女孩，像乞丐般蹲着。

"爸爸，出来，"她们说，"我们想跟你说话。"他把报纸放到一边，最后一次沉入浴缸的怀抱。

"爸爸？"

"嗯。"

"你洗好了吗？"

她们被小马迷住了。它让她们害怕。只要它发出一点意外的声响，她们就准备逃跑。它站在马厩里，耐心，沉默；食草动物，一吃几个小时。它的口鼻部位有层带光晕的绒毛，它的牙是褐色。

"它们的牙会不停地长。"把她卖给他们的那个男人说。他是个醉鬼，衣衫褴褛。"它们会一直往外长，然后被磨掉。"

"如果她不吃呢？"

"如果她不吃？"

"她的牙会怎么样？"

"一定要让她吃。"

她们常常守着她；她们聆听她的咀嚼。这匹神兽，黑暗中的芬芳，比她们更庞大，更强壮，更聪明。她们渴望去接近她，去赢得她的爱。

2

这是1958年秋天。他们的孩子七岁和五岁。河面上，颜色像石板，光倾泻而下。柔和的光，神的悠闲。远处的新桥闪耀如一项声明，像某封信中让人停住的一行。

芮德娜在厨房，她的戒指摆在旁边。她身材颀长，全神贯注；她的脖子光着。她停下来去看食谱，低着头，她聚精会神的样子美得惊人，有种温驯感。她戴着腕表，穿着她最好的鞋。在围裙下面，她穿着晚上的正装。有客人要来。

摊在木质台面上的花，她已经修剪好茎干，准备插进花瓶。她面前是剪刀，薄如纸片的盒装奶酪，法式餐刀。她的肩上有香水。我打算从里到外来描述她的生活，从它的内核，房子也一样，从各个房间收集生活的碎片，那些沐浴在晨光里的房间，地板上铺着曾属于她婆婆的东方地毯，杏黄，胭脂红，棕褐，它们纵然破旧，却似乎喝足了阳光，汲取了它的温暖；书籍，干花罐，马蒂斯色系的靠垫，物件如证据闪烁，它们当中有很多原本就为古人所有，都可以放进坟墓以备来世：清澈的水晶骰子，几块鹿角珊瑚，琥珀珠链，匣子，雕刻，木球，杂志，杂志里的女人照片她常拿来跟自己对比。

谁来打扫这座大宅，谁来擦地板？她什么都做，这个女人，她什么都不做。她穿着燕麦色的线衫，细得像根长矛，她的长发束起，炉火噼啪作响。她真正关心的是生活的本质：食物，床单，衣服。其他的毫无意义；总能应付过去。她有张大嘴，一张女演员的嘴，迷人，光亮。腋窝里的黑点，呼吸带薄荷味。她天生不羁。她购物凭一时兴起，她逛班德尔[1]如同去朋友家，挑上五六件衣服，走进更衣室，甚至懒得拉紧遮帘，她的裸体一闪而过，精瘦的胳膊，精瘦的躯干，比基尼内裤。是的，她擦地板，收脏衣服。她二十八岁。她的梦依然紧贴着她，修饰着她。自信，沉着，她与那种长脖子的动物有关，反刍动物，被遗弃的圣人。她小心翼翼，难以接近。她的生活隐秘。你透过无数宴会的烟雾和对话看见她：乡村晚宴，俄国茶室的晚餐，跟维瑞的客户在香弗农咖啡馆，瑞吉酒店，牛头怪餐厅。

客人从城里开车过来，彼得·达罗和他妻子。

"他们什么时候到？"

"大概七点。"维瑞说。

"你开酒了吗？"

---

[1] Henri Bendel，位于纽约曼哈顿区的著名老牌时尚服饰店。

"还没有。"

水在流，她手是湿的。

"给，接着这个盘子，"她说，"孩子们想在炉火边吃。给她们讲个故事。"

她伫立片刻，审视着自己的准备工作。她看了看表。

达罗夫妇在黑暗中到达。他们的车门轻微地砰一声关上。过了一会儿，他们出现在门口，脸上放着光。

"一份小礼物。"彼得说。

"维瑞，彼得带了酒。"

"我来拿外套。"

夜晚很冷。在房间里，一股秋天的感觉。

"开车一路都很美。"彼得说，一边抚平他的衣服。"我爱开这段路。一旦过了桥，你就在森林中，在黑暗中，城市不见了。"

"几乎是原始状态。"凯瑟琳说。

"而你正在前往柏兰德夫妇美丽的家。"他微笑着。多么自信，多么成功，一张三十岁男人的脸。

"你们看上去棒极了，你们俩都是。"维瑞对他们说。

"凯瑟琳很喜欢这房子。"

"我也是。"芮德娜笑着说。

十一月的夜晚，古老，清澈。烟熏河鳟，羊肉，一盘莴苣沙拉，一瓶玛尔戈打开放在餐柜上。晚餐在一幅夏加尔的海报下进行，尼斯港上的美人鱼。夏加尔的签名或许是假的，但正如彼得以前说过，那有什么区别，它跟真的一样好，也许甚至更好，带着那种恰到好处的随意。而且毕竟，这幅招贴不过是千万张中的一张，这飘浮在纯净夜空中的天使，它们中绝大部分甚至根本没有签名，哪怕是伪造的。

"你喜欢鳟鱼吗？"芮德娜问，手里托着盘子。

"我不知道更喜欢哪样，钓它们还是吃它们。"

"你真的会钓鳟鱼？"

"有时候我也怀疑。"他说。他狼吞虎咽。"你知道，我到处钓鱼。钓鳟鱼的人是种非常特殊的类型，孤僻，任性。芮德娜，太美味了。"

他的头发正日渐稀薄，他有一张光滑的圆脸，一张继承人的脸，就像某个在银行信托部门工作的人。但其实他整天站着，从皱巴巴的烟盒里叼出高卢烟。他有家画廊。

"我就是那样追到凯瑟琳的，"他说，"我带她去钓鱼。实际上，我是带她去看书；我钓鳟鱼，她坐在岸边捧着本书。我跟你们说过在英国钓鱼的故事吗？我去了一条小河，完美无缺。不是泰斯特河，那可是钓鱼胜地，有许多年，管那条河的是个叫伦恩的男人。不可思议的老头，典型的英国人。有张绝妙的照片，他拿着镊子在给昆虫分类。传奇人物。

"我去的这条河靠近一家小旅馆，英国最古老的之一。名叫古钟。我来到这美丽无比地方，有两个男人坐在岸边，不太高兴有其他人出现，不过当然，身为英国人，他们装作好像根本没看见我。"

"彼得，不好意思，"芮德娜说，"再来点。"

他自己动手。

"总之，我说，'怎么样？''天气不错。'其中一个说。'我是说，鱼怎么样？'漫长的沉默。最后其中一个终于说，'有鳟鱼。'更多沉默。'那块石头过去有一条。'他说。'真的？''我大概一个钟头前看到过。'他说。又是漫长的沉默。'大家伙，也是。'"

"你钓到了吗？"她问。

"哦，没有。那条鳟鱼他们认识。你知道怎么回事，你去过英国。"

"我哪儿也没去过。"

"算了吧。"

"但我什么都干过，"她说，"那更重要。"在她酒杯上方，一个灿烂的微笑。"哦，维瑞，"她说，"这酒太妙了。"

"还不错，对不对？你知道，有些小店——令人吃惊——你可以买到上好的酒，而且不贵。"

"这瓶你是哪儿买的？"彼得问。

"嗯，你知道五十六街……"

"挨着卡耐基音乐厅。"

"就那儿。"

"那儿的街角。"

"他们有些很好的酒。"

"对，我知道。那个售货员是谁来着？有个特别的售货员……"

"对，他是个秃头。"

"问题是他不仅懂酒，他还懂关于酒的诗。"

"他很厉害。他叫杰克。"

"没错，"彼得说，"好人。"

"维瑞，说一下你听到的对话。"芮德娜说。

"那不是在那儿。"

"我知道。"

"那是在书店。"

"说呀，维瑞。"她说。

"我只是刚好听到，"他解释说，"我正在找本书，旁边有两个男人。一个对另一个说，"他的咬舌音模仿得惟妙惟肖，"'萨特是对的，你知道。'

"'哦，是吗？'"他模仿另一个。"'关于什么？'

"'热内是个圣人，'他说，'这男人是个圣人。'"

芮德娜笑起来。她有一种丰满、赤裸的笑声。"你演得真好。"她对他说。

"不。"他轻微地抗议。

"你演得太好了。"她说。

乡村晚宴，桌上堆满了玻璃杯，花，各种能吃的食物，在烟草的烟雾中结束，一种安逸感。悠然从容。对话从不间断。他们的生活独特，真诚，他们更爱和自己的孩子在一起，他们只有很少几个朋友。

"你知道，我对好多东西上瘾。"彼得开口道。

"比如？"芮德娜说。

"比如,画家的生活,"他说,"我很爱读。"他想了一会儿,"喝酒的女人。"

"真的？"

"爱尔兰女人。我特别喜欢。"

"她们喝酒吗？"

"喝酒？所有爱尔兰人都喝。我和凯瑟琳去吃饭，那些了不起的爱尔兰女士一头扎进盘子，烂醉。"

"彼得，我才不信。"

"服务生都视而不见,"他说,"大家都习以为常。那个伯爵夫人——叫什么来着，亲爱的？那个让我们烦得要命的——早上十点就醉了。她相当黑，黑得可疑。她们好多都那样。"

"你是说，皮肤黑？"

"黑种。"

"怎么会呢？"芮德娜问。

"啊，就像我一个朋友说的，因为伯爵有个大家伙。"

"你对爱尔兰还真了解。"

"我想住在那儿。"彼得说。

一阵小小的停顿。"所有这些中你最喜欢什么？"她说。

"最喜欢？你说真的？我想要整天钓鱼胜过世上任何事。"

"我不喜欢起那么早。"芮德娜说。

"你不一定要起早。"

"我觉得你起得很早。"

"我向你保证，没有。"

酒都喝完了。空瓶是大教堂中殿里的那种颜色。

"你得要穿靴子什么的。"她说。

"只有钓鳟鱼才要。"

"它们老是会进水淹死人。"

"偶尔，"他说，"你不知道你错过了什么。"

她的手伸到头背后，似乎没在听，她松开长发，然后从后面摇一摇。

"我有一种奇妙的香波，"她宣称，"瑞典的。我在邦维特·泰勒买的。妙不可言。"

她感到了酒意，柔光一般。她的工作已经结束。咖啡和柑曼怡 [1] 她留给维瑞。

他们坐在壁炉边的长沙发上。芮德娜走向唱机。

"听听这个，"她说，"到的时候我会告诉你们。"

唱片以希腊歌曲开始。"下一首。"她解释说。他们等着。激昂、哀诉的音乐拍打着他们。"听。这首歌是关于一个女孩，她父亲

---

[1] Grand Marnier，一种以法国白兰地为基酒的香橙甜酒。

想让她嫁给一个条件好的求婚者……"

她移动臀部。她微笑。她让鞋滑掉，双腿盘到身下坐着。

"……但她不想。她想嫁给镇上那个醉鬼，因为他能让她夜夜销魂。"

彼得看着她。有时候她似乎瞬间揭示了一切。她下巴上有个凹痕，清晰可见，圆得像颗子弹。一个灵性和赤裸的标志，她佩戴着它，就像那是珠宝。他试着想象这幢房子里发生的场景，但却被她的笑声搅乱了。那是一个免责声明，一件她要扔掉的衣服，就像空荡荡的丝袜，或海滩上某个泳者的浴袍。

他们坐在柔软的沙发上聊到半夜。芮德娜无拘无束，举起酒杯只为了再次加满。她和彼得单独说个不停，似乎他们俩最亲密，似乎她完全理解他。这里所有的房间和墙壁都是她的，勺子，织物，脚下的地板。这是她的领地，她的宫殿，在这儿她可以光着腿走动，可以想睡就睡，她手臂裸露，头发散乱。道晚安时她的脸似乎已经洗过，已做好准备。酒让她昏昏欲睡。

"下次结婚，"开车回家时凯瑟琳说，"你应该找个她那样的。"

"你这么说什么意思？"

"别害怕。我只是说显然你很想经历一下所有那些……"

"凯瑟琳，别傻了。"

"……我想你该试试。"

"她是个丰美的女人，仅此而已。"

"丰美？"

"我是从丰富、充实的意义上说。"

"她是世界上最自私的女人。"

3

他是个犹太人，最优雅的犹太人，最浪漫的，他的脸上有一丝疲倦，智慧的脸，让所有人嫉妒，他的头发干燥，衣服旧得奇特——也就是说，不过分在意，一粒扣子掉了，一个袖口的边缘有污渍，略带口臭，像个身体好不了的舅舅。他个头不高。他有一双柔软的手，身上没有钱味，几乎丝毫没有。在这方面他是个白化变种，怪胎。一个犹太人没有钱就像一只狗没有牙。钱的紧迫性，是的，他经常想到，但它出现与否则完全是偶然，就像雨，要么下，要么不下。他缺乏真正的直觉。

他的朋友有阿诺德，彼得，拉里·弗恩。所有朋友都是不同意义上的朋友。阿诺德是最亲密的；彼得，最老的。

他在柜台前徘徊，眼睛扫过一卷卷彩色布料。

"我们以前为您做过衬衫吗，先生？"一个声音问，一个自信的声音，充满睿智。

"您是……"

"康拉德。"

"达罗先生给了我你的名字。"维瑞说。

"达罗先生好吗？"

"他极力推荐你。"

男店员点点头。他对维瑞笑笑，一种同事般的笑。

下午三点。餐厅里的桌子已经空了，白天已开始枯萎。几个女人在店里远处的展柜间闲逛，此外一片静寂。康拉德有轻微的口音，一开始很难确定。与其说那听起来有点像外国人，不如说有一点特别，像是某种举止完美的标志。事实上，那是维也纳口音。那里面有一种深厚的智慧，拥有这种智慧的男人处事谨慎，他冷静地、甚至俭朴地独自进餐，一页一页地读报。他的指甲仔细修过，他的下巴刮得很干净。

"达罗先生非常有魅力。"他一边说一边接过维瑞的外套，把它小心地挂到镜子边上。"他有个非凡的特点。他的脖子有十七英寸半。"

"那很粗吗？"

"肩膀以上，他很轻易就能做个职业拳击手。"

"他的鼻子太漂亮。"

"肩膀以上，下巴以下。"康拉德说。他正在给维瑞量尺寸，用一种女人般的小心和体贴，每只手臂的长度，胸围，腰围，手腕的周长。每个数字他都记在一张印制的大卡片上，这张卡片，他解释说，将永远存在。"我有些战前的顾客，"他说，"他们还会来找我。每周二和周四，只有这两天我在。"

他把样品册放到柜台上，像展开一块餐巾那样打开。"那么，来看看这些，"他说，"不是所有的都在，但最好的都在。"

页面上有一块块正方形布料，柠檬黄，紫红，深褐，灰。有条纹布，蜡染，轻薄得足以透光的埃及棉。

"这块不错。不，还是不对。"康拉德断定。

"这块怎么样？"维瑞说，他拿起一块布料。"会不会太过分，一整件衬衫？"

"比做半件好，"康拉德说，"不，老实说……"他想了想，"这棒极了。"

"或者这块。"维瑞说。

"我已经看出来了——我认识您才几分钟，但我能看出您是个有明确品位和观点的人。是的，我的意思是没问题。"

他们就像老朋友，一种巨大的理解已在他们之间升起。康拉德脸上的线条让人想到鳏夫，想到那种博学之士。他的风格不卑不亢。

"试试这些衣领，"他说，"我要为您做几件极好的衬衫。"

维瑞站在镜子前，审视着穿不同衣领的自己，长的，尖的，圆角的。

"还行。"

"对您来说有点不够高，"康拉德建议道，"您不介意我这么说吧？"

"一点也不。但有件事，"维瑞说，一边换着衣领，"袖子。我注意到你记了三十三。"

康拉德翻查卡片。"三十三，"他确认道，"没错。皮尺不会错。"

"我不喜欢袖子那么长。"

"那不长。对您来说，三十四才叫长。"

"三十二呢？"

"不，不。那会很滑稽，"康拉德说，"但袖子上有什么地方让您倾向于觉得怪异呢？"

"我想看见我的关节。"维瑞说。

"柏兰德先生——"

"相信我，三十三太长了。"

康拉德翻转着他的铅笔。

"我在犯罪。"说着，他擦去了半英寸。

"它们不会太短，我保证。我不喜欢袖子长。"

"柏兰德先生，一件衬衫……不，我不必向您解释。"

"当然不必。"

"一件坏衬衫就像一个漂亮女孩的故事，她是单身，可有天她发现自己怀孕了。这不是人生尽头，但这很麻烦。"

"口袋怎么样？我喜欢深一点的口袋。"

康拉德露出痛苦的表情。"口袋，"他说，"您要口袋究竟有什么用？它只能毁了衬衫。

"不会完全毁了，对吗？"

"当一件衬衫袖子已经有点短了，再加上一个口袋……"

"口袋并不在袖子上。我想象中它应该大致位于两只袖子中间。"

"我还能说什么呢？您为什么想要口袋？"

"我要放支铅笔。"维瑞说。

"别放那儿。瞧这个，"他指的是维瑞刚戴上的一只衣领，"这是个极好的衣领，您同意吗？"

"后面会不会太高？"他把头转到一边，好看得更清楚。

"不，我觉得不会，但如果你喜欢，我们可以让它更低一点——四分之一英寸，比如说。"

"我不想太挑剔。"

"不，不，"康拉德向他保证，"一点也不。我只要做点笔记……"他边说边写，"细节就是一切。曾经有客人……有位男士，来自城中望族，政治上非常重要，他有两大爱好，狗和手表。两者他都拥有很多。他过去常记下自己每天就寝和起床的确切时间。他的左边袖口做得比右边大半英寸，为了他的手表，当然。它们大多是江诗丹顿。实际上，四分之一英寸就够了。他太太，在其他任何方面都是个圣人，叫他狗狗。他的姓名徽章是一只雪纳瑞的侧影。

"我也有那种类型的顾客——我不具体说谁——那种莱普克—布查尔特类型的。您知道他是谁？"

"知道。"

"黑帮老大。那么，您知道，那些罪犯的时尚经常转化为新潮，但事实上，这些人是绝好的顾客。"

"他们花很多钱？"

"哦，钱……暂且不论钱，"康拉德做了个大大的手势，"钱不是重点。他们是如此乐意被人关注，让他们穿着得体。对不起，您是做什么的？"

"我？"

"是的。"

"我是个建筑师。"与犯罪之王比，这听上去有点弱。

"一位建筑师。"康拉德说。他暂停片刻，似乎在让某个念头降临。"这附近您做过什么建筑吗？"

"这附近没有。"

"您是个好建筑师吗？您会给我展示您的作品吗？"

"那要看，康拉德先生，看衬衫做得如何。"

康拉德发出小小的一声赞赏和理解。

"这点，"他说，"我可以向您担保。我干这行已经有三十，不，三十一年。我做过一些很好的衬衫，也做过一些坏衬衫，但总体上说，我没有愧对这门手艺。我可以对自己说，康拉德，很不幸，你没受过正规教育，你的财政有点脆弱，但有件事是公认的：你懂衬衫。从袖口到袖口，如果允许我说的话。那么，我什么时候在？"

"周二和周四。"

"我只是考考你。"康拉德说。

他们选了一块染得像羽毛的布料，深绿色、黑色、深紫色的羽毛，另一块是鹿皮色，第三块是警察蓝。

"你不觉得这蓝色太蓝吗？"

"蓝色永远不会太蓝，"康拉德说，"我们要做几件？"

"唔，每样一件。"维瑞说。

"三件？"

"你失望了。"

"如果它们不在你最爱的物品之列我才会失望。"康拉德说。他听上去有点无奈。

"我会给你带来很多顾客。"

"毫无疑问。"

"我现在就给你一个名字。我不知道他什么时候会来，但很快。"

"周二或周四。"康拉德提醒道。

"当然。他叫阿诺德·罗斯。"

"罗斯。"康拉德说。

"阿诺德。"

"告诉他我殷切地期待着。"

"但你会记得他的名字吗？"

"拜托。"康拉德抗议道。他就像个接受了一次太长拜访的病人；他看上去有点疲惫。

"你会发现他非常有趣。"维瑞说。

"我敢肯定。"

"这些衬衫什么时候能好？"说着，他穿上外套。

"四到六周，先生。"

"这么久？"

"当您看见它们，您就会惊讶于它们做得多么快。"

维瑞笑了。"很高兴认识你，康拉德先生。"他说。

"很高兴为您效劳。"

大街上人潮汹涌，阳光依然明亮；第一批下班的通勤族，衣冠楚楚，正在走向早班火车。当他走进流动的人群，交通的嘈杂让他觉得愉快。那一刻他明白了所有这些人正在寻求什么。他理解了这座城市，这熙熙攘攘的街道，秋日像匕首在最高的窗口闪耀，商人们从雪莉－荷兰酒店的旋转门里流出，风吹过公园。

在电话亭他拨了一个熟悉的号码。

"喂，你好。"一个声音无精打采地说。

"阿诺德……"

"你好，维瑞。"

"听着，今天周几？周二。周四我希望你去见个人。你整个余生都会感激我。"

"你在哪儿，妓院？"

"那个故事是怎么说的，关于十二个绝对纯正的男人，他们的存在对这个世界至关重要？"

"给我说最关键的。"

"不，这是那种肖洛姆·阿莱赫姆[1]式的故事。这十二个男人——你一定知道。他们分散在世界各地。没人知道他们是谁，但如果其中一个死了，他立刻就会被取代。没有他们，文明就会崩溃，我们就会陷入混乱、罪恶、彻底的幻灭。"

"那或许已经发生了。我们已经只剩四五个了。"

"我遇到了一个。"

"我说呢。"

"他叫康拉德。"

"康拉德？你在开玩笑吧？他是个骗子。"

"不，这是另一个康拉德。你必须去见他。"

"上次你跟我这样说，你知道后来怎么了？"

"让我想想。"

"最后我在一部电影上投资了五百美元。"

"啊，我想起来了。"

"康拉德，是吗？他能为我做什么？"

维瑞盯着外面，传来微弱的车流声，他脚下的金属震颤着，他的目光追随着那些闪亮的汽车。

"他能为你做衬衫。"

---

[1] Sholem Aleichem（1859—1916），俄裔美籍小说家。

4

冬天到了。刺骨的冷。雪在脚下发出低沉、凄楚的吱嘎声。房子被白色环绕。时光沉睡，寒气逼人。最甜美的睡眠，死亡是否如此温暖，如此惬意？他几乎醒不过来；似乎出于某种本能，他浮现在第一缕晨光的那一刻，沉溺，恍惚。他眼睛微微张开，像个动物。有一会儿他从梦中滑出来，他看见天空，光，什么都一动不动，什么都听不见。时光，这最后的时光，孩子们还在睡，小马在畜栏里沉默不语。

他们通过电话得知：河流冻住了。

"真的冻住了？"

"是的，"对方向他确认，"他们在滑冰。"

"我们也来。"

下桥过去，沿着岸边有巨大的冰带，人们已经出来了，男人穿着大衣，女人裹得严严实实。他们在刺眼的阳光下滑冰，围巾绕着脖子，互相大声叫喊，最小的孩子们脚踝像纸一样折叠。远方的航道里，河水是灰色、碎冰的阴影。一阵风刮过，一阵灼痛指尖的冷风。一条腿的小女孩在那儿。她三岁，得了癌症，他们截掉了她一条腿。那之前她是隐形的。之后，拄着拐杖，她变得闪闪发光；她要花很长时间走过人行道或坐进汽车，无法下车，她小脸的侧面，一动不动。她叫莫妮卡。她有两个哥哥，小牙齿，从来不笑。她是一个绝望家庭的受难者，当他们对她不耐烦，他们会恨自己。他们住在一座丑陋的房子里，一座冻疮颜色的房子，砖房，两侧有几片光秃的灌木丛。在刺骨的寒冷中，她父亲用某种类似弧形铝盘的东西在冰上推着她。她严肃地坐着，一言不发，戴手套的手握着边沿。

"你好，莫妮卡。"他们对她喊道。他们围着她滑，对她挥手。她似乎没看见；她纹丝不动，像个已经活了太久的老妇。

"握住，"他们对她叫道，"握紧。"

她父亲光着头。维瑞跟他只有一面之交。他在一家保险公司工作，每天开车进城。"握住，莫妮。"他对她说。他开始一个大转弯。铝盘突然转过去，倾斜着。

"握住。"他们叫道。

空气中交织着说话声，叫喊声，溜冰鞋的刮擦声。今年可以向外走得比人们记忆中的任何年份都远；从岸边过去半英里冰都很厚。有人在岸上点了篝火，人们围站在火边取暖，脚上还穿着溜冰鞋。几只狗试图在冰上奔跑。

芮德娜没跟他们在一起。她在厨房。炉火正旺。她倒了一碟温牛奶，一只小狗正在快速而笨拙地舔着喝，牛奶溅到他的嘴边。他是棕黄色，狐狸的颜色，肚子是白的。他的动作无可救药地粗鲁。

"你喜欢喝，对吗？"她说。她摸摸他柔软的皮毛，而他在她手掌下继续喝。"哈吉，"她说，"你就要成为一个大小伙了。你要汪汪汪地叫。"

维瑞滑冰回来，搓着双手。紧随其后，孩子们在玄关脱去外套。

"我给他取好名字了。"

"好啊。叫什么？"

"哈吉。"她说。

"哈吉。"

"很适合他对吗？"

"对，是什么意思？"

"为什么要有意思？"

哈吉正在舔空碟子。碟子在地上咔哒响。

"我们看见了那个一条腿的小女孩。"

"莫妮卡。"

"对。"

"太可怜了。"

"我都不忍心看她。鼓不起勇气。"

"今天真冷。"

午后，他们吃巧克力和梨子。光线已经改变。太阳躲到云后面；白昼失去了光源。维瑞跟她们玩一种阿拉伯的豆子游戏。最后他让她们赢了。

"还有热巧克力吗？"他问。

"我去做。"芮德娜说。

在河上，海鸥看似站在水面上。冰隐形了。海鸥的倒影是黑色；你能看见黑色的线条，那是他们的腿。房间里流淌着音乐，托盘里有三只杯子，碗里的白色方糖，很多书。

他们的生活很神秘，就像一座森林。从远处看仿佛是个整体，可以被理解，被描述，但靠近了它就开始分离，开始破碎成光与影，让人目眩的茂密。在它内部没有形状，只有四处绵延的大量细节：奇异的声响，几缕阳光，枝叶，倒下的树，被树枝折断声惊逃的小兽，昆虫，寂静，花朵。

而所有这一切，相互依存，紧密关联。一切都在欺骗。实际上有两种生活。一种，正如维瑞所说，是人们相信你在过的生活，还有另一种。惹麻烦的，正是这另一种：我们渴望去过的生活。

"过来，哈吉。"他说。

这只小狗，所有知识都已在它体内，所有的勇气，所有的爱，它看上去警觉而困惑。

"过来。"维瑞说。他伸手去捉它。它没有畏缩；它任由摆布。

"那么，你是条牧羊犬，对吗？你的尾巴在哪儿？它怎么了？你根本不知道什么是尾巴，对吗？你以为尾巴就是挂在奶牛后面的那个东西。现在听好，哈吉，我们要谈的第一件事就是卫生问题。我们的厕所在室内，你的在室外。那些树——"

"他还不知道该对树做什么，维瑞。"

"你还不知道该对树做什么？那就从草开始。然后小石块，屋角，台阶，再然后——就是树。你将是条大狗，哈吉。你会跟我们住在一起。我们会带你去河边。去海边。哦，你的牙齿好尖！"

他睡在一只水果篮里，像熊一样仰躺着。一天早晨发生了激动人心的事。弗兰卡最先看见。"他的耳朵竖起来了！他的耳朵竖起来了！"她叫道。

他们全都跑过去看，而他坐在那儿，对自己的成就浑然不知。但下午它又耷了。

他变得聪明、强壮，他听得懂他们的话。他泰然自若，精明狡猾。在他的黑眼睛里，能看到一个门类的动物——马，老鼠，牛，鹿。他们叫他青蛙小子。他趴在地上，两条后腿向后摊开。他盯着他们，小脸搁在爪子上。

5

生活是天气。生活是食物。午餐在一块蓝色格子布上，有点盐撒落到上面。烟草的气味。法国布里奶酪，黄苹果，木柄餐刀。

这是前往城市的旅行，日常旅行。她就像个去赶集的农妇。她可以为任何事开车进城，街道令她兴奋，冬天的街道在冒烟。她沿着百老汇大街开。人行道是污迹斑斑的白色。她只在几个固定的地方购买食物；她忠于它们，她要求很高。她随处停车，在巴士站、禁停区，只要方便就行：事务的紧迫性保护着她。汽车是小小的敞篷车，外国车，绿色，而且，不像其他东西，显然疏于维护。

一月。她很早就开车进城，路面冻住了，鸽子们缩在一面家具店招牌的字母 R 里面。这座城市是一座财富的大教堂，它的气味即梦想。即使那些被它摒弃的人也无法离开。一个老妇坐在门阶上，她的脸历经沧桑，头发乱七八糟，一个没有牙齿、丑得可怕的女人。她的膝上有只动物，它的眼睛滴溜转，口鼻是灰色。她低头坐着，和小狗脸挨着脸，沉默，被遗弃的。在下个街区是个跪着走的流浪汉，他的脸那么脏，那么红，似乎布满了伤口。他的衣服破烂不堪，沾着呕吐物。他挣扎着，一边低头去看自己的裤子，像是在寻找血迹，对路过的行人视而不见。在剧院大厅里有侏儒、肥佬、脸色阴沉的金融奇才，女人们穿着黑色长筒袜，毛皮大衣。她们衰老的手指上套着戒指，她们的牙齿里嵌着黄金。

她去博物馆，去丈夫的办公室，去莱克星顿的一家商店，在店里的艺术书籍间流连，高挑、沉静，一个有颀长双腿和优雅脖子的女人，额头上的细微皱纹将在未来十年间显现。在一家毫无特色的餐厅，她坐下来吃了个三明治。她脱掉外套。里面是件爱尔兰羊毛衫，普通款，白色，挂着条琥珀和彩色种子的项链。独自坐在桌边的男人们看着她。她神情镇定地吃。她的嘴大而聪慧。她留下小费，然后消失得无影无踪。

在黄昏的冬日她经过哥伦比亚大学。车流很堵，但在动。食品店里人满为患，她上方铁轨的闪烁使蓝色影像被点亮，如同暮色中的表演。家在漫长、弯曲的绵延线上，被其他汽车所占据。等她过了河，树已是黑色。她一路飞驰，只开左车道，超速，疲惫，快乐，充满计划。她的目光炽热。在她旁边座位上是白色和橘色的扎巴斯购物袋，地垫上是加油票，停车票，从未拆开的邮件、账单。公路沿着西岸巨大的悬崖向前伸展。大部分路程看不到一栋房子，没有一家商店，什么都没有，除了河对岸一长片星系般的城镇，开始在黑暗中发光。

她转下大路，进入与世隔绝的乡间，小日子的秘境，那些房子她熟悉却不清楚谁住在里面，她认识那些停着的汽车，角落的一家邮局，一家卖城里报纸的杂货店，邻居家的木栅栏，自己家的灯光。

"孩子们在干吗，阿尔玛？"她问。狗在她脚下跳来跳去。"你好，哈吉。安静。"

在楼上画画，牙买加女人说。她给她们读了书，带她们散了步。

"很棒的狗，"她说，"一条好狗。"

"的确，不是吗？"

"哦，他喜欢叫。"

她的女儿们下楼了。妈妈，她们喊道。

"我带了东西给你们。"她穿着外套跪下来。

"是什么？"她们说。"你的脸好冰。"

"你们脸好暖。你们在干吗？"

"我们在做东西，"妹妹说，"你带了什么？"

她说了一种她们热爱的法国饼干，卢斯牌。

"哦，太好了！"

"你们在做什么？"

"我们在做一个埃及神庙，"弗兰卡说，"过来看。"

"但我们没金子了。"妹妹叫道。他们叫她丹妮。她的名字是黛安。

"你们能把它拿下来吗？"芮德娜问她们。"拿到厨房来。我要喝点茶。"

6

"布鲁斯·艾丁格真漂亮。"芮德娜轻声说。

"哪个是他？"

"在角落那儿。他很高。"

维瑞看过去。

"你觉得他好看？"

"等他笑。"

屋里很挤。有他们认识的人，以及他们可能认识的人。奇装异服，美女如云。

"他笑起来像个黑帮。"芮德娜说。

伊芙正穿过房间，她穿件薄薄的紫红色裙子，显出腹部的些微轮廓。她苍白，优雅，放荡。她视力很差，几乎看不清自己在跟谁说话。她戴隐形眼镜，但在派对上不戴。她面对的那个男人比她矮。他们背后是一幅看上去像原始丛林的画：蓝，蓝紫，海青。

"那幅画很配你的衬衫。"芮德娜说。

"即使布鲁斯·艾丁格也没有这样的衬衫。"

"哦，你的衬衫最好。你的衬衫绝对最好。"

"我也这么想。"

"但他的微笑最好。"

"我去给你拿点喝的。"他提议。

"不要太烈。"

她慢慢地一路穿过房间，她的表情不如别的女人活泼。她经过人们身后，在他们周围，点头，微笑。她是那种女人，看她一眼就会改变一切。

"索尔·贝娄在。"伊芙对她说。

"在哪儿？他长什么样？"

"他一分钟前还在玄关。"

她们找不到他。

"我想我没读过他写的任何东西。"

"亚瑟·寇皮特也在。"伊芙说。

"噢，他连写都不会写。"

"他很风趣。"

"布鲁斯·艾丁格也在。"芮德娜说。

"谁？"

"一个没有好衬衫的男人。"

"衬衫。你看到阿诺德做的那些衬衫了吗？"

"维璃让他去的。"

"真的？"

"它们好吗？"

"他甚至穿着它们睡觉。"

这时阿诺德向她们走来，热情、坦然，他的肩上撒满了看起来像滑石粉似的东西。每只手里一只酒杯。

"你好，芮德娜。"他说。他欠身亲吻她。"给你，亲爱的，"他对伊芙说，"维瑞在哪儿？"

"他在。"

"哪儿？"

"你会找到他的，"芮德娜说，"他穿着一模一样的衬衫。"

"啊，你嫉妒。"

"怎么会，"芮德娜说，"我认为美丽的东西才配得上你们……"

"你知道，我一直崇拜你。"

"我是说，毕竟，你们已经有我们了。"她对他微笑着，会心，直率，她雪白的牙齿露出来。

"说得对，"他说，"维瑞来了。"

"他们没有琴扎诺。我给你拿了杯甜苦艾——"他还没说完，阿诺德就抱住他。"等等，等等，你弄翻了我的酒！你弄皱了我的衬衫！"他叫道。

"你知道，你很壮。"他被放开后说。

"他壮得像头牛。"伊芙说。

阿诺德的强壮属于那种让你吃惊的男人——数学老师，牙医。他已经过了最强的阶段，三十四岁，大腹便便，被雪茄熏得发黑。他暧昧，狡黠，笨拙。他会玩神奇的纸牌戏法。

"我以前摔跤，"他说，"跟一些大块头……"

"在哪儿，大学？"

"……他们有的高达八英尺。惟一的问题是他们每个都臭不可闻。"

他在喝酒。他一边喝一边笑；酒难不倒他。酒让他成为另一个男人，一个不会发火的男人，畅游在生活的温暖中。在他周围是身着金色长裙的女人们，一度是模特的女人们。她们是纽约某个特定时尚阶层的女神柱。阿诺德，面色灰暗，衣领上有头屑，是她们的最爱。他多情，玩世不恭，爱讲故事。

"你们来看电影吗？"主人问他们。

"要放电影吗？"芮德娜说。

"再过几个小时，"德波克说，"是一部我们发行的电影，还没上映。"

"你认识伊芙·坎特吗？"维瑞问道。

"伊芙？我当然认识伊芙。每个人都认识伊芙。"他眼睛苍白得像杯水。他的目光灼热。

"这儿我有一半人不认识，"他对维瑞坦白，"不过，女人除外。所有女人我都认识。"他压低声音，"有几个绝妙的女人在，相信我。"

他拉着维瑞的胳膊领他走开。"我想跟你谈谈。"他解释说。"等一下。这儿有个人你应该见见，"他伸手去碰一只赤裸的手臂，

"这是费伊·梅希。"

一个气色不佳的上流社会女孩。水一般的目光在她的低胸礼服上徘徊。"你看上去好极了，费伊。"他说。

"电影有我听说的那么差吗？"

"差？这是部极美的电影。"

"那可不是我听说的。"她说。

"费伊特别有趣，"德波克说，再次低头去看她的礼服，"很多人这么说。"

"行了。"她说。

"我想今夜是属于女人的。"德波克宣称。

"什么意思？"

"你们全都那么好看。"

越过他们维瑞可以看到一个女孩坐在沙发边缘。

"为什么你讲话总用复数？"

"这对男人来说很自然。"

"什么是自然，什么是不自然？"她问。"我们离自然太远了……那就是全部问题所在。"

维瑞在等着找借口离开。"你觉得自己自然吗？"她问他。

"我们全都这么觉得，不是吗？"他说。"多少有点。"

"你爱怎么想都行，"她说，"给我举个例子。"

"你认识阿诺德·罗斯？"

"谁？"突然她笑了，一个温暖的、出人意料的笑。"阿诺德。

你说得对。我爱他，"她说，"我认识他很久了。"

在征服我们的女人身上，必定毫无熟悉之处。费伊正在讲阿诺德买飞机的故事。它飞不了，她说，是不是很典型？它停在一个池塘边。沙发上的女孩已经站起来，正在跟人说话。维瑞尽力不去看。这样的聚会上他总是很无助，对话飞快而愤世嫉俗，相遇遥远得仿佛在上舞蹈课。通常，他会找个避难所，跟某个怪人待一起，退出竞争。他拒绝俊美的面孔，他已经学会不去看他们，但她是那种未知生物，轻易便让他目眩神迷，她很纤细，丰满的乳房似乎让她不堪重负。连她的手指头也很骨感。

他无法继续看她。他无法，哪怕是片刻，想象她的生活。如果她转向他，他可能会说不出话，或者更糟，说些出口便后悔的蠢话，为她勾勒出一幅可悲、普通的男人形象，他只配那样的形象：一个上班族，一家之主。但那不是真正的我，他想说，那根本不是真正的我。但不管怎样，她不见了。显然，她是谁的女朋友；像她那样的女孩不可能单身一人。

"你去哪儿了？"芮德娜问。

他们喝酒，把碟子放在腿上吃东西。一个侍者在斟香槟。有人在弹钢琴，在喧闹声中几乎听不见。杰拉德·德波克正和一个日本女孩坐在一起。他妻子，头疼得厉害，开始提醒大家该去看电影了。

他们在拥挤不堪的电梯中下楼，在惊人的寒冷中走过三个街区去影院，半走半跑，站在入口等着德波克到，好指示经理让他们进去。有几个人已经想方设法进去了。

"快点，维瑞，"芮德娜抱怨道，"告诉他我们是从派对来的。"

"大家都在等。"

"哦，妈的，还要等。"

德波克终于出现时她正在自己跟经理交涉。

"杰拉德，你的电影已经放一半了。"她说。

"让他们进去，"他对经理喊道，"每个人都可以进去。"

维瑞退后一点。他碰了碰德波克的胳膊。

"杰拉德……"他说。

"嗯？"

"站在指示牌旁边的那个女孩，有点瘦的那个……"

"她怎么了？"

"她穿着件皮衣。"

"对，系腰带的。"

"她是谁？你认识吗？"他故作随意地说。

"她是和乔治·克卢萨一起来的。她叫卡亚什么的……我忘了。"

"卡亚……"

"他对我说她比看上去要好。"

维瑞听到有人在喊他，他们已经下到走道的半中央。

"她在找工作。"德波克想起来。

"好，谢谢。"

"维瑞，"他不让他走，"你可以找到比那更好的。"

"我只是觉得在哪儿见过她。"

阿诺德站在他们座位边上，正向他招手。这是个小剧院，一度很有名。他们没脱外套。

"我想打听一下这部电影讲什么，"维瑞说，"是关于一个年轻女人的性觉醒。"

"我就知道。"芮德娜说。

阿诺德打了个哈欠。"说不定杰拉德是主演。"

灯光很长时间一直亮着。下面开始有口哨和拍手声。维瑞朝后张望，似乎要看有没有其他人进来。他显得平静而放松。他绝望得像条追车的狗。

"我有一种感觉，电影还没开始我就要睡着。"阿诺德喃喃自语。

灯光终于暗下来，电影开始了。一个年轻女孩的多组镜头，她的上衣敞开着，沿着公路游荡，越过田野，或穿着那身不现实的服装在厨房中干活，它们实在不足以吸引观众。

"没什么意思。"芮德娜低声说。

阿诺德睡着了。维瑞沉默地坐着，女主角，那个躲在无聊、咳嗽的观众中的女孩，她们之间隐约的联系让他闷闷不乐。要是能从眼角看见她在前面一两排该多好。他想不被察觉地凝视她。有一些面孔会征服你，而当其转身离去，感觉如同放弃呼吸。早晨我就会忘记它，他想，早晨一切都不一样，早晨世界是真实的。

他们出去时有群人等在街上，他们是来看午夜的公开首映。阿诺德把外套领子竖起来，像个明星或赌棍。

"书更好。"穿过人群时他评论说。

"哦，是吗？什么书？"

"省点钱吧。"他说。

他们午夜之后才到家，黑暗中漫长、流畅的驾驶，公路的边缘有雪。保姆已经倒在沙发上；维瑞送她回家时她表情温柔而迷糊。

他们在一个又大又冷的房间爬上床，衣服扔得到处都是，窗缝中漏进一丝刺骨的寒气。

"杰拉德·德波克是个浪荡子，"芮德娜说，"而那部电影简直糟透了。那儿没一个人让我感兴趣。但是，我还是觉得很开心。是不是很奇怪？"

他没有回答。他睡着了。

7

一个寒冷的晴天，六年前的这天，他父母去世了。他坐在桌前。两名绘图员正在工作，桌板平铺在他们面前。房间里悄无声息，正是这让他思考，这突如其来的宁静。他的父亲和母亲躺在地下，褐色如圣骨，他们的寿衣正在腐烂。他三十二岁，孑然一身。梦想与劳作。

我说过他是个略有才华的人吗？他生于一次战争之后，另一次战争之前——1928，事实上，这是转折性的一年，世纪之路上的一年。像所有人一样，他不顾时代地出生了；那所医院已不复存在，医生退休去了南方。

　　他相信伟大。似乎伟大是一种美德，似乎伟大会为他所有。他向往那样的生活，在其表面之下，像巨大的岩石或阴影，有一种荣耀终将被发现，终将会重现天日。对于别人作品的价值，他眼光锐利而精准。而对于自己的，他则抱有一种轻微的敬意。在他的信念中，在他幻想的核心，是一座将出现在时代相册中的建筑物，这座由他设计的著名建筑，不会因任何东西——批评，嫉妒，甚至炸药——而动摇。

　　当然，他对谁也没说，除了芮德娜。年复一年，梦想变得越来越隐形。它从对话中消失了，虽然并未从生活中消失。它将永远在那儿，直至最后，就像一艘大船慢慢腐朽。

　　他很讨人喜欢。他宁愿遭人讨厌。我太和善了，他说。

　　"这是你的特点，"芮德娜说，"你得利用它。"

　　他尊重她的意见。是的，他想，我必须前进。我必须做一个建筑，即使很小，让每个人都注意到。然后再做个大点的。我必须一步一步来。

　　完美的一天始于死亡，始于一种死亡的假象，一种深度放弃。肢体柔软，灵魂出窍，所有的力量，甚至呼吸，都已离去。没有善恶之分，彼方世界那明亮的表面正在靠近、笼罩，树木的枝叶在外面颤动。早晨，他缓慢地醒来，似乎阳光在上下触摸他的双腿。他一个人。有咖啡的香味。狗的棕色皮毛畅饮着燃烧的光。

对于即将展开的一天，秘密就在它的蔚蓝里，它的无限隐藏了他赖以为生的阴谋，隐藏而又将其密封，变得无形，如同白昼天空中的星辰。

他想要一样东西，一种可能性：出名。他想要成为人类大家庭的中心，除此之外还有什么值得期求、渴望？他谦逊地走在街道上，似乎对将要到来的了然于胸。他一无所有。只有仔细摆放的中产生活标本，他的头发已开始稀薄，他完美无瑕的双手。还有知识。是的，他拥有知识。他熟悉圣家堂[1]如同农夫熟悉谷仓，法国和英格兰的"新城镇"，大教堂，拱顶，飞檐，隅石砌。他知道阿尔贝蒂[2]和克里斯托弗·雷恩[3]的生平。他知道沙利文[4]的父亲是个舞蹈教师，而布劳耶[5]的父亲是个匈牙利医生。但知识不保护你。生活藐视知识，迫使它坐在接待室，等在外面。激情，活力，谎言：那才是生活所赞赏的。然而，如果全人类都在观看，一切皆可忍受。这点殉教者可以证明。我们活在他人的关注中。

---

[1] Sagrada Família，全称"神圣家族大教堂"，位于西班牙巴塞罗那，由著名建筑师安东尼奥·高迪设计。

[2] L.B. Leon Battista Alberti（1404—1472），意大利文艺复兴时期的著名建筑师和建筑理论家。

[3] Sir Christopher Wren（1632—1723），英国著名的巴洛克风格建筑师。

[4] Louis Sullivan（1856—1924），美国著名建筑师，被称为"摩天大楼之父"。

[5] Marcel Lajos Breuer（1902—1981），美籍匈牙利裔，著名包豪斯风格建筑师。

我们需要它，正如花朵需要阳光。

没有完整的人生。只有碎片。我们生来注定一无所有，让一切从指间滑走。然而，这种流失，这潮水般的偶遇、挣扎、梦想……你必须不思不想，像只乌龟。你必须果断、盲目。因为无论我们做什么，甚至无论我们不做什么，都会阻止我们去做相反的事。行动摧毁行动的可能性，那便是悖论所在。因此人生就是一系列选择的结果，每个选择都不可更改，都有细微的影响，如同将石头扔进大海。我们有孩子，他想，我们永远不能没有孩子。我们微不足道，我们永远不知道什么会溢出我们的人生……

不知怎么，他不再是自己。靠近绘图员的桌边正在放收音机，那微弱的声响是种奇异的困扰。他无法思考，他茫然若失，漂浮不定。

傍晚时阿诺德来了。他坐下，大衣腰带仍然系着。他看上去像个酿酒商，一个拥有土地的男人。

"怎么了？"

"我只是在发呆。"维瑞咕哝道。

"我今天午饭在托凯吃的。"

"好吃吗？"

"我变得这么肥，"阿诺德悲叹，"午饭不是饭，是一种职业。它耗去你整个一生。我和一个很好的女孩吃的午饭。你不认识。"

"谁？"

"她是那么……她说的一切都那么出人意料。她在一个女修道院上的学。床垫是稻草做的。"

"那很奇怪吗？"

"你知道，有一种教育，一种培育，是毁灭性的，然而如果你能挺过去，那就是世界上最好的事情。那就像曾做过瘾君子或贼。我们想要拯救太多人，那正是麻烦所在。你拯救了他们，但你得到了什么？"

"告诉我她还说了什么。"

"不仅仅是她说了什么。她能吃，那是我喜欢她的地方，她吃得跟我一样多。我们像两个刚成交的农夫。面包，鱼，酒，一切。我开始把她看成将要上桌的下一道菜。她是那种衣服被完全撑满的女孩。她是——你知道他们在英国是怎么做小牛肉火腿馅饼的？——她是个香酥包。而最有趣的是：她是个瘸子。"

"瘸子？"

"她走不太好。有点跛。这可不常见。一个女瘸子……路易丝·德拉·薇勒蕊就是瘸子。路易丝·德·维尔莫兰也是。她得了髋部结核。"

"真的？"

"真的。另外很妙的就是女人稍稍有点对眼。"

"对眼？"

"就一点。还有牙齿。一口坏牙。"

"你喜欢三样都有？"

"不，不，当然不，"阿诺德说，"不是在同一个女人身上。

你不可能拥有一切。"

他的表情里隐藏着什么，那种不可告人的微笑。"糟透了。"他叹息道。

"什么？"

"我无法对伊芙这样做。我无法对她不忠，就为了……"

"一条瘸腿。"

"就是感觉不对，"阿诺德说，"我是说，她为我做饭。她有绝妙的幽默感。"

"而且她的牙也不怎么样。"

"还过得去。她的牙不算太差。"

他在椅子上轻微地挪了挪，找到一个新坐姿。他的衣服有点紧绷。

"我实在太容易花心，"他说，"伊芙很适合我。"

"她爱你。"

"是啊。"

"你呢？"

"我？"他看看四周，仿佛要找什么东西来帮他。"我爱所有人。我真正爱的是你女儿，维瑞。我是认真的。"

"好吧，彼此彼此。"

"我嫉妒她们。我嫉妒你的生活。那是一种理智的生活。和谐，那就是我想说的，而最重要的是，它因为孩子而与未来紧密相连。我指的是，我肯定你意识到了，那种赐予每天光芒的时刻。"

"你们为什么不要孩子？"

"是啊。唔，首先，我得说，我需要一个妻子。而不幸的是，你也有个我喜欢的妻子。芮德娜没有妹妹，对吗？"

"没有。"

"那太糟了。我很想娶她妹妹。那简直就是一种通奸。"他的声音里没有侮辱。"不，你很幸运，"他说，"但你知道。唔，如果发生了什么事……"

维瑞笑了。

"不，我是说真的。如果你发生了什么事……你的妻子，你的孩子，我会照顾她们。我会延续你的爱。"

"我不觉得会发生什么事。"

"哦，那可不一定。"阿诺德开心地说。

"听着，"维瑞说，"不如这个周末过来吃饭，怎么样？"

"好极了。"

"你和伊芙。"

"我差点忘了，"阿诺德突然说，他在口袋里摸索，"我有个礼物给弗兰卡。我在阿祖玛买的，一个青蛙指环。"

"你为什么不自己给她？"

"不，你带回去。我希望她今晚就拿到。"

"我会告诉她是你送的。"

"告诉她这来自亚瑟·拉希德，沙漠之王。告诉她如果遇到危险，亮出它就会在部落之心中安然无恙。"

"听着，亚瑟，在你消失之前要不要来点苏格兰威士忌？"

"有三种东西在沙漠中无法隐藏，"阿诺德说，"骆驼，烟，以及……你知道是什么？我们看了太多电影。"

"加冰？"维瑞问。

"它们杀死了想象力。你知道盲眼说书人。在黑暗中神话才会诞生。电影就做不到。我跟你说过我带去吃午饭的那个女孩吗？她真的不错。你知道，在某种意义上她就是那样。她永远不能跳舞。正因此她身上有真正的优雅，真正的音乐。"

夜晚降临。光已经消逝。外面的街道随着公交巴士，随着那些庞大、飞驰的汽车而颤抖。沿着河边，绵延着一条看不到尽头的车队，维瑞也将加入其中。他将随之移动，虽然没走过路，他却觉得腿酸，脖子微微作痛。他孤身一人，驶向家的方向，听着无休止重复的新闻。

8

无论冬夏，只要有可能，芮德娜就会晚起。她真正的自我在床上一直赖到九点，然后醒来，舒展身体，呼吸着新空气。久睡者通常特立独行；他们喜欢沉思，稍稍有点孤僻。她的头发茂密，将她缠绕。她把头发扎成各种不同风格。洗完头，她就让它湿着。你会想到她这闪亮的十年，二十年，她的黄金时代。她这样的女人，会用冷冷的话语营造餐桌上的气氛，坐在她身边的男人会露出微笑。她知道自己在做什么，那是核心所在。然而，她怎么会知道？她的举动从不重复。她没在表演。她有一张令人触电的脸——那突然绽放的微笑——但不管怎样，她仍然是个谜。

她的头发散发花香。平静的一天。太阳还在成形，河水流光闪烁。

她没有朋友，她说。蕾和拉莉。伊芙。交朋友对她来说很难。她没有时间分给友谊，她很快就会失望。真正爱她的是那些店主，那些在街头看见她经过的人，她沉浸在自己的世界，凝视着书店橱窗中美丽、沉重的画册，意大利版的《时尚》杂志。

"告诉她我们有多爱她和多想她。"那个男人喊道，他在邦威特旁有家卖肥皂和香水的小店。"她在哪儿？现在她住乡下了，我们都见不到她。告诉她过来坐坐。"他们说。他们爱她的高挑，她的优雅，她淡褐色的眼睛。

她对某一类人感兴趣。她欣赏某一类生活。她敏感，有洞察力，偶尔也会淘气，强烈地需要爱，但又不会过于脆弱地采取那些传统手段。所有这些都写在她的梦之书里。当然，对此她并不相信，不过这让她觉得开心，而且书里有部分非常真实。伊芙，比如说，就跟所描述的毫无二致。关于维瑞的也相当接近。

你想要进入围绕她的光晕，想被接受，想看见她的微笑，想让她施行那种对爱深沉的、实质性的需求。他们刚结婚，也许才一小时，维瑞就有了这种渴望。他对她的拥有已得到认可，而与此同时，她身上有什么变了。她成了他最亲的亲人。她献身于他的兴趣爱好，也展开自己的。那种令人绝望、无法承受的情感消失了，耿而代之的是一个二十岁的年轻女人，被判处和他一起生活。他无法精确地解释。她已经逃离。也许还不止。她知道那是她必犯的错，最后终于犯下。她的面孔放射出知识之光。一条无色的静脉像道伤痕，垂直划过她前额的中心。她已经接受了人生的限制。正是这种悲伤，这种满足，造就了她的优雅。

夏天他们去了阿默甘西特[1]。木屋。蓝色。蓝色的日子。夏天是美满家庭的正午。这是静默的时分，海鸟是惟一的声音。百叶窗紧闭，人声寂寥。偶尔有餐叉叮当作响。

纯粹、空旷的日子。海是银色，糙如树皮。哈吉已经在他躺的地方挖了个坑，眼睛眯着，有点沙沾在嘴上。他总是面对着海。弗兰卡穿件黑色的肩带泳装。她四肢闪亮而健壮。她害怕海浪。丹妮更勇敢。她和父亲一起去冲浪；他们尖叫着，用腹部滑行。弗兰卡加入进去。狗在岸上吠叫。

漫长的午后，大海在呼啸，褐色泡沫的巨大海床，被风暴卷上来的海藻，贻贝，漂白的木板。朝西的方向冒着汽雾，狭长、明亮的一片，仿佛在下雨。在沙丘里弗兰卡找到一只风干的甲虫壳。她小手颤抖地捧着它，拿给维瑞看。它有某种单触角。

"瞧，爸爸。"

"这是只犀甲虫。"他告诉她。

---

[1] Amagarsett，位于纽约州的海滨度假胜地。

"妈妈！"她叫道。"瞧！一只犀甲虫！"

她九岁。丹妮七岁。这些岁月无穷无尽，但它们无法被刻入记忆。

维瑞睡在阳光下。他晒得黝黑，指甲发白。周一他乘火车去城里，周四晚上回来。他在一个又一个幸福间来回穿梭。他有了新秘书。他们带着某种兴奋一起工作，似乎生命中除此之外别无其他。夏日城市的孤独和冷漠，像一次漫长的假期，一次旅行，向他们施以魔咒。他无法忘却她的美妙，她那美丽的名字：卡亚·朵琪尔。

靠近他的沙滩上趴着两个年轻女人。越过她们，零星散布着家庭，衣服，独坐的男人。天晚了。海空空荡荡。远处靠近垂死的水线，走着一个留络腮胡的年轻男人，李维斯牛仔裤，上身光着，旁边是个穿极瘦泳装的女孩。他们在说话，头低着。他们身上洋溢着崭新的自由，他们似乎无限甜蜜而充实。

有时在中午，他看见自己和孩子映在商店橱窗中，就像低头看着人生的溪流，在蛋糕和波尔多葡萄酒之间。有那么一刻，他们站在那儿，背对着街道。他们要办的事差不多已经好了。她的脸靠着他胳膊。他们安静而默契。她戴顶草帽，光着脚。一股满足感淹没了他。阳光洒满夏日的小镇。

他们回到房子。轻微的车门闭合声。丹妮正在厨房的台阶边喂兔子，一只黑兔，两个爪子是白的，胸口有个斑点；他们称之为他的星星。他吃东西时嘴动得很急。他的耳朵平卧着。

维瑞在满登登的纸袋里找到一根胡萝卜。"给。"他说。

她把胡萝卜穿过笼网塞进去。兔子像个机械玩具似的把它吃了。

"他喜欢吃午餐。"她说。

"早餐呢？"

"他也喜欢。"

"他洗手了吗？"

胡萝卜叶子一扯一扯地消失了。

"没洗。"她说。

"他刷牙了吗？"

"刷了。"她说。

"为什么？"

"没有洗脸池。"

丹妮不那么听话，她的性格有点倔。她也不那么漂亮。这被夏天她的纤瘦和晒黑的皮肤掩盖了。她套着一只橡胶内胎扑进深水，勇猛，脚蹬得像只虫子。这是早晨，海浪向前跌落，它的白牙在岸边发出嘶嘶声。维瑞坐在沙滩上，观望着。她朝他挥手，她的叫喊被风带走。他突然明白了什么是对孩子的爱。这让他怦然心动，就像某首歌里的一行。

早晨。海在风中听上去很虚弱。他那对晒得黝黑的女儿走在嘎吱作响的地板上。他们的人生共同度过，那种亲密永无止境。

他们一起去看马戏，去商店，去堆满货品和水果的棚顶集市，去野餐，参加庆典，在林间的松木教堂听音乐会。他们步入林肯中心的爱乐厅。观众一片寂静。他们端坐着，节目单摆在膝上。听交响乐就是打开一部面孔之书。指挥家上台。他平心定气，准备就绪。夏布里埃那美妙、充满异域风情的开场曲。他们去看《天鹅湖》，在二楼台座的昏暗中，他们的脸显得苍白。座位排列成巨大的弧形，闪亮如丽兹饭店。巨型乐池，大得像艘船，黄金屋顶，悬挂着一束束光，垂饰像冰一般闪耀。伟大的努列耶夫随后出场，他鞠躬致意，像个天使，像个王子。他们不停地互借望远镜；他的脖子，胸口，甚至发梢，都汗津津的。他的双手，就像个孩子，把玩着披肩流苏。演出的尾声，莫扎特，巴赫。独奏的女小提琴手昂首站立，精疲力竭，最后的音符仍在回响，仿佛来自一场伟大的爱。指挥为她鼓掌，而观众，那些美丽的女人，高举起双手。

他们的人生共同度过，他们经过那些钓鱼的男孩，后者正走向码头的末端，鱼钩上挂着一条对折的小鳗鱼。鳗鱼那无声的眼睛在呼唤，平滑、银色面孔上的一个黑点。他们坐在餐桌边，他们的祖父在吃饭，芮德娜的父亲，一个推销员，一个小地方来的男人，他的咳嗽发黄，骆驼牌香烟从不离手。他的声音含糊，视线朦胧，几乎好像没注意到他们。他把死神带进了厨房。一段漫长、荒废的人生，芮德娜的蝶蛹，它干枯的外壳，被遗忘的源头。他穿廉价皮鞋，手提箱里塞满了铝合金窗框的样品。

他们一起塑造人生，编织人生，他们就像演员，一组敬业的演员，除了自身，除了来自古老、不朽戏剧中的那堆角色，其余一无所知。

夏天结束了。现在是多雾、阴冷的日子，大海平静而苍白。海浪在远处破碎，发出缓慢、磅礴的声响。海滩空无一人。偶尔有沿着水边的散步者。孩子们像负鼠般躺在维瑞背上；他身下的沙子温暖。

彼得和凯瑟琳加入了他们，带着他们的小男孩一起。两家人分开坐着，在孤独和薄雾中。彼得有张折叠椅，他穿件衬衫，戴顶游艇帽。他旁边是个冰桶，里面盛满了冰块、杜波纳和朗姆酒。诡异而美丽的一天。几片奇妙的薄雾飘过他们上方。八月已逝。

谈话的间歇，彼得站起身，一言不发，慢慢走进海里。一个孤独的泳者，穿着蓝衬衫，游向远处。他的动作有力而平稳。他游得气定神闲，壮如冰人。最终维瑞加入了他。水很凉。他们周围全是雾，波浪有节奏地膨胀。除了他们坐在岸上的家人，视野里空空荡荡。

"这就像在爱尔兰的海里游泳，"彼得说，"从不见太阳。"

弗兰卡和丹妮也来了。

"这儿很深。"维瑞警告说。

每个男人抱住一个孩子。他们紧紧挤作一团。

"爱尔兰水手，"彼得告诉他们，"永远都学不会游泳。连划一下都不会。海太强大了。"

"那要是船沉了呢？"

"他们就双手交叉放在胸前，然后祈祷。"彼得说。他示范了一下。他像块雕花的棺材盖那样沉下去不见了。

"那是真的吗？"后来她们问维瑞。

"真的。"

"他们淹死了？"

"他们把自己交给了上帝。"

"他怎么知道？"

"他就是知道。"

"彼得很奇怪。"弗兰卡说。

他给她们读故事，每晚如此，仿佛在给她们浇水，仿佛在给她们培土。有些故事他闻所未闻，还有些他小时候就听过，那些为所有人准备的垫脚石。这些故事的真正意义何在，他感到怀疑，那些甚至在想象中也不复存在的人物：王子，伐木人，住在茅舍里的诚实渔夫。他希望他的孩子同时拥有旧生命和新生命，一种是与所有过去的生活不可分割，从中生长，将其超越，而另一种则原始、纯净、自由，抛弃那保护我们的成见，那让我们定型的习俗。他希望她们既堕落又圣洁，既不知羞耻，又无所不知。他正在为她们筹备这次旅程。感觉似乎只有短短一个小时，而在这一小时里必须收集所有的食粮，提供所有的建议。他渴望能给她们一句话，让她们永远记住。它将囊括万物，它将指明方向，但他找不到那句话，他无法确定。他知道，那比她们将会拥有的任何东西都珍贵，但他却无法提供。他只好用自己平静、悦耳的嗓音，让她们沉浸于那些小神话，欧洲的，东方的，积雪的俄罗斯。最好的教育源于只通晓一本书，他对芮德娜说。纯正便由此而来，以及均衡，以及慰藉——总有范例触手可得。

"哪本书？"她说。

"有很多。"

"维瑞，"她说，"这想法可真妙。"

9

在餐厅里，按他喜欢的坐法，他们坐在桌子相邻的两侧。亚麻餐巾的折痕崭新，房间里充满了光。

"你要来点酒吗？"他问。

她穿一件紫红色的无袖连衣裙——九月的纽约很暖——戴着一条银色项链，形状像树叶，像一连串的 i。他留意她的一切，如饥似渴：她的牙齿末端，她的香味，她的鞋。房间里很挤，人声鼎沸。

他也在说话。他解释得太多，但他忍不住。一件事引向另一件事，灵感迸发，斯坦福·怀特，这座城的曾经过往，雷恩大教堂。他没有杜撰任何东西，一切都喷涌而出。她点头，用沉默回答，举杯啜饮。她双肘斜支在桌上；她的一瞥让他虚弱。她全神贯注，几乎像被催眠。她有灵气，卓尔不群。她会学，善于领会。在连衣裙下面，他知道，她什么都没穿——德波克说的。

她的公寓属于一个外出一年的记者。书籍，削尖的铅笔，堆放整齐的壁炉燃木，应有尽有。成叠的德国《明镜周刊》，白色的尼塞尔滑雪板。她关上身后的门，转动门锁。那一刻，那冷酷而平常的举动，恍如某部电影的开始，默片，画面闪烁不定，一部有着愚蠢片段的电影，但却仍然令他们沉迷，并且真实。

　　一个大房间。墙上是朋友的照片，船的照片，派对，波多马克斯[1]的午后。一只塑料收音机，旋钮上印着不同的欧洲城市。卡赞扎基斯的《奥德赛》。红蓝边缘的航空信封。维兰德的《亲密之书》。在睡觉的壁凹里，一面镶在锻制银框里的镜子，几只雕刻的鸟，手工印花床单。

　　"这里看上去像墨西哥。"维瑞说。他似乎口齿不清，没有语调。"这是你的滑雪板？"他问。

　　"不。"

　　仿佛毫无缘由地，她吻了他。他脱去她的鞋，一只，然后另一只，掉落到地板上，然后滚到一边。她的脚是贵族化的，形状优美。拉链的微弱声响。她转过身，举起双臂。

　　午后宽大的床，拉上窗帘的昏暗。他正在逃离他的衣服，它们落成一堆。她躺在那儿等着。她显得平静，遥远。他用自己的前额触摸她，像个奴仆，像个神的信徒。他无法开口。他环绕她的大腿。

---

[1]　Puerto Marques，墨西哥海滨城市，中美洲最古老的陶器发现地。

这是套位置靠里的公寓，面朝庭院，院中树木仍然葱茏。街道上的声音已逝。她的头转向一侧，喉咙裸露。他被她的鲜嫩淹没。床边的某处电话开始响。响了三声，四声。她没去接。它终于停了。

他们很晚才醒，虚弱，迟缓。她的脸因爱而浮肿。她说话面无表情。

"你喜欢墨西哥城吗？"

他过了一会儿才回答。"还不错。"他说。

他给她放水。在幽暗中他看见自己的影子像是另一个男人，得意的一瞥，水落入浴缸。他的身体在阴影中。它显得很强壮，像个拳手或骑师。他不是城市人；他突然原始、坚固得如一根粗枝。他从未在做爱后如此愉悦。所有简单的事物都找到了自己的声音。恍若身处一场盛大序曲的后台，独自一人，在半昏暗中，但却能听到一切。

她走过来，赤裸着，皮肤与他擦身而过。他被这幅景象所击倒，他记不住，看不够。她对他视若无睹。她的裸体密实，但不青涩；她的臀部像男孩般闪亮。

她滑进水里，盘起头发。他坐在外面，双膝交叠，很惬意。

"水怎么样？"

"像又一次做爱。"

他巡视着错落有致的公寓。有那种小心活着的女人，她们狡猾，只有当脚下的地面坚实才会迈步。她不是那种女人。她的项链随意挂在镜边，她四处散落的衣服，她的香烟。他打开电视，消去声音。电视是外国货，色彩艳丽。他感觉自己仿佛在别处，在一个欧洲城市，在火车上。他走进这个房间，里面有个女人一直在等他，一个聪明的女人，知道他为什么要来。

她靠在门口站着，看着他，洁白围绕着她的腰胯，一撮黑色的阴毛。他渴望凝视她，但又觉得尴尬。不知怎么，他感到惶恐：她竟会将自己给了他。他知道自己正在吞噬她，就像只狐狸。

"你觉得我该回办公室吗？"她说。

"我们最好不要同时回去。"他拿起手表。"天哪，"他咕哝道，"快四点了。不如你四点半左右过来？说去看牙医之类的。"

"你觉得他们会注意到吗？"

"他们会不会注意到？"他说。他开始慢慢地穿衣。"他们也许已经注意到了。"

他看着她梳头。她在镜中看他；她几乎不笑。正是她的沉默和柔顺征服了他。她一无所求，他觉得，她毫无禁忌。他看她时无法不想到这一点，无法不满怀欲望。她仿佛迷失了。他害怕去打扰她，去给她帮助。她仿佛还没真正看见他。这会持续多久？还要多久她才会认出他，看清他？他担心一闪而过的手表，一丝微笑，汽车轮毂盖上的阳光——任何强烈的、可能惊醒她的男性魅力。虽然这难以置信，他还是希望继续拥有她，继续感受那种支撑一切的信赖。他希望能完美无敌，哪怕只有一小时，能观赏她面朝下躺着的样子，能温柔地对她说话，就像在对一个孩子说话。他把一只枕头放在她身下,小心翼翼地对折。他们缓慢地游动。仿佛在她双腿间跪下就要五分钟。她伸展着平躺在他下面,他的手按在她身上以保持平衡……

他在街角跟她分手,靠近博物馆。她站在那儿等红灯。他经过的建筑显出一种奇特的死寂,街道荒芜,虽然阳光灿烂。他转过头又看了一眼。突然,不知为什么——她正在独自穿过宽阔的马路——他所有的犹疑都飞走了。他开始奔跑,在台阶处赶上了她。

"我要跟你一起去。"他说。他的声音不稳;他努力平定呼吸。"有个埃及珠宝的展室,布置得很美,我想带你去看看。你知道伊希斯是谁吗?"

"一位女神。"她说。

"对。另一位。"

她以一种无比满足的姿态低下头。她看着他,微笑。"所以她也是女神,对吗?她们你全都认识。"

他能清晰地感受到她的爱。她是他的,他明白。他从未感到如此幸福,如此确定。

"有很多东西我想带你看。"

她跟随他走进巨大的展厅。他挽着她的胳膊,引领着她,不时触碰着她,她的肩膀,她的后腰。最终她会将他遗忘,那便是她的获胜之道。

他在发亮的暮色里开车回家。股票收盘价正在播报,树木带着白昼的余晖。

芮德娜坐在起居室的桌旁，面前一堆散乱的笔记。她正在写什么。

"一个故事，"她说，"路上堵吗？"

"还好。"

"你必须为我画插图。"她有一种笃定、奇异的亢奋。她手边有杯圣拉菲。她抬起头。"来一杯？"

"我喝口你的。不，我想想，来一杯。"

她看上去平静，踏实；她一无所知，他敢肯定。她去倒酒。他松了口气。他像只野兔，终于安然无恙。他瞥见她穿过门厅，一股强烈的暖意涌上心头，他迷恋她的臀，她的头发，她腕上的手镯。在某种意义上，他与她突然平等了；他的爱不再单单依赖于她，而是更为广阔，一种对女人的爱，一种基本上无法满足、可望而不可即的爱，让他聚焦于女人这任性、神秘的生物，而不仅是某一个女人。他已割开他的创痛：终于破裂的伤口。

她带着他的酒回来，坐进一张舒服的椅子。"今天工作累吗？"

"嗯，是的，"他抿了口酒，"很好喝。谢谢。"

"工作顺利吗？"

"马马虎虎。"

"唔。"

她一无所知。她知道一切，这念头闪过，她只是明智地不说。

"你今天做了什么？"他问。

"我过了不可思议的一天，真的。我在给弗兰卡和丹妮写鳗鱼的故事。我不喜欢学校发给她们的那些书。我想做本自己的。我来读给你听。我去拿。"她朝他笑笑，然后站起来，一个灿烂的、善解人意的笑。

"鳗鱼……"他说。

"是啊。"

"太弗洛伊德了。"

"我知道，但维瑞，我根本不信那套。我觉得它太狭隘。"

"狭隘。嗯，的确狭隘，但这象征性非常明显。"

"什么象征？"

"我是说，它明显就是鸡巴。"他说。

"我讨厌那个词。"

"它是个无害的词。"

"不，它不是。"

"好吧，我是说，还有更糟的。"

"我就是不喜欢。"

"你喜欢哪个词？"

"哪个词？"

"对。"

"无与伦比。"她说。

"无与伦比？"

"对，"她笑起来，"他有个巨大的无与伦比。听听我写的。"

她给他看一张她画的画。只是为了说明她的想法；他会画得更好。"哦，芮德娜，"他说，"这很美。"

一条类似蛇的奇异生物，优雅的曲线卧在装饰的花丛中。

"你是用什么笔画的？"他说。

"一支绝妙的笔。瞧。我买的。"

他仔细研究着那支笔。

"你可以使用不同的笔尖。"她解释道。

"这是条极美的鳗鱼。"

"多少世纪以来，维瑞，"她说，"没人知道关于它们的事情。它们是一个彻底的谜。亚里士多德认为它们没有性别，没有卵子，没有精液。他说它们来自大海，出现时便已成熟。数千年来人们都相信这种说法。"

"但它们不是孵卵的吗？"

"我会把一切都告诉你，"她允诺说，"今天，一整天，我都在画这条鳗鱼。你喜欢这些花吗？"

"是的。非常喜欢。"

"你比我画得好多了，你画的会更美妙。另外，你是对的，鳗鱼是男性化的，但女人也能感受它。她们为之着迷。"

"那是当然。"他咕哝道。

"听着……"

他空虚，平静。变暗的窗户让房间显得明亮。他刚从大海中返回，一场惊心动魄的旅程。他已捋平衣服，梳过头发。他充满了秘密、欺骗，这让他完整。

"鳗鱼是一种鱼，"她读道，"无足目。它的身体是棕色和橄榄色，两侧是黄色，腹部灰白。雄性生活在海港及河流。雌性则远离大海。鳗鱼的生活始终是个谜。没人知道它们来自哪里，也没人知道它们要去向何处。"

"这是本书。"他说。

"一本书或一个故事。只属于我们。我喜欢描述。它们生活在淡水，"她继续读，"但一生中有一次，仅仅一次，它们会前往大海。它们一起踏上旅程，雄与雌。它们将一去不返。"

"当然，毫无疑问。"

"鳗鱼由卵孵化而来。先是变成幼虫。他们漂浮在洋流之上，长不到四分之一英寸，通体透明。他们以海藻为食。经过一年或更长时间，他们终于抵达岸边。在这里他们长成真正的小鳗，也是在这里，在河口，雌性离开雄性前往上游。鳗鱼什么都吃：死鱼和动物尸体，龙虾，小虾。他们白天躲在淤泥中，晚上觅食。冬天他们冬眠。"

她抿了口酒，然后继续。"在池塘和小河中，雌性如此生活多年，接着，某个秋日，她突然停下不再进食。她的颜色转为黑色或接近黑色，她的鼻子变得更尖，眼睛变大。夜晚行动，白天休息，有时还穿越牧场和田野，她们朝下游的大海前进。"

"那雄性呢？"

"她跟整个一生都在河口度过的雄性相遇，然后共同一起，跋涉千万里，回到他们出生的地方，水草之海，马尾藻海。在深不可测的海底，他们交配，然后死去。"

"芮德娜，这听上去像瓦格纳。"

"有普通鳗，梭鳗，蛇鳗，尖尾鳗，各种鳗。他们诞生于大海，生活在淡水，最后又回到大海产卵并死去。你觉得感动吗？"

"是的。"

"我不知道怎么结尾。"

"也许用一幅美丽的画。"

"哦，每一页都有画，"她说，"我希望它充满插图。"

他的眼睛觉得疲惫。

"我想用素色的灰纸，"她说，"给，画画看。"

孩子们下楼了。

"画鳗鱼？"他说。

"这有很多它们的图片。"

"能让她们看见我在画什么吗？"

"不，"她说，"不，给她们一个惊喜。"

他们在一家中餐厅吃饭，这里周末通常很挤，但今晚却相当空。菜单破旧，折痕处已经开裂。他喝了两杯伏特加，教孩子们怎么用筷子。菜摆在桌上，没加盖子：虾和豌豆，炖鸡，米饭。两种人生极其自然，当他拣起一块菱角时想到。两种人生完美无缺。与此同时他谈论着中国：那些帝王传奇，北平的石头游船。

芮德娜显得警觉，安静。他突然警惕起来，几乎陷入沉默，担心露出马脚，有什么地方被他忽视了，他竭力想象那是什么，有什么无意间引起了她的注意。经验不足让他内疚，那像一种虚假的疾病，流过他全身。他竭力保持镇定，保持现实感。

"你们想要甜点吗？"他问。

他招来侍者，他的外衣上别着名牌。

"肯尼斯？"维瑞吃惊地说。

"肯尼索。"中国人确认道。

"啊，对。肯尼斯，有什么甜点？你们有幸运饼吗？"

"哦，有，下生。"

"金橘呢？"

"没有金橘。"肯尼斯说。

"没有金橘？"

"布歉。"他以安抚的口吻说。

"幸运饼，那么。"维瑞说。

穿着干净的睡衣，他躺在床上等着。鞋子放在鞋柜，衣服也已收好。颈下的枕头清凉，疲乏和安宁将他充满，他体味着这一切，仿佛它们是某种前兆。他躺在那儿，顺从而警惕，准备好接受打击。

芮德娜在她的位置躺下。他沉默不语；他无法合上双眼。她的存在是袡圣与秩序的最终保证，就像那些伟大的将领总是最后才睡。屋子安静，窗户幽暗，他的女儿们在自己的小床。在芮德娜的指间，靠近他的某处，有一圈婚姻的金箍，或许是被墨水染过的那只手指，那只手指，他渴望抚摩，却又没胆量触碰。

他们在黑暗中并排躺着。在写字台的一个抽屉，埋藏在深处，是一封由杂志和报纸上剪下的词句构成的信，一封充满笑话和激情暗示的拼贴情书，一封他们婚前寄自佐治亚州的著名信件，那时维瑞在军队，渴望，孤独。蜜蜂在温室里筑巢，河岸的边沿被侵蚀。在一张儿童桌上，一个四条小腿的盒子里，有项链，戒指，硬如木头的海星。一栋如水族馆般丰富多彩的房子，充满了睡眠的节奏，绵软无力的肢体，半张的嘴。

芮德娜醒着。她突然支起一只胳膊。

"这是什么怪味？"她说。"哈吉？是你吗？"

哈吉躺在床下。

"出来。"她叫道。

他不肯动。她继续下令。最后，耳朵耷拉着，他出现了。

"维瑞，"她叹了口气，"开窗。"

"好的，怎么了？"

"你那该死的狗。"

10

马赛尔 - 马斯住的是一栋尚未完工的石头仓房，大部分由他亲手建造。他是个画家。有家画廊展示他的作品，但他基本上默默无闻。他女儿十七岁。他妻子——人们发觉她很怪异——正处于青春的尾声。她就像一桌放过夜的美丽晚餐。她很丰盛，但客人已经走了。她走路时脸颊开始颤动。

浓须，肉瘤鼻，灯芯绒夹克，长久的沉默：那便是马赛尔－马斯。他的精力全都在画布上；窗框油漆剥落，内墙污迹斑斑。他什么都不修，哪怕一道裂缝。他很少出门，从不开车。他讨厌旅行，他说。

他妻子是田野上一匹孤独的母马。她正在等待疯狂，让生命放任自流。她去城里，去布卢明代尔百货，去看妇科医生，去艺术用品商店。有时她会在下午看场电影。

"旅行毫无意义，"他宣称，"你所看到的都已在你内心。"

他穿着毡拖鞋。黑发披散在头上。

"怎么说呢，我无法同意。"维瑞说。

"能从旅行中得到什么的人，是有悟性的，他们无需旅行。"

"那就像说能从教育中获益的人就无需受教育。"维瑞说。

马赛尔－马斯沉默不语。"你太抠字眼了。"他最后说。

"我爱旅行。"他妻子评论道。

沉默。马赛尔－马斯不理她。她站在窗边，看着外面的天空，喝着一杯红酒。"罗伯特是我听过惟一不喜欢旅行的人。"她说。她继续看着窗外。

"你去哪儿旅行过吗？"他说。

"问得好，不是吗？"

"你在谈论你根本一无所知的东西。你读到过。你听那些去过欧洲的医生和他们的太太胡诌。那些去过欧洲的银行职员。欧洲有什么？"

"你们在说什么？"她说。他们的女儿出现在门口。她生着细瘦的胳膊，细瘦的身躯，小小的乳房。她的眼睛是迷人的蓝色。"你好，凯特。"维瑞说。

她正忙着咬拇指甲。她光着脚。

"我来告诉你欧洲有什么，"她父亲继续道，"衰败文明的碎片。夜总会。跳蚤。"

"跳蚤？"

"杰文来了。"凯特说。

诺拉·马赛尔－马斯把面孔抵到窗玻璃上张望。"哪儿？"

"他在停车。"

他们听见前门开了。"有人吗？"一个声音在喊。

"在这儿！"马赛尔－马斯吼道。

他们听见他穿过门厅。厨房是屋里最暖的房间；楼上没有一点热气。

杰文很矮，也很瘦，就像你在墨西哥以及更南边国家的露天广场上看到的那些游手好闲的男孩。他是他们中的一员，但彬彬有礼，穿着新买的衣服。

"你们好，"他走进来，"你好，凯特。你变得这么漂亮。让我瞧瞧。转个身。"她毫不犹豫地照做。他拉住她的手，像吻一束花那样吻它。"罗伯特，你女儿太美了，她有交际花的天赋。"

"别担心。她就要结婚了。"

"我想那只是试婚，"杰文抱怨道，"对吗？"

"差不多。"她说。

"维瑞，"杰文说，"我看见你的车了。所以我才停下来。最近好吗？"

"你骑摩托车来的？"维瑞问。

"你想再上节课吗？"

"我看算了。"

"那没什么，一个小事故。"

"我很想再试试，"维瑞说，"但我的一侧还在痛。"杰文接过一杯酒。他的手很小，指甲保养得很好，面孔光滑如孩童。

"你去哪儿了，进城了？"马赛尔－马斯问。

"诺拉在哪儿？"

"她一分钟前还在。"

"是啊，我刚回来，"杰文说，"我昨晚在那儿过夜的。我去了个招待会……跟黎巴嫩有关的。太晚了，我就留下了。她们很奇怪，那些美国女人。"他说。他坐下来，礼貌地微笑。有他在就像置身咖啡馆和小餐厅，低低的交谈声令人温暖。他再次微笑。他的牙齿坚固。他睡觉时床头放着把刀。

"你知道，我遇见一个女人，"他说，"她是某个大使或什么人的前妻，金发，三十来岁。派对后我们离我要住的地方很近。有个酒吧，于是我不动声色地问她，要不要去那儿喝一杯。你无法想象她说了什么。她说，'不行。我被下咒了。'"

"你还没受够她们？"马赛尔－马斯说。

"受够？怎么可能够？"

"对你来说她们都像鲁克姆。"

"拉克姆。"杰文纠正道。"拉哈特·拉克姆。土耳其人的最爱，"他翻译道，"极易增肥。罗伯特喜欢它的发音。改天我给你带点拉哈特·拉克姆。到时你就明白那是什么了。"

"我知道那是什么，"马赛尔－马斯说，"我吃过很多。"

"那不是正宗的拉哈特。"

"正宗的。"

杰文是他朋友，马赛尔－马斯常说。他没有别的朋友，连他妻子也不算。反正他迟早要跟她离婚。她太神经质。一个艺术家需要一个不复杂的女人，一个像柏兰德妻子那样的女人，可以只穿着鞋摆姿势。其他更不用说。所谓其他，是指每天热乎乎的午餐，否则他无法工作。他在餐桌边坐下，像个爱尔兰劳工，双手沾满污渍，低着头，土豆，肉，切成厚片的面包。他沉默寡言，不开玩笑，当他吃饭时，他在等待事情自行解决，等待它们形成某种意外而有趣的东西，就像你洗澡时腿上那些美妙的肥皂泡。

"你妈妈到底在哪儿，凯特？"他说。"她去哪儿了？"

凯特耸耸肩。她有那种送货男孩式的悠然，那种不会受伤的人。她经受过没暖气的卧室，没付的账单，父亲弃她们而去，然后又归来，他用苹果木雕出的美丽小鸟，着色后摆在她床上。当她还是个孩子，他陪她度过了很多时光。她还记得一些。她曾住在他选的色彩之浪中，它们像太阳般将她照亮。她曾看见他撕裂的写生簿扔在地上，页间布满他们的脚印，她曾发现他醉卧在她的房间，脸搁在厚厚的云杉木地板上。她永不会背叛他；那不可想象。他对她一无所求。这些年来他一直被痛击，仿佛一场街头斗殴，就在她眼前。他不抱怨。偶尔他也谈论绘画，谈论修剪枝木。在他内心有种圣洁，那属于一个从不照镜子的男人，他的思想耀眼却又无知，他的梦想浩瀚。他挣的每一分钱都给了她们，被她们花得精光。

　　她在加利福尼亚的男友也是个画家。他们抽烟，空气里充满音乐，一连好几天。他们在外面待到很晚，然后大半天都在昏睡。她父亲什么都没教过她，但惟有他的那种生活方式让她感到舒适；她穿着它。正如有时她会穿他的旧鞋，他的脚很小。

　　"好吧，她在哪儿？"他问。"当你工作时怎么也赶不走她。而等你想找她，她又不见了。你为什么不去告诉她杰文来了？"

　　"哦，她知道。"凯特回答说。

11

　　杰文喜欢孩子。他们向他展示自己的游戏，知道他很快就能学会怎么玩。他并非故意迁就；他变成了孩子。他有时间玩。他体现了独居生活的简洁之美。烹饪，园艺——他有时间做任何事。

他住在一间曾是药房的空店铺。前面一个狭长、宁静的房间，窗户被竹枝屏障，植物茂盛。夜晚你几乎看不到里面。它看上去像家餐厅，最后的顾客还在流连。一辆公路自行车挂在墙上。一条白色阿尔萨斯牧羊犬把鼻子沉默地抵着门玻璃，不声不响。

他有个鸟笼，里面养着几只小鸟，还有只会张开翅膀的灰鹦鹉。

"皮诺曹，"他会说，"学个天使。"

没反应。

"天使，天使，"他说，"我的头号天使。[1]"

像猫伸展爪子那样，这只鹦鹉缓缓展开它的羽毛和翅膀。它的头转向侧面，露出一只黑色、无情的眼睛。

"它为什么叫匹诺曹？"丹妮问。每次她想靠近它，它就向旁边侧移一步。

"我买它时它就叫这个名字。"杰文说。

他们玩"二十个问题"。他自我教育的方式极其简单：读书。他不读小说，只读杂志，书信，伟人生平。

"好了，"他说，"你们准备好了吗？我想了一个。"

"一个男人。"丹妮说。

"对。"

---

[1] 注：原文为西班牙语。

"活着。"

"错。"

一阵停顿,她们放弃了轻易过关的希望。

"他有大胡子吗?"

她们的问题总是拐弯抹角。

"对,大胡子。"

"林肯!"她们叫道。

"错。"

"他有个大家族吗?"

"对,很大。"

"拿破仑!"

"不,不是拿破仑。"

"几个问题了?"

"我不知道——四五个。"他说。

他送她们礼物,包装盒里出现过昂贵的肥皂,微型扑克牌,希腊珠子。他在一个十月的黄昏前来赴宴,脚下踩着凉爽的砂砾,手里一瓶酒。秋日降临;空气中充满秋意。

哈吉侧卧在一丛灌木的阴影里,暗色的叶子触碰到它。

"你好,哈吉。最近怎么样?"他停下来像对人那样对它说话。靠近它尾部有一点细微的动静,看不见的尾巴拍了一下。"你在干吗,休息吗?"

他走进屋子,自信而端正,像个有自知之明的亲戚。他敬仰维瑞的学识，他的背景，他认识的人。他精心打扮过，你会在连锁店里发现的那种灰裤子，宽领带，白衬衫。

"你好，弗兰卡。"他说。他自然地亲亲她。"你好，丹。"微笑着，他把手伸向维瑞。

"我来拿。"维瑞接过酒瓶。他查看商标。"米拉索。没听说过。"

"我一个加州的朋友推荐的，"杰文说，"他有家餐厅。你知道黎巴嫩人的德性。他们到一个地方，第一件事就是找家好餐厅，然后就哪儿也不去，只去那儿吃。我就是这么认识他的。我老去吃饭。在加州的时候，我每晚都在那儿。"

"我们晚餐吃羊肉。"

"它和羊肉是绝配。"

"你想来杯圣拉菲吗？"芮德娜问。

"好啊。"他说。他坐下来。"嗨，"他对丹妮说，"你在干吗？"她们父亲在场时他会不那么自在。

"我想给你看我正在做的东西。"她说。

"是什么？"

"一座森林。"

"是哪种森林？"

"我带你去看。"她拉住杰文的手。

"不，"维瑞说，"拿到这儿来。"

他们几乎同样体型，这两个男人，同样年纪。杰文的威信更少。他们坐得像一位大宅的主人和他的园丁。一个等着另一个提起话题，等着获许开口。

"天冷了。"维瑞说。

"是啊，叶子开始变色了。"杰文附和道。

"不会太久。我喜欢冬天，"维瑞说，"我喜欢它向你逼近的那种感觉。"

"匹诺曹好吗？"弗兰卡问。

"我正在教他倒挂金钟。"

"你怎么教的？"

"像蝙蝠那样。"杰文补充说。

"我很想看。"

"好，等他学会了。"

芮德娜递过他的酒。

"谢谢。"他说。

"你要多点冰块吗？"

"不，这样就好。"

她很好相处，芮德娜，要么完全相反。杰文抿了口酒。放下酒杯前他擦了擦杯底。他拥有一家搬运和仓储公司，很小。他的卡车一尘不染。被子叠得整整齐齐，挡泥板完好无缺。

午间，一周两次，有时更多，她躺在他床上，后屋一个安静的房间。她枕边的桌上有两只空玻璃杯，她的手镯，戒指。她什么都没戴，双手赤裸，手腕也是。

"我爱这酒的口味。"她说。

"对。"杰文说。"奇怪，没见其他人喝。"

"这是我们的最爱。"

正午，阳光越过天花板，门窗紧闭。她迷失其中，轻声啜泣。他以不变、稳定的韵律抽动，像一串独白，像船桨的嘎吱。她的哭泣无休无止，她的乳房坚硬。她发出的声音像母马、狗，一个逃离自己生活的女人。她的头发四散。他没有改变节奏。

"维瑞，你来生火，好吗？"

"我来。"杰文说。

"柴火在篮子里。"维瑞说。

她看见他在自己高高的上方。她双手扯紧床单。三下、四下、五下，围绕她美妙子午线的巨大撞击，他最终一泻而出，就像杯水。他们静静地躺着。很长时间他一动不动，如同在秋日骑马，依偎着她，筋疲力尽，飘浮恍惚。他们一起陷入深深的、肢体沉重的睡眠，睡得手脚摊开。她的乳头变得更大，更柔软，仿佛怀孕了。

火升起来，发出噼啪声，在粗重的木块间蹿动，杰文蹲在壁炉前。弗兰卡盯着看。她不声不响。她已经知道了，就像猫，就像任何兽类，那在她的血液里跳动。当然，她还只是个孩子，目光短暂，无足轻重。她没有力量，只有一点力量的萌芽，在虚空中含苞待放。她已经明白叫他的名字意味着什么，生涩的停顿。妈妈喜欢他，这她知道，她能感觉到他内心的温暖，跟她父亲的不像，不那么熟悉，不那么平淡。即使在他跟丹妮一起玩的时候，就像现在，看着丹妮用细松枝和石子搭成的微型景观，他的注意力也没有远离，这点她十分确定。

芮德娜慢慢醒来，轻盈的、梦一般的触觉。她挣扎着回到表面，重新成为自己。这花了半个小时。下午的阳光映在窗帘上，白天的声响已经改变。他举起一只手臂，仿佛要伸向光线。她在旁边也举起手臂。他们带着一种暧昧的共同兴趣，凝视着这对手臂。

"你的手更小。"

似乎为了对比，她向他移近一点。

"你的手指更好。"他说。它们苍白，修长，指骨凸显。"我的是方形。"

"我的也是方形。"她说。

"我的更方。"

午餐，白兰地，咖啡。她爱这里的与世隔绝，一座被遗弃的店铺，面对一条上坡的街道。她浑身充溢着一种安宁和成就感。她已经接收了精华，现在她将其放射出去，像一块石头被捂暖了留待晚上睡觉。她从边门离开。古老的大树占满了人行道，巨硕的大树，树干像爬行动物般粗糙。只掉了几片树叶。天气仍然温煦，夏日的最后时光。

他很瘦小，杰文，微不足道。他专注于那些乏味中产阶级的美式符号：鞋子，淡色毛衣，针织领带。她的车坏了就开他的。他责怪她对车不小心，散落的纸片，出现在侧面的凹痕。她微笑，道歉。然后照样为所欲为。

他的雄心是成为一个有地产的人。他有自己的手段。他拥有自己住的店面，他在靠近新城那边买了一栋占地十英亩的房子。他平静、耐心地积攒，像个女人。

"我对你的房子很感兴趣。"芮德娜说。

"是的，究竟在哪儿？"维瑞问。

那没什么，杰文说，一座很小的房子，但那块地不错。它其实更像个工作室，而不是房子。不过，那儿有条小溪，以及一座破败的石桥。

他们开始晚餐。他们喝米拉索。弗兰卡也喝了半杯。她的小脸在柔和的灯光下显得异常聪慧，美得坚不可摧。

"你天生就想拥有土地，对吗？"芮德娜说。

"那要看你是怎么长大的。至于天生……也可以那么说。你知道，我记得我父亲，"他说，"他有天告诉我，'杰文，我希望你答应我三件事。'那时我还是个小男孩，然后他说，'杰文，首先，答应我永不赌博。永不。'我是说，我才七八岁。而他在说，永不赌博。'如果你一定要赌，'他说，'去跟赌王赌。你可以在街上找到他，他光着身子，他已经失去一切，甚至他的衣服。'

"'其次'——我还在想象那个赌王，乞丐，但我父亲继续说，'其次，永不召妓。'对不起，弗兰卡。我才八岁，我都不知道他到底在说什么。'永不，'他说，'现在就答应我。如果你一定要去，只在早上去，那时她们没化妆，没抹粉，你可以看见她们真正的样子，明白吗？''是的，'我说，'明白了，父亲。''好，'他说，

'听着，第三件事：卖房子前先油漆。'"

他很黑暗，他身上充满故事，就像神话中的毒蛇；每颗白牙都包含着一个故事，每个故事又有一百个其他故事，它们全都在他体内，彼此纠缠、沉睡。一个陌生人，闪烁着传奇，他无法被征服。那些圣歌、玩笑、谎言一旦逃离了他，便溶入空气，它们可以被呼吸，但无法被过滤。他如同一艘船的船首，切开梦之海。沉默虽然神秘，但故事如阳光将我们充满。它们就像镜子的碎片，其中的映像支离破碎，而把它们积聚起来，一个更大的轮廓便开始成形，那些故事的故事便开始显现。

"我父亲死了，"杰文说，"但我母亲还活着。她是个绝妙的女人，我母亲。她知道所有事情。她有一栋房子，一座小花园，离海不远。她每天早上都要喝杯酒。她从未离开过她的小镇。她就像……谁来着，狄奥根尼[1]。在那个广场上有树的小镇，她就像我们住在最伟大城市的中心那么幸福。"

"狄奥根尼？"维瑞说。

"对. 那个住在桶里的人不就是他吗？"

---

[1] 又译第欧根尼，古希腊哲学家，犬儒派代表人物，崇尚简朴生活，据传他住在一只木桶里。

第二部

1

清晨，光沉默地降临。房子还在沉睡。头顶的空气，闪耀，无限，下面潮湿的土壤——你可以尝尝，它的肥沃，它的浓郁——沐浴着溪水般的空气。无声无息。奶酪外皮已经干得像面包。玻璃杯残留着酒的馊味。

空荡的餐厅里挂着一幅画，逐出伊甸园，画面上充满了卢梭式的野兽和一座森林，其中浮现出两个人物：男人依然骄傲，女人也毫不逊色。她姿态优雅，仅半带羞涩；她表情不敬，皮肤闪亮。即使晨光掩盖了那条色彩斑斓的大蛇和那些善恶果树，她也仍然清晰可辨，至少对这幅画的主人来说，她的腿，她大胆的体毛，都栩栩如生。那是卡亚。

他也是无意中发现的。有天他被画中的柔光所吸引，本能地，如同一个人被废墟上的缺口，被人群中一张苍白的面孔所吸引。

他感觉自己的发现仿佛某种确认，仿佛事物在验证他的生活。

在另一面墙上是那幅著名的照片，路易斯·沙利文在密西西比，摄于"海洋温泉"，他的夏季别墅。身穿白色的衬衫和裤子，白帽子，留着八字须和络腮胡，他看上去像个河上的船长或小说家。大鼻子，纤细的手指，几乎是雅致地，他倚着一棵树摆出姿势。

他成不了沙利文，他成不了高迪。好吧，也许能成高迪，活到那么老，那是圣徒、苦行僧的高龄，他虚弱，瘦小，在巴塞罗那的街道上游荡，寂寂无名。最后，他被一辆电车撞倒，悄然离世。在慈善病房的简陋和臭味中，在孩子们和穷亲戚的环绕下，一个怪异的生命结束了，一个比大海更喧嚣的生命，一个永恒的生命，一个可以被轻易抛弃的生命，因为它不过是个外壳；它已然变形，它已遁入楼宇、教堂、传奇。

清晨。最早的晨光。树顶上的天空苍白，纯粹，比以往更神秘，它让突击队员晕眩，让天文学家的夜晚告终。其中，闪烁着最后两颗星，黯淡如海滩上的硬币，慢慢隐去。

秋日清晨。附近田野上的马儿伫立不动。小马驹的皮毛已经变厚；似乎太快了。她的眼睛又黑又大，睫毛稀少。走到旁边，你能听见青草被咀嚼那稳定的声响，泥土的平静被碾碎。

他的梦不合法；在梦里他看见一个被禁止的女人，他跟其他男人一起在人群中遇到她。下一刻只剩下他们俩。她可爱，柔顺。一切都不可思议地真实：床，她任由他摆布……

他醒来发现妻子趴在那儿，孩子们在她上面，一个在她背上，一个在她屁股上。她们睡在她身上，紧贴着，从头到脚。她们的出现赦免了他，渐渐地，他感到满足。这世界，披着羽毛的小鸟，阳光……要理智，至少在目前。这让他欣慰。他全身温暖、有力，充溢着不可撼动的喜悦。

是什么进入了他们之间，这对夫妇，这无尽的婚姻时光？是什么在突围，在流动？他们的卧室很宽敞，能看见河，齐腰高的双开窗，玻璃切割成钻石状，凹凸不平，向外拱，仿佛被热气扭曲了；有零星的镶边掉了，一块菱形便从铅质的软框中逃出来。墙壁是一种褪色的青绿，一种奇异的颜色，他已经不再讨厌。法式门出去是间白色的阳光房，白如亚麻，那儿，他们的狗四脚朝天地睡在一张柳条榻上。

他们的生活有两层含义：它是生活本身，或多或少——至少是一种准备——它又是一种给孩子的生活演示。对此他们从未向对方明说，但却都心领神会，这两个版本莫名地彼此缠绕，于是一个隐藏，另一个便会显现。他们希望自己的孩子，在这个时代，得到不可能之物，不是从无法实现的意义上，而是从纯真的意义上。

孩子是我们的庄稼，我们的田野，我们的土地。他们是放手飞入黑暗的小鸟。他们是更新过的错误。然而，他们仍是那惟一的起源，由此可能引出比我们更为成功、更为明晰的生活。无论怎样，他们终将多做一些，走远一些，他们会看到顶峰。我们坚信这点，这散发自未来的光辉，来自我们看不到的那天。孩子必将活着，必将凯旋。孩子也将死去，那是我们无法接受的想法。

没有幸福像这种幸福：寂静的清晨，来自河流的光，周末就在眼前。他们过着一种俄国式的生活，一种丰美的生活，彼此紧密交织，只要一次厄运，一个失败，一场疾病，就会将他们全都绊倒。它像件衣服，这生活。外面美丽，里面温暖。

为了弗兰卡的生日，芮德娜制作了一张美妙绝伦的桌布，她用纸剪出一大丛花，再一片一片地，平粘上你能想象到的最茂盛的蕨类和绿叶。她还设计了请束，游戏，帽子。有厨师帽，歌剧帽，蓝色和金色的指挥家帽上还写着名字。一只巨型纸青蛙悬挂在餐桌上方，里面装满了礼物和巧克力金币。维瑞给抢椅子游戏弹钢琴，尽量小心地不去看那些紧张的行进者。有莱斯莉·达兰德，父亲是演员的唐娜·普恩。总共有九个小女孩，没有男孩。

一个有橙色糖霜的生日蛋糕。芮德娜甚至还做了有浓郁香草味的冰淇淋，厚得像太妃糖那样铺开。整栋房子就像座剧院。事实上，真有《潘趣与朱迪》的表演作为压轴，维瑞和杰文跪在舞台后面，剧本摊在他们之间，那些软塌塌的木偶根据出场情况任由摆布。孩子们坐在沙发上，尖叫着拍手。她们对故事已经熟到不能再熟。弗兰卡坐在她们中间。今天是她生日，她看上去比以往更美。她的小脸充满快乐，她的牙齿白得发亮。维瑞透过舞台边缘的空隙瞥了她一眼。双手放在膝上，她聚精会神地坐着，倾听着每一句台词。

"宝宝在哪儿？"

"怎么，你没接住他？"

"接住他？你干了什么好事？"

"怎么，我把他扔出了窗外，我以为你大概会路过。"

一阵欢叫。弗兰卡，光彩夺目，比她周围的女孩儿都高。她显然是她们的明星。

汽车缓缓驶入车道，来接这些筋疲力尽的小客人，窗户里的灯光亮起，夜雾弥漫。哈吉疲惫不堪地躺在碎屑中。终于静了下来。

"她们中有几个很不错，"芮德娜承认，"我非常喜欢唐娜。但是不是有点怪——你觉得那是因为她们是我们自己的孩子吗——弗兰卡和丹妮就是不一样。她们身上有某种特殊的东西，我不知该怎么形容。"

"杰文念错了一半台词。"

"哦，木偶戏简直太棒了。"

"他踩坏了胆小鬼——踩错了，当然。"

"哪个是胆小鬼？"

"我会让你赔我的头，先生。就是说那句话的。"

"哦，太糟了。"

"我会修的。"维瑞表示。

房间寂静，到处都是碎纸片。白天的事已成为某种发光的轮廓。那只青蛙，被无数次击打摧毁了，像一批损坏的货物，支离破碎地摊在桌上。

她稍后会做晚饭。他们会简单地吃一点：煮土豆，冷肉，瓶里剩下的酒。他们的女儿们会呆呆地坐着，带着疲惫的黑眼圈。芮德娜会洗个澡。正如那些全力以赴的人——表演者，体育冠军——他们会陷入那种惟有完结才能带来的冷漠。

2

"你幸福吗，维瑞？"她问。

下午五点，他们开车穿城而过，被堵在路上。庞大的机械车流，他们也是其中之一，在十字路口缓缓移动，随后在漫长的横向街区变得稍加通畅。芮德娜在涂指甲。每个红灯，她都一言不发地把瓶子递给维瑞，涂好一个指甲。

他幸福吗？这个问题如此坦率，如此委婉。他害怕有些他梦想去做的事永远不会去做。他常常考量自己的人生。可是，他还年轻，岁月在他面前，仿佛无尽的平原。

他幸福吗？他接过打开的指甲油瓶。她仔细地蘸了蘸刷子，动作全神贯注。她的直觉尖锐，他知道。她有一副平整性感的牙齿，能把细线咬成两半，如剃刀般锋利的牙齿。她的全部力量似乎都集中在她的随性上，她那探询的一瞥。他清清喉咙。

"是的，我觉得很幸福。"

沉默。前方的车流开始移动。她拿过瓶子，好让他开车。

"但这难道不是一种很蠢的想法？"她问。"如果你去真正思考一下。"

"你是说幸福？"

"你知道克里希那穆提是怎么说的？不管有意无意，我们全都是极其自私的，只要我们得到了自己想要的东西，就会认为一切都好。"

"得到我们想要的……那就是幸福？"

"我不知道。我只知道，得不到你想要的肯定不幸福。"

"我要想想，"他说，"永远得不到你想要的，那会不幸福，但只要有得到的可能……"

只要开到第十大道，街道就会变得空荡、敞开，恍如周末，他们就会变得自由，飞驶上高速公路，然后一路向北。而那些灰色、疲倦的人群正步履维艰地经过报摊，钥匙店，银行。他们瘫坐在自助餐厅的桌边，沉默地进食。一只脚的鸽子，破烂的汽车，无数公寓变暗的窗口，而这一切之上是秋日的天空，光滑如穹顶。

"这很难去思考，"她说，"何况他说思想永远不能将你带向真理。"

"有什么能？这才是真正的问题。"

"思想总在变。它就像溪水，绕着事物流动，游移不定。思想即混乱，他说。"

"但还有其他选择吗？"

"那很复杂，"她表示同意，"那是一种看事物的不同方式。你曾经想过要寻求一种新的生活方式吗？"

"那要看你说的新方式指什么。是的，有时会想。"

这天莫妮卡死了，那个一条腿的小女孩。外科手术不够彻底，那样做不可行。她开始再度感到痛，无形的痛，似乎一切都是徒劳。那痛是一种恶兆。随之而来的是发烧和头痛。她全身肿胀。陷入昏迷。当然，那用了好几周。最终——那是晚上，维瑞去送柴火，几片树皮粘在他袖子上，他的两只胳膊都满了，她死的时候他正在堆一垒木桩，一面能维持整个冬天的保护墙。她父亲还在上班。她母亲在一把折叠椅上坐着，而她的孩子停止了呼吸。她一瞬间就走了。她突然变轻了，很轻很轻，她躺在那儿，带着某种可怕的毫无意义。一切都已离她而去——天真，哭泣，跟父亲一起尽责的出游，她从未有过的人生。所有这些生命的重量。它们消逝，分解，灰飞烟灭。

日子已渐渐失去暖意。有时在中午，仿佛在告别，会有一两个小时像夏天，但转瞬即逝。附近果园的摊子上摆着又黄又硬的苹果，饱含强有力的汁水。它们在牙齿间爆开，像争吵般白沫横飞。在远处的田野，远离城镇，有海一般广阔的阴湿土壤，那儿仍有西红柿挂在枝间。初看似乎寥寥无几，但它们其实藏了起来，被遮住了。那正是它们的幸存之道。

芮德娜摘了满满一篮。维瑞两篮。沉得难以置信。它们就像湿衣服，它们重得像橘子。一个拾荒之家，面孔肮脏，双手被这最后的潮湿泥土弄得黑迹斑斑。这是靠近新城的一片田野，农场主是他们朋友。

"挑小一点的。"维瑞对两个女儿说。

她们的篮子也满了。她们把那些小西红柿放进口袋，有些部分还是绿的。她们沿着看不到头的一排排农作物前进，来回游荡，疲累不堪，学会了弯腰，劳动，感觉手中赤裸的果实。她们互相叫喊，有时坐在地上。

他们终于抵达了终点。"爸爸，我们有这么多！"

"让我看看。"

空气转凉了。他们站在汽车旁，周围堆着西红柿，身上还粘着泥巴。芮德娜看上去像个落魄的贵妇。她双手举着不碰到自己。她的头发散了。

"我们要拿这些该死的西红柿怎么办？"她大笑着说。她那美妙的笑声，在秋天，在田野的边缘。

"过来，哈吉，"她喊道，"你这脏家伙。"它的鼻子上沾满了泥土。"看你今天疯的。"她说。

他们的指甲黑了，他们的鞋结壳了。他们把西红柿放在没有暖气的厨房门口，而杰文驶入暮色。

3

"在某些方面，我喜欢婚姻。我喜欢它的熟悉感，"芮德娜说，"它就像文身。那时你想要，你有了，它植入你的皮肤，你再也无法消除。最后你甚至已经意识不到它的存在。我看我还是很传统。"

"在某些方面……"

"如果你问人们想要什么，他们大部分会怎么说？我知道我会怎么说：钱。我想要很多钱。我从未有过足够的钱。"

杰文没说话。

"我不是物质主义者，这你知道。好吧，就算我是。我喜欢衣服和美食，我不喜欢巴士或低等场所，钱真的很妙。我本该嫁个有钱人。维瑞永远不会有钱。永远。你知道，那很可怕，跟一个不可能满足你需求的人绑在一起。我是说，最简单的需求。我们的确不该在一起。不过，你知道，我看着他给她们做木偶，她们坐在那儿，头依偎着他，那副完全入迷的样子。"

"我知道。"

"他做了整套《大象的孩子》。"

"对。"

"卡拉－卡拉鸟，鳄鱼，所有一切。你知道，他很有才华。他说，'弗兰卡……'而她说，'是的，爸爸。'我无法解释。"

"弗兰卡很漂亮。"

"这种对他人可怕的依赖，这爱的需求。"

"这不可怕。"

"哦，不，因为与此同时是这种生活的愚蠢，那些无聊，争吵。"他在放置枕头。她默默地抬起身子。

"有奶就有牛，"他说，"有牛才有奶。"

"奶牛。"

"你明白我的意思。"

"如果你想要牛奶，就必须接受奶牛，牲口棚，田野，诸如此类。"

"没错。"他说。

他的动作不慌不忙，像个男人在慢悠悠地布置餐桌，一只盘子接一只盘子。一个人有重要的时候，也有几乎不存在的时候。她感觉到他跪下来。她看不见他。她的眼睛闭着，她的脸压在床单上。

"科瑞萨[1]。"

他表情严肃，似乎没听见。"好的。"他说。

他缓慢，专注，像个文盲在试着写字。他意识不到她；他开始行动，仿佛这是一种疗法。他的缓慢、从容像拳头一般将她击倒。

"对。"他喃喃低语。他的双手在她肩上，在她隆起的臀部，带着一股让她无助的力道。那股重量，那种放肆，简直压倒一切。她的呻吟声开始提高。

"对，"他说，"叫出来。"

没有动静，毫无动静，除了一阵缓慢的肿胀，对此她的反应仿佛是痛。她在翻滚，呜咽。她的喊叫含糊不清。他一动不动，然后继续，再继续。

之后他们仿佛跑了几英里。他们贴在一起躺着，无法说话。

---

[1]　Karezza，一种类似于双人瑜伽的性爱技巧。

一个空旷的日子，河面上的海鸥，蓝色和倒映的蓝色像层叠的云母。

"在你这儿，"她说，"我有时会感觉自己走得太远，远到再也回不来。我感觉似乎……"她突然半抬起身子。"什么声音？"

门在嘎吱响。他听着。"是猫。"

她的头又倒回床上。

"它们想干吗？"

"它们想进来，"他说，"那是它们的惟一目标。"

门边的声响在继续。

"让它们进来。"

"现在不行。"他说。

她躺在那儿，像个沉睡的女人。她的背裸着，胳膊在头上，长发散开。他触摸她的背，仿佛那是什么买来的东西，仿佛他是第一次发现。

她永远不能没有他，这她告诉过他。有些时候她恨他，因为他有她得不到的自由：他没有孩子，没有妻子。

"你不打算结婚了，对吗？"她说。

"啊，我当然想。"

"它对你没有必要。你已经拥有了婚姻的成果。"

"成果。成果是别的东西。"

"你有的是时间，"她坚持道，"我真蠢。我告诉过你我最怕什么。"

"别怕。"

"我忍不住。我对它无能为力。我依赖你。"

"我们的生活总是在别人手里。"

她的车停在外面。这是下午，冬天，树木光秃。她的孩子们在上课，用大号字体写字，画银色和绿色的国家地图。

维瑞在黑暗中回家，车灯勾勒出他的归来，灯光照亮了树，房子，然后熄灭如濒死的星。

门在他身后合上。他从夜晚的空气中进来，冰冷发白，仿佛来自大海——头发被冲得乱七八糟。他刚从绘图，从同客户的商讨中离开。他疲倦，有点恍惚。

"你好，维瑞。"她说。

壁炉生了火。孩子们在摆餐叉。

"要喝一杯吗？"她问。

"好的。"他趁女儿们经过身边时亲了亲她们。他吃了一个小小的绿橄榄，苦得像茶。

她在准备酒。今晚她喜欢自己的生活，他看得出来。她心满意足。那挂在她的嘴角，以及嘴角两边的暗影里。

"弗兰卡，"她说，"来，开酒。"

收音机在响。餐桌上烛光摇曳。冬日的第一个夜晚，带着汹涌的寒意。从远处看这栋房子就像一艘船，在黑暗中，屹立不动，每扇窗都充满了光。

4

罗伯特·尚泰勒三十岁。他的头发正在变少，嘴唇红得不自然。他的眼睛下方有层病态的淡蓝，患有哮喘及其他毛病，普鲁斯特式哮喘。一张知识分子面孔，闪烁的骨感。他是伊芙的朋友。他们是在一次晚宴上遇见的，其间他基本上都一个人坐着。她试着跟他讲话；他有口音。

"你是法国人。"

"你怎么猜到的？"他说。

"你来这儿多久了？"

他耸耸肩。"是的，该走了。"他表示赞同。

"我是说你来美国多久了？"

"都一样。"他说。

他自我放纵，一个失败者。他并不嫌弃失败，那是他的地址，他的街道，他惟一的抚慰。他的人生是亲密和背叛两者之一。对于自己他写道：怪诞，虚伪。他不切实际，情绪化，一个不合常规者。他像个女人一样去爱，去受折磨。他记得天气和餐厅的菜单，记得那些旧时光——像抽屉深处一串断掉的项链。他保存着一切，他宣称，保存在这儿，他拍着自己的胸口。

尚泰勒这个名字源自俄国。他母亲二十年代来到巴黎，在内战期间。他遇见过贝克特，巴劳尔，他遇见过所有人。有一种自尊会筑起冰墙。那不是说他不会被记住；他的紧张，被阴影环绕的黑眼睛,像颗肿瘤一样随身携带的自信——这些都不容易忘记。

他们谈论起作家:迪内森,博尔赫斯,西蒙娜·德·波伏娃。

"她是个乏味的女人,"他说,"萨特,萨特才真有意思[1]。"

"你认识萨特?"

"我们在同一家咖啡馆喝咖啡,"尚泰勒说,"我妻子,我前妻,和他更熟。她在一家书店工作。"

"你结过婚。"

"我们是很好的朋友。"他说。

"她叫什么名字?"伊芙问。

"名字?宝琳。"

他们结婚旅行去了所有科莱特[2]当年在滑稽剧团跳舞时去过的小镇。他们像兄妹般旅行。那是一种致敬。

"你知道那是怎样的感觉吗?真正的亲密无间,跟某个永远不会背叛你,永远不会强迫你伪装自己的人在一起所拥有的那种安全感。那就是我们。"

"但不会持久。"伊芙说。

"有其他问题。"

当芮德娜见到他,他很平静,似乎很无聊。她注意到他袖口脏了,但手很干净;她立刻就识破了他。他是犹太人,她看见他

[1]   原文为法语。
[2]   Colette(1873—1954),法国著名女小说家。

的一瞬间就知道了。他们分享着一个秘密。他很像她丈夫；事实上他就像维瑞隐藏的分身，就像他设法逃逸掉的消极面。

他喝着一小杯清咖，在里面加了两勺糖。他是一个没结婚的儿子，失去了一切，在早晨回到家。他吸了吸鼻子。他无话可说。他空虚得如同犯下了情杀罪。他是他自己的尸体。你可以在他身上同时看到谋杀犯和瘫倒在地板上的半裸女子。

"你丈夫是个建筑师。"他最终说道。

"是的。"

他又吸了吸鼻子。他用餐巾碰了下脸。他已经忘了伊芙，那显而易见；你只要看一眼就知道。

"他有才华吗？"

"非常，"芮德娜说，"你是个作家。"

"我是剧作家。"

"请原谅我无知，你有哪部剧作上演过吗？"

"上演？制作，你是说？"

"对。"

"还没有。"尚泰勒镇定地说。正是他的简洁令人信服，他的轻蔑。"我能借支你的烟吗？"

某种人的绝望是如此强烈，甚至在静止中，在睡梦中，我们也能看出他们在挥霍生命。他们不为今后做任何打算。他们无需打算。每个小时都是一种堕落，一种抛弃所有的尝试。

他吸了一两口就掐灭了香烟。"我写剧本，但不是为了舞台，不是为了目前的舞台，"他说，"你知道劳伦·特茨夫是谁吗？我正在为劳伦·特茨夫写一个剧本。他是二十年来出现的最伟大的新演员。"

"特茨夫……"

"我去看他彩排，没人知道我在那儿。我坐在后排或边排。至今我还尚未在他身上找到丝毫弱点，丝毫瑕疵。"

他渴望交谈。对于那些一见如故的人我们无需准备，句子是现成的，一切都在那儿。他告诉她谁是伟大的作家，他历数不为人知的当代杰作。他对她的戏剧知识表示怀疑。

"维瑞，"她说，"我遇到一个极为神奇的人。"

"是吗？谁？"

"你不认识他，"她说，"他是个作家。他是法国人。"

"法国人……"

以工作为借口，每周一个晚上，有时两个，只要有机会，他就在城里待到很晚。渐渐地，他的生活开始分裂。的确，他看上去还是一样，毫无破绽，但那只是表象。崩溃隐而不露，它必须达到一定程度才会浮出水面，支柱开始移位，立面轰然倒塌。他对卡亚的迷恋像个伤口。每分钟他都想去看它，触摸它。他想对她说话，想跪倒在她面前，拥抱她的双腿。

他坐在炉火旁。两个铸铁士兵抬着燃烧的木块，脚下是闪烁的炭火。芮德娜蜷在一张椅子上。

"维瑞,"她说,"你一定要读这本书。等我看完就给你看。"

一本书页边缘被染成淡紫色的书,标题的字体陈旧。她开始大声读给他听,木块在壁炉里如枪击般轻柔地爆裂。

"书名叫什么?"最后他说。

"《人间天堂》。"

他感到一阵虚弱。这几个字让他无助;它们似乎描述了将他淹没的那些画面,她那套公寓中的寂静,宽大的床,她纯粹、慵懒的肢体。

早晨他走得很早。太阳洁白而耀眼,河流暗淡。他行驶在漫长、平滑的弯道上,迫不及待,期望的热切令他目眩。大桥在晨光中闪耀;越过它是绵延的城市,如大海般宽阔,它的火车和市场,它的报纸、树木。他在谱写诗句,念给她听,在她的耳中私语,*我爱你如同爱这地球,这些白色建筑,照片,正午……我崇拜你,*他说。车流在他身边飘移。他看着后视镜中自己的脸:是的,这是美好的,这是无价的。

他陷入沉默。城市的街道空旷。它们的静寂和荒凉暗示着刚逝去的夜晚,它们像张疲倦的脸那样供出了一切。他陷入不安。那就像一个门厅,通向一个发生了可怕事件的场所;他能嗅到它,正如野兽能嗅到屠宰场。突然他害怕起来。他会发现公寓空了。仿佛他已经在一幢楼外瞥见她的一只鞋;他不敢再想象。

一个白色的冬日清晨。街道寒冷。他用钥匙打开前门奔上楼梯。在她的公寓，不知为什么，他敲门很轻。

"卡亚？"

没有反应。他又敲了敲，轻柔地，连续地。突然，像一记重击，他恍然大悟。毫无疑问，她昨晚去外面过夜了。

"卡亚。"

他掏出钥匙开门。门被安全链猛地卡住。

"是谁？"她说。

他瞄见了她一眼，再无其他。"维瑞。"一阵沉默。"开门。"他说。

"不行。"

"怎么了？"

"有人在。"

一瞬间他不知该做什么。这是清晨。他病了，奄奄一息。墙壁、地毯都在吸噬他的生命。

"卡亚。"他恳求道。

"不行。"

他震惊是因为他天真。一切都没变，世间万物都原样未动，然而他却感到一片陌生，他的存在已经消失。她的裸体，深夜晚餐，她电话里的声音——他只剩下了这些，如同被她丢弃的碎片。他开始下楼。我要死了，他想，我没有力气。

他坐进车里。我必须看看他，他想，我必须看看他是谁。一辆邮政卡车驶下街道。人们开始出门上班。他离大门太近了。前面不远有个停车位。他发动车开过去。

突然有人走出来，一个拎公文包的圆脸男人，穿件防水大衣。不，维瑞想，不可能。下一刻又出现了两个人——难道这是场闹剧？——接着，又一个。他五十岁，看上去像个律师。

他坐在办公室，无法思考。绘图员到了。你没事吧，他们问。没事。他们宽大、平坦的绘图桌上已洒满阳光。他们挂好外套。白色电话，镀铬的皮椅，削尖的铅笔，似乎都失去了意义：就像物品摆在关闭的商店中。他的视线在响亮的静默中掠过它们，一种无法穿透的静默，即使他在其中说话，点头，听见别人交谈。

十点钟她来了。"求你，我不能说。"她说。

她穿件苗条的棱纹毛衣，颜色像货运纸箱；她面色苍白。她穿过房间时，他意识到她的双腿，她高跟鞋在地板上的声音，她的腕骨。他无法去看她，有关她的一切，他所知道的，所拥有的，都在渐渐消逝。

他在午前离开去开个会。一走到外面他就给她打电话。电话亭里的号码簿被撕掉了好多页。门关不上。

"卡亚，"他说，"求你了。那是什么意思，你不能说？"

她似乎很无助。

"我需要你，"他说，"没有你我什么都干不了。哦，上帝。"他轻声说。他的眼里充满泪水。他无法告诉她自己的感觉。他就像个逃犯。"哦，上帝，我认识一个女孩……"

"别说了。"

"为她我进了监狱，我瘦骨嶙峋。我放弃了生命……"

"我怎么知道你会来？"她说。"你为什么不先打电话？"她开始抽泣，"你没有脑子吗？"她哭着说。

他挂了电话。他完全清楚这种谈话毫无用处，他早该用尽全力甩她一耳光。但他不是那种男人。他的憎恨虚弱，无力，甚至无法让血变黑。

十分钟后他从客户那儿告辞，然后又冲去给她打电话。他竭力显得镇静，无畏。

"卡亚。"

"嗯。"

"今晚见一下。"

"不行。"

"明天，那么。"

"也许明天。"

"求你，答应我。"

她不回答。他恳求。

"好吧，明天。"她终于说。

他无法回去工作。于是他去了她的公寓，按响门铃。没有回答。他开门进去。一阵寒意向他袭来，一阵刻骨的寒意，仿佛事故后随之而来的震颤。阳光灿烂。收音机在播报天气、新闻。

床没有铺，他无法靠近。厨房里的脏玻璃酒杯，一碟冰已经化成水。他走向衣橱。她的衣物围绕着他，它们看上去薄如蝉翼，缺乏实质。他的手在颤抖，他设法在一件黑色连衣裙上割下了一块心形，那是她最美的一件衣服。当他这样做时很怕她会突然出现，他将无从解释，无地自容。之后他坐在窗边。他的呼吸微弱，像只蝼蝈。他坐着一动不动，房间的空寂、宁静让他镇定下来。她躺在灰色的晨光中，背部光滑而闪亮，柔弱的腿。她赤裸着，不思不想。他分开她的双膝。永不。

芮德娜那天晚上很开心。她看上去对自己很满意。

"你还好吗？"她问。

"什么？还好，漫长的一天。"

"我们将会有自己的鸡蛋了。"她宣布。

孩子们欢欣雀跃。"快来看！"她们叫道。

她们拉着他的手来到地面是沙石的阳光房。鸡都奔向角落，然后贴着墙跑。丹妮终于成功抓到一只。

"你看他，爸爸，你不爱这位先生吗？"

那只母鸡惊恐地坐在她的胳膊里，眨着小眼睛。

"女士。"维瑞说。

"你想知道她们的名字吗？"弗兰卡问。

他含糊地点点头。

"爸爸？"

"想，"他说，"她们是从哪儿弄来的？"

"那是珍妮……"

"珍妮。"

"桃乐茜。"

"好。"

"那位是妮科拉夫人。"

"那位……"

"她比别的要老。"弗兰卡解释道。

他坐到台阶上。阳光房里已经有股轻微的苦味。一片羽毛神秘地飘落。妮科拉夫人端坐着，仿佛掉在一大团羽毛中，褐色、米黄，颜色越来越浅，直到变成柔和的棕色。

"她更聪明。"他说。

"哦，她非常聪明。"

"母鸡中的智者。她们什么时候开始生蛋？"

"马上。"

"她们是不是还有点小？"他懒散地坐在台阶上，看着她们小心、慎重地移动，头一扯一扯。"好吧，如果她们不能生蛋，还有其他用处。基辅炸鸡……"

"爸爸！"

"怎么了？"

"你不能那样做。"

"她们会理解的。"

"不，她们不会。"

"妮科拉夫人会。"他说。

她现在站立着，跟其他鸡分开，看着他。她的头侧对着他，一眨不眨的黑眼睛外面有圈琥珀色的边。

"她是个女王，"他说，"瞧她的胸部，瞧她尖嘴上的表情。"

"什么表情？"

"她理解生命。"他说。

"她知道做一只鸡意味着什么。"

"你最喜欢她吗？"

他试着哄她到自己半拢的手掌中来。

"爸爸？"

"我想是的，"他喃喃道，"是的。她是母鸡中的母鸡。母鸡之王。"他说。

她们黏着他的胳膊，开心而充满爱意。他坐在那儿。母鸡们咯咯叫着，发出像水烧开时那种轻柔的声响。他继续赞颂她——现在她已谨慎地转过身——这个奸夫，这个茫然无助的男人。

5

弗兰卡十二岁。从那被苗条衣服所包裹，还显不出臀部的身体，你很难判断她的年龄。她体型完美，虽然乳房还没有丝毫隆起。她的面孔冷酷。表情像个女人。

她编写故事，然后为它们配图。玛戈特是头大象。胡安是条蛇。玛戈特非常爱胡安，胡安也为她疯狂。他们常常只是坐在那儿，互相看着对方。一天，她对他说，胡安。

嗯，玛戈特。

胡安，你不太聪明。

我不聪明？

你没见过世界。

是啊，胡安说，我没有飞机……

一个儿童作家，严肃，沉静。维瑞给她拍照，她怀里抱着兔子，一只白爪子搭在她的手腕上。

"别动。"他轻声说。

他走近一点，聚焦。兔子很镇定，纹丝不动。它的眼睛又黑又亮，没有视力感：它们被催眠了，定住了。它的耳朵贴在背上，像枯萎的芹菜。只有它的鼻子在有生命力地颤动。慢慢地，弗兰卡把脸凑近它，她的嘴唇对着它茂密的皮毛。维瑞按下快门。

她可以通灵，一如她母亲。她知道怎么讲故事。这种天赋很早就显现了。那要么是真正的才华，要么是早熟的表现，会渐渐消退。她正在写一个故事，叫《羽毛皇后》。她坐在门口的台阶上，观察着那些母鸡。房屋寂静。她们意识到她在，但同时又无法对她保持关注。她们的思绪游离不定，她在耐心地捕捉她们的秘密，而她们却在搜寻着地上的一点谷粒。突然她们的头昂起来。她们聆听着；有人来了。

是丹妮。哈吉跟着她。她一打开门，哈吉就叫起来。

"哦，天哪，丹妮。"

"你在干吗？"

"没什么。把他带走。他吓到鸡了。"

她们一起呵斥他。母鸡们在一张摆满植物的铁桌下挤成一团。狗站在门口，吠叫着。他的耳朵每叫一下都要伏倒，他的四脚稳如磐石。

"他不喜欢她们。"丹妮说。

"让他别叫。"

"不行。你知道没法让他不叫。"

"好吧，那么把他弄走。"

她们朝他挥舞双手，把他嘘出门外。他不情愿地做出让步，继续吠叫，对着她们，对着阳光房，对着看不见的母鸡。

"这旦开始有味道了。"丹妮说。

作为姐妹她们并不亲密。她们彼此抱怨，她们痛恨分享。弗兰卡更漂亮，更吃香。丹妮相对晚熟。

然而，对于来家里吃饭的罗伯特·尚泰勒，她们的观点却非常一致：她们对他毫无兴趣。

他到达时很紧张。他不过是从欧文顿搭火车来的，却好像经历了千万里的旅程。他不知所措。维瑞试图让他放松，甚至跟他谈起巴列－因克兰 [1]，他一直在读他的戏剧，但尚泰勒对此的反应是好像一个字都没听见。他们一走进屋子，他就说，"你们有什么音乐吗？"

---

[1]   Valle-Inclan（1869—1936），西班牙作家，戏剧家。

"当然，有。"

"我们能听一下吗？"尚泰勒说。

当维瑞在挑唱片时，他等待着，对两个孩子不理不睬。音乐开始了。那就像一剂强力药。尚泰勒镇定下来。

"巴列－因克兰只有一只手臂，"他宣称，"他把另外一只砍了，这样他就像塞万提斯了。你对西班牙作家感兴趣吗？"

"我对他们了解不多。"

"明白了。"

他吃饭时头贴着盘子，像个坐在公司食堂里的男人。他吃得不多。他不饿，他解释说，他在火车上吃了个三明治。至于酒，他一滴未沾。他被禁止饮用任何酒类。

之后他们玩了"俄罗斯银行"。一开始,尚泰勒几乎满脸漠然，但渐渐变得非常欢快。

"哈，"他说，"是的，我有打牌天赋。我二十岁的时候几乎不干别的。这是什么？这是老 J 吗？"

"大王。"

"哈。国王[1]，"他叫道，"是的，我想起来了。"

维瑞开车送他去火车站。他们站在狭长、空旷的站台上。尚泰勒朝后瞥了瞥空荡荡的铁轨。

"是从另外一个方向。"维瑞告诉他。

---

[1] 原文为法语。

"哦。"他朝那个方向看看。

他们走进一个小小的候车室，里面有个火炉在烧。长椅上零星分布着最早一批游客，墙上密布着某种原始涂鸦。

"你能借我几美元坐出租吗？"尚泰勒出人意料地问。

"你要多少？"

"我没带一分钱。我只有车票。至少我不会被抢。"

维瑞拿出身上所有的钱。他抽出两美元。"够了吗？"

"哦，够了，"尚泰勒大度地说，"给，一美元就够了。"

"你会需要的。"

"我从不给小费，"尚泰勒解释道，"你知道，你妻子是个非常聪慧的女人。非一般的聪慧。"

"是的。"维瑞附和道。

"魅惑。你知道那种说法吗？"

他们脚下的地板开始颤动。高高的、灯光明亮的火车车窗呼啸而过，然后突然慢下来。尚泰勒没有动。

"我找不到车票。"他宣称。

维瑞扶着门。几个乘客已经下来了；乘务员在左右张望。

"你为什么不先上去再找呢？"

"我把它放在口袋里……啊，该死的！"他开始用法语小声咒骂。

响起一阵刺耳的汽笛声。尚泰勒挺起身。"哈，在这儿。"他说。

他匆匆跑出去又站住，犹豫不决地，想看哪扇车门开着。只有一扇门开着，就是乘务员站的地方。

"从哪儿上？"尚泰勒问。乘务员根本不理他。

"那儿，从他那儿。"维瑞喊道。

"但是有两节车厢。他们只开一个门？"

他开始向那边走去。维瑞担心车轮随时会向前冲。这是电动火车，加速很快。

"等等，还有个乘客！"他大叫道。他对自己感到厌恶。

尚泰勒漫不经心地爬上车。他还没坐下火车就已经开了。他在过道上稍稍弯下身子，用一种笨拙的姿势挥手，手掌向前，像个道别的舅母。然后他便消失了。

"你把他送上车了吗？"芮德娜问。

"他真是个异类，"维瑞说，"应该上了。"

"他邀请我去法国。"

"那肯定会让你毕生难忘。你什么意思，他邀请你？他不知道你结婚了吗？难道说，他觉得我们俩一起在这儿出现只是某种巧合？"

"这和结婚毫无关系。我是说，作为一个男人他对我没有吸引力。我实话实说。"

她躺在床上，靠着白色枕头，手上一本书。她似乎理直气壮。

"我们会住在他妈妈家。"她说。

"芮德娜，你都不会说法语。"

"我知道。正因此才更有意思，"她不禁笑起来，"他妈妈在圣叙尔比斯广场有套公寓。那是个很美的广场。你可以走到外面，他说，有个周围一圈铁栏杆的阳台。"

"好极了。铁栏杆。"

"卧室里有壁炉。光线不暗，他说。在最高一层楼。"

"我猜应该有床单。"

"他妈妈住在那儿。"

"芮德娜，你的确非同一般。你知道我爱你。"

"是吗？"

"但至于去法国……"

"想象一下，维瑞。"她说。

6

伊芙很高。她的脸有颧骨。她走路时肩膀下塌。她客厅的书架被书压弯了。她替一个出版商工作；哦，你不会听说过，她说。

她生活中的一切都有待完成——没回的信件，地上的账单，黄油整夜放在外面。那或许便是为什么她丈夫会离开她：他甚至比她更乱。她至少很开心。她衣着光鲜地跨出乱糟糟的玄关，就像个住在贫民窟的女人走向一辆豪华轿车，一路都是野狗和垃圾。

她前夫来看她。他躬身坐在壁炉旁的椅子上，脚边是个过夜的包。他的绒面夹克污迹斑斑，口袋破了。他才三十二岁，有张露宿街头的脸。他双目无神，眼中空无一物。当他说话时，显得极度痛苦——巨大、漫长的停顿。他要……跟儿子建个模型，他说。

"别让他睡太晚。"伊芙说。她一早要出发去康涅狄格州，他们在那儿有栋老屋，俩人轮流使用。

"听着，想到……那个房子……"他说。

沉默。孩子们在狭窄的死胡同里溜冰。下午正在消逝。

"池塘边的柳树。"他说。他的声音迷茫，恍惚。"你应该找尼尔森，做园艺的那个，你去的时候。它需要……"他停下来，"它有点问题。"他最后说。

"不长的那棵？"

一阵停顿。

"不，长的那棵。"他说。

他和一个年轻女人住在一起。他们上餐厅，他们去派对。他站直时裤管空空荡荡，像个老头那样挂在身后。

"他看上去好可怜。"伊芙说。

"还好他走了。"芮德娜对她说。

"她甚至不能让他穿干净。"

"所以他看上去可怜。"

伊芙大笑。她的牙齿后面嵌了金子，这使它们边缘发黑，有柏油般的光晕，像个妓女。她随时准备笑。她很有趣。她的生活没有根基。她对生活只是三心二意，根本不把它当回事。正是这点让她无可抗拒——那些微笑，那种无忧无虑。

她们就像姐妹，同样修长的身材，同样的幽默。她们很容易想象自己在对方的位置。

　　"我想去欧洲。"芮德娜对她说。

　　"那不是很棒吗？"

　　"你去过意大利。"

　　"好像去过，我去过吗？"伊芙说。

　　"感觉怎么样？"

　　她们的话语在向晚的午后飘远。她们坐在破败的双人椅上。安东尼在一个朋友家。他的课本摆在桌上，他的自行车在厨房。这套公寓的凌乱和它的小花园都让芮德娜喜欢，虽然她自己决不会住成这样。

　　"对，我是和阿诺德一起去的。"伊芙说。

　　"你们去哪儿了？我打赌阿诺德很适应罗马。"

　　"他爱罗马。你知道，他会讲意大利语，跟所有人都讲。滔滔不绝。"

　　"那你在干吗？"

　　"我通常就在不停地吃。你知道，那些餐厅你一坐就是几个小时。他喜欢读菜单，读上面的一切。然后他还跟侍者讨论，看其他桌上的人在吃什么。如果你很着急，那就完了。他会说，不，不，再等会儿，让我去看他说的那个什么……白豆[1]。"

---

[1]　原文为意大利语。

"白豆……"

"我忘了，白豆是什么？我不知道。反正我们老吃。他喜欢吃蔬菜杂烩肉，喜欢吃鱼干。我们吃东西，参观教堂。他了解意大利。"

"我好想跟阿诺德一起去。"

"他喜欢很小的旅馆。我是说，迷你型。他每家都知道。我学了很多。比如说，有某类臭虫你可以让它待在身上。"

"什么？"

"哦，我可没试过，不过他是那么说的。他永远不会结婚。"伊芙说。

"你为什么这样说？"

"我知道。他很自私，但那不是自私。他不害怕一个人。"

"那就什么都解决了，不是吗？"

"是啊。另一方面，我很怕。"伊芙说。

"不，你不怕。"

"我怕得要命。我觉得那比任何事情都可怕。但他知道如何面对。他喜欢人。喜欢吃，喜欢去剧院。"

"但最终他还是一个人。别无选择。"

"哦，我不知道。他无所谓。他心满意足，他知道我们在想他。"

她无与伦比，伊芙；那是他说的。她在各方面都温柔慷慨。她会给你送书，送衣服，送朋友，她会用她冷酷、放浪的身体，她淫荡的嘴唇，让房间四壁生辉。她是那种被拥在拳击冠军臂弯里的女人，那种不结婚，早晨带着黑眼圈出现的女人。

她们在想他。

"是啊，"芮德娜赞同道，"那是个问题。他最近怎么样？"

"下周是他生日过去六个月。也就是说，离下次生日还有半年。"

"你们要庆祝吗？"

"我送了他一些手帕，"伊芙说，"他喜欢那种大大的工人手帕，我找到一些。我不知道，有时他会一两个礼拜不见人影。有时甚至甩手就走。真希望我是男人。"

7

圣诞节。汤姆，那个老临时工，照例在灌酒。他有张瘦脸，耳朵溃疡。一个把酒瓶藏在地下室保险丝盒后面的老实人。当维瑞想递给他一只装着钱的信封时，他吓得退后几步。

"这是什么？"他叫道。"不，不。"

"圣诞节的小礼物。"

"哦，不。"他没刮胡子。"我不要。不，不。"他看上去似乎要哭了。

绘图员俯身在工作台上，期待着他们的奖金。商店流光溢彩。五点前天就黑了。

把车停在一块禁停标志下，维瑞奔上剧院台阶去买《胡桃夹子》的票。这是一种仪式；他们每年都看。弗兰卡在巴兰钦^[1]的学校学芭蕾。她有成为舞者的那种镇定和优雅，但缺乏坚定。她是班上年纪最小的，她们的腿在枯燥的口令中整齐划一地抬高，学校在百老汇那边，一家阴沉的斯卡夫餐厅楼上。

暮色中的城市，车流，巴士洒下的光，橱窗中的映像，眼镜店。天气寒冷欲裂，一个熙熙攘攘的世界，人群涌过报摊，折扣药店，坐在劳斯莱斯里的女孩，她们的脸被仪表盘照亮。

维瑞把车停在消防栓旁，他进去买瓶酒，写张支票付钱，或者买块薄薄的、白色楔形的法国布里奶酪，软得像麦片粥——什么都紧缺，什么都没货——他们沿着百老汇一路慢慢开。这是他们的日常街道，他们的大马路，对它的丑陋他们已经麻木。他们去扎巴斯，去马里兰市场。他们买什么都有固定的点，那都是他们结婚之初住在附近时发现的。

收音机在响，双跳灯在闪。芮德娜在座位上转过身跟孩子们说话，而维瑞在商店里排队，慢慢地向前挪动。他们能透过橱窗看到他的姿态，几乎能分辨出他说的话。正跟他交谈的那个女孩闷闷不乐，动作迅速；她正在用手里的一块方形蜡纸包起糕点。

"你得大声点。"她说。

"好。这是什么？"

"杏仁。"

---

[1]　George Balanchine（1904—1983），著名俄裔美籍舞蹈家、编导。

"啊。"他应付道。

她有张大而平的嘴。她在等着。他感到一阵突然的无语、绝望。在他眼前是一幅卡亚的最后画面，仿佛她一个粗鲁的妹妹。她的乳房让他虚弱。

"要吗？"

"那，要两块吧。"他说。

她没有看他；她没时间。当维瑞拿起放在他面前的糕点，她已经在跟别人说话。

车里很温暖，她们在说笑，弥漫着芮德娜让她们试的香水味。为避开堵车，他们穿过居民区，偏僻的窄巷，没人走的小路，一直到桥边。随后，驶入冬夜，孩子们安静下来，到家了。

芮德娜在厨房泡茶。炉火正旺，狗把脑袋搭在他们脚上。

她热爱圣诞节。关于圣诞卡她有个绝妙的创意：她会做些纸玫瑰，颜色深浅不一，然后分别放在盒子里寄出去。为了达到最佳效果，她把彩纸在桌上摊开——这个不行，那个不行，她说——哈，这个！屋里有一种近乎戏剧化的兴奋。一连数天，在她喜欢的几个房间，窗台和桌子上都摊着她的东西：珠子、彩纸、纱线、漆成金色的松果。就像个工作室；琳琅满目，让人沉浸，屏息。

维瑞在做一本基督降临历。一如往年，他又弄晚了：十二月的第一周已经过去。他做了一整座城市，天空黑得像天鹅绒靠垫，用刀片割出的星星，烟从烟囱里升起，又消散在夜空，那些隐秘的庭院、阳台、屋檐——一座城市缩影。它像巴思，像布拉格，一座透过钥匙孔瞥见的城市，有台阶的街道，穹顶如同太阳。每扇窗都开着，似乎开着，里面贴着图片。芮德娜给了他满满一信封的图片，但还有另外一些是他自己找的。有些是真实的房间。有小动物坐在椅子上，小鸟，平底船，鼹鼠和狐狸，昆虫，波提切利的画作。每样东西都被仔细、秘密地放好——孩子们禁止接近——而精巧的城市外表则被粘在上面。有些细节只有弗兰卡和丹妮能认出来——街道标志上的名字，某扇窗中的窗帘，一栋房屋上的数字。他在构筑的是他们的生活，带着它独特的外观、方式、欢乐，充满了柔和的色彩，充满逻辑和惊奇。走入其中，如同走入另一个国度：奇异，迷幻，令人一见倾心。

"看在上帝分上，维瑞，你还没做好吗？"

"过来看看。"他说。

她站在他肩后。"哦，简直太妙了。这就像本书，一本奇妙的书。"

"看这里。"

"这是什么？一座宫殿。"

"这是大剧院的一部分。"

"在巴黎。"

"对。"

"它很美。"

"瞧，门可以开。"

"开一下。里面有什么？"

"你永远猜不到。泰坦尼克。"

"不，真的？"

"正在沉没。"

"你疯了。"

"问题是，她们知道这是什么吗？"

"不必要知道,能看出是什么,"芮德娜说,"其他还有什么？"

时间晚了。他累了。

他给丹妮买了一只熊，一只带轮子的巨型玩具熊，戴着项圈，肩上有个小环，一拉就会让它咆哮。它那张脸！它集所有熊于一身：俄国熊，杂技熊，从树上偷蜂蜜的熊。它是那种富家孩子拿到第二天就会扔到一边的礼物，那种你永远记得的礼物。它要五十美元。维瑞把它塞进汽车后备箱带回了家。

平安夜寒风凛冽。天早早就黑了，每条路汽车都排成长龙。维瑞到家晚了，他带回最后的礼物，白兰地，芮德娜的香烟。地面上的雪照亮了一切。音乐在响；哈吉吠叫着从一个房间奔到另一个房间。

"它怎么了？"

"它很兴奋。"她们说。

"我一直在想。我们没有东西给它。"

"我给它准备了。"芮德娜说。

"我想我们应该写一出关于它的戏。"

"什么？"她们叫道。"怎么写？"

"关于它如何恋爱的。和一只癞蛤蟆。"

"哦，爸爸！"弗兰卡说。

"哦，太棒了！"

车道上，杰文，胳膊下抱满了礼物，正在走过一扇扇亮着灯的窗口。一闪而过的白色书架，孩子们无声的说话，芮德娜在微笑。

他们坐在壁炉边听维瑞朗读。《一个威尔士孩子的圣诞节》，词藻之海湿润了他的嘴，一片无边无际的海。他们听得入迷，他们为那特别的声音而神魂颠倒。他镇定、叙述的语调不断流淌。小狗把头呈三角形搭在他膝上，像条蛇的头。最后一句。在紧随而来的沉默中，他们仿佛在做梦，木头的一块块白色余烬，轻柔地跌落成灰，窗外的寒冷，房子里洋溢着明亮的惊喜。

杰文很安静，他感觉像个外人。他的情人无法触及。她正身处仪式与职责当中。他嫉妒，但没表现出来。它们对于她很珍贵，这些东西；它们是她的灵魂。正是因为它们，她才值得窃取。

没有晚餐，他们正忙着做最后的准备。维瑞和芮德娜一起，杰文打下手，女孩儿们在自己的房间里包礼物。灯光一直亮到下半夜。这是一场盛大的庆祝，一年中的顶点。

芮德娜已经换了床单。他们惬意地上床。她的条理性得到了满足。她感到疲惫、充实。

"今晚你读得好美。"她说。

"真的吗？"

"是的，我看到她们的表情。"

"她们很喜欢，是吗？"

"她们爱这个故事。杰文也是。"

"他是第一次听这个故事。"维瑞说。

"是真的？"

"他告诉我的。但你是对的，他喜欢这个故事。我想他非常喜欢。你知道，他读书不少。"

"我知道。"

"他比你以为的要深刻，"维瑞说，"那也正是他有意思的地方。"

"你怎么知道？"

"哦，我相当了解他。他其实隐藏了一些东西。"

"你觉得他隐藏了什么？"芮德娜问。

"这个词太宽泛，不能真正表达我想说的意思，但我觉得他在隐藏爱。我指的是某种感性。他是个游民，他始终不得不去挣扎。你知道，表面看似乎我们没什么共同点，但其实我们有——以某种奇异的方式。"

"我觉得你们有。"

"我肯定，"维瑞说，"我们完全在不同的层次，但的确有某种东西。"

"这些东西要真正理解实在太难。"她说。

他们睡着了。屋子在黑暗中，房间如幽灵。火熄了，狗睡了，寒意降落屋顶，凝成白色的脆斑。

圣诞节的早晨天气晴朗，风还在刮，树枝嘎吱作响。弗兰卡收到一台宝丽来相机，她拆开时发出狂喜的尖叫；她差点哭了。她们互相拍照，拍她们的房间，拍圣诞树。下午她们开了个派对，只是个小聚会，每人一个客人：弗兰卡请了一个她舞蹈班上认识的女孩，丹妮请了莱斯莉·达兰德。有寻宝游戏，冰激凌，在圣诞树上点燃真蜡烛；一棵立在窗边的巨型圣诞树，枝叶茂盛如熊皮，其间有小鸟、银球、镜子、天使，树的下方安卧着一座木头小村庄，树尖上是颗在博尼尔商店买的十角星。

表演要到所有礼物都分完才开始，鸡肉，照片，圣诞彩蛋。然后维瑞扮成"恒河教授"出场了，戴着小胡子，穿套旧燕尾服。他语调低沉，显得高深莫测；他表演了各种戏法。九本杂志摆在地上，三本一排。他会离开房间，然后回来，说出她们选的是哪一本。芮德娜是他的搭档；她用一根拐杖点着那些杂志——是这本吗，她问，还是这本？

"现在我要告诉你们一个我师父表演的魔术：他可以在水下待七分钟，他可以看一眼记住整本书。拿一叠普通的扑克牌，他请你想其中一张，只是想，然后他把牌撒向窗户。它们四散掉落，但有张牌贴在玻璃上。它正是你想的那张。他说，好，现在走过去把它从玻璃上移开，于是你走过去，而当你伸手去拿的时候，你发现它在玻璃外面！你们想看吗？"

"想，想！"她们叫道。

"明年。"他说；他来了个东方式的鞠躬，退出房间。"想看！"

她们大叫，"教授！想看！"

好一场派对！有嚎叫比赛，剪刀游戏，往水里扔硬币，往帽子里扔纸牌。夜幕降临，天开始下雪。雪花飘落在河边寂静的堆木场上，飘落在空荡荡的圣诞节公路上。

除了大熊，丹妮还得到一台收音机，一双马靴，一本关于动物生活的华丽的拉鲁斯版画册。弗兰卡收到一把吉他，一件外套和一盒英国颜料。在日记中她写道：最美的圣诞。还下了雪。我的父母全都很棒。派对妙极了。我真的很喜欢艾薇儿·柯夫曼。她非常聪明。她解魔方比其他人都快。她的头发好美。很长。丹妮不肯出去喂小马和猪（她是猪），所以我去了。我有全世界最好的妈妈。

8

她父亲来访。他六十二岁。牙齿掉了。残败的头发向后梳过头顶，发型来自一个乡下理发师。他唠叨、严厉，坚硬的脸颊像个德国邮差。他烟不离手，笑声嘶哑。他会讲很多故事，有事实也有谎言。"我只用了七个小时，"他说，"时速从没超过六十五。"

这是他的生日。他带来两个完全一样的超大洋娃娃。包装盒是廉价的的灰色纸板箱，打开时像个棺材，里面包着玻璃纸。两个女孩谢过他，然后不知所措地站着。"你们玩洋娃娃不会太大了吧？"他问。

"哦，不会。"

滔滔不绝地解释如何保养汽车时，他开始咳起来。他从1924 年起就一直有车。"人们不懂，"他说，"你教他们，但他们还是不懂。"

穿着燕麦色毛衣，芮德娜正在把土豆放到一条羊羔腿边上。土豆削了皮，湿乎乎的。她把它们像弹子一样捧在手里。她穿了件黑色的百褶裙，及膝长袜，平底鞋。

"你的油，"他父亲说道，"你要用最顶级的油，然后每一千英里换一换——不只是加，是换。我不管他们怎么说。记得我那辆普利茅斯吗？"

"普利茅斯？"

"36 年的普利茅斯，"他说，"整个战争期间我一直在开。"

"哦，我当然记得。"

她正在摆桌，奶酪，意大利香肠，酒。

"你们有啤酒吗？"他问。"我只要来杯啤酒。维瑞在哪儿？"

"他过会儿就回来。"

"他才该听听这个。"

"恐怕这对他没什么用。"

那天晚上他问杰文，"你有车吗？"

"车？有啊。"杰文说。他被邀来玩扑克。他们坐在桌边，面前堆着红蓝筹码，正在洗牌。"我有辆菲亚特。"

"我下五美分。"芮德娜的父亲说。他用硬得像挂钩的食指敲打着桌面。骆驼烟就在手边。他颤巍巍地发牌。"一个J，"他说，"一个五。一个七。又一个七。菲亚特，是吗？你为什么不搞辆雪佛兰？"

　　"雪佛兰不错。"杰文承认。

　　"绝对。雪佛兰一辆破车也比你那个牌子的新车好。"

　　"你这么觉得？"

　　"据我所知。该你下注了，伊冯娜。"

　　"好，"芮德娜说，"我觉得手气来了。"

　　"她喜欢赢。"他父亲说。

　　"我爱赢。"她微笑道。

　　温暖厨房里的一场友谊赛。她替他把一切安排得多么仔细，多么周到。这个是他父亲的男人，这个咳嗽的推销员，她全心全意地接受他。他对她别无所求，除了偶尔一次的欢迎。他从不久留。他不写信，他的生活在开车拜访一个个客户中度过，在女人们说话口齿不清的酒吧中，在芮德娜多年前就已逃离的房子中，一栋你无法想象她会住在里面的房子：过时的家具，后门有个遮阳篷。没有书，没有窗帘，地下室一股煤屑味。她在那儿长大，日复一日，甚至到十六岁还毫无迹象表明她将会成为谁，直到一个夏天，她突然消失——她已蜕化成蝶。取而代之的是一个前所未有的年轻女人，她身上的一切都卓然不群，她仿佛一则消息，或这则消息的传送者，神秘，镇静，通体完美，毫无瑕疵。

"那真的是你父亲？"杰文喃喃低语。

她没有回答。她前臂趴在地上，沉默不语，视而不见。地毯刺痛她的肘，她赤裸的膝。他跪在她身后。他一动不动。带着某种庄重、残忍的缓慢，他等待着，像个官员，像个正要敲响钟声的男人。他听着远处的车流，她能感觉到他的专注，他的镇定。

"他真的是？"

"是的。"

她被触动了。这个词被她的呼吸淹没。她哭了。就像条蛇吞下一只青蛙，缓慢，不知不觉。她的生命正在结束，没有挣扎，没有动静，只有偶尔的、无意识的痉挛，如同无助的叹息。他的声音似乎冲刷而过，恍若梦中，"这简直难以置信。"

她一言不发。还没有结束，还正在进行。她就像个被勒死的女人。她的额头压在地毯上。

"你非常爱他。对我说。"

"是的。"

"我爱听你的声音。"

她必须先咽下口水。"是的。"

她戴着他给的深紫色的石头手镯。她把它戴在三只金箍之间。她一动你就会听见它，一种微弱的、充满肉欲的声响，宣告着她是他的财产，即使当他跟她丈夫坐在一起，听到她在厨房，或者他不在时，她翻动着杂志。

"我找到一本菜谱，"他说，"要我读给你听吗？"

她听见书页翻动。

"瑞蕾塔迪欧 [1]，"他说，"我念得对吗？"

她没有回答。

"将鹅肉去皮，然后剔除鹅骨。"

她感到虚弱，仿佛要晕过去。

"留一些肥肉放在烤盘。"她让他流口水。他想品尝她。

他们那无尽的旅程已然开始，向前一点，再往后。书已经掉到地上，他抓住她的手臂，她的肩膀。她在呻吟。她已经忘了他，她的身体像只拳头一样扭动、握紧。

在随之而来的静止中，他说，"芮德娜。"

她没回答。一阵长长的沉默。

"你知道阿伦茨的故事吗？"

"阿伦茨？"

"他是以前这里的店主。我是从他手里买的。"

"那个年轻人。"

"他是个古董商。"

"哦，对。"

"他父亲是个雕塑家。"

"这我不知道。"

---

[1] 原文为法语，意为"鹅肉酱"。

"我有些他的作品。我在屋后发现的。"

它们是两个小件，一个是匹马，金属腐蚀得像亚述文的信。

"你喜欢吗？"他问。

她把它举到空中，在她脸的上方。

"这个也是。"他说。

她的手发软，几乎握不住它。

"他很有才华，不是吗？"杰文说。"他妻子是个绝世美女。叫尼娃。"

"尼娃。"

"名字很美，不是吗？他们很有名，他们俩。她非常有魅力，人人都喜欢她。她热烈而强硬，而他很亲切，但似乎少了点什么。他们在法国有栋房子，在南部，很多美丽的书，他们认识所有三十年代的名人。但你知道，她是匹母马，而他是头老山羊——不，不是山羊而是毛驴，一头亲切、耐心的毛驴。

"结果就是这个儿子。你见过他。他像他父亲，很软弱。他继承了不少有作者题词的签名书，还有数百张剪报。他父亲最终离开了他们，他母亲开始酗酒。她根本不管房子。到处都是酒瓶。最后她死了。"

"怎么死的？"

"从楼梯上摔下来。你知道我为什么跟你说这个吗？"

"不知道。"她再次凝视着那件小小的青铜马。

"是这样。瞧，"他突然说，"我想给你看点东西。我现在有点累，你明白的。"

他拿起电话簿。那是本全国电话簿，跟拇指一样厚。他用牙齿咬住它，脖子和手臂上的肌肉凸起，他开始慢慢地，稳稳地，用牙齿和一只手将电话簿撕成两半。

"看见了？"他说。

"嗯。我知道你很强壮。我知道。"她说。

她收到父亲写在小横格纸上的一封信。信中对他在此度过的三天表示感谢。回家路上他得了感冒。不过他还是觉得很开心，甚至比去时还开心。她是个好牌手；那一定是遗传。没有真正的朋友，他警告说。

9

夏天，阿默甘西特。她三十四岁。她躺在沙丘上，干草里。她的手用黑色做了标记，每个手指分成三截，拇指两截，手掌分成四块，像封叠过的信。在手指根部她圈起了掌丘，木星丘、土星丘和水星丘，并把掌纹涂成了红色。旁边摆着手相图，她沉浸在研究中，若有所思地出神。下方，沙滩上，她的孩子们在嬉戏。

她沉默着，一个异类，只有从海上能看见她的身影。她的身体呈深棕色。她那隐藏的乳房苍白，在她臀部周围有条细细的白边，比领带还窄。她的眼神清冽，嘴唇没涂颜色；她心如止水。她已经没有兴趣要成为派对上最美的女人，要去结识名人、追求刺激。阳光温暖着她的腿，她的肩，她的头发。她不怕孤独，不怕变老。

她待了好几个小时。太阳升到最高，孩子们的叫喊声渐渐变弱，大海变成了锡。海滩永远都不会空着。它广阔，无边无际，总有人在上面，远远地，就像游牧民族的营地。她在自己的手相上看到财富，看到非凡的最后三分之一人生。三个清晰的圈，每个代表三十年，环绕着她的手腕：她会活到九十。她对婚姻已失去热情。没什么可说的。一座监狱。

"不，我告诉你婚姻是什么，"她说，"我对它感到麻木。我对所谓幸福的一对感到厌倦。我根本不相信他们。他们是假货。他们在自欺欺人。

"维瑞和我是朋友，好朋友。我想我们会永远如此。但除此之外，其余的已经死了。这我们俩都知道。假装也没用。它就像一具化妆的尸体，但却已经腐烂。

"等维瑞和我离婚……"她说。

那年夏天阿诺德来了。他的到来堪比卓别林。他带着伊芙，开辆白色的豪华轿车，微微地挥着手，而这时前轮开上了一个树桩，车头被抬到离地三英尺的半空。他要了后屋的两个房间，一个卧室和一个俯视田野的日光房。他戴着白帽子，穿件罗纹衬衫，裤子是烟草或某种香水的颜色，还扎着条领巾。他粗暴，沉静，像天竺鼠般狡猾。他做的第一件事就是买了价值一百五十美元的烈酒。

"一份绝妙的礼物。"芮德娜回忆说。

"不过,"维瑞说,"其实说起来……"

"他并没有全都喝完。"

"对,没有。"

再就是雪茄。那是个充满午餐和奇妙雪茄的夏天。每天,在阳光下吃完午餐,芮德娜就会问,"阿诺德,今天我们抽什么?"

"我看看。"他会说。

"科罗娜利达?"

"不,我想……也许。你觉得唐迭戈如何?"他会问。"唐迭戈或者帕尔玛。"

"帕尔玛。"

"给。"

她写信给杰文:你知道一想到分开我是多么痛恨,哪怕只有几星期,但不知怎么我发现那并没有想象的那么难。总之,我反而更多地想到你,整个夏天似乎就像我们分别后度过的漫长一天,我有时间去回想,去再度品味你。那就像睡觉,就像洗澡。我们经常说要一起去海边,虽然现在我身边没有你,我却在用你的眼睛去看,并感到很满足。如果我不爱你,不是强烈地感受到你的爱,我就不会有这种感觉。我们多么幸运。我们之间有那种来回穿梭的强大电流。我无数次地吻你。我吻你的手。弗兰卡经常说起你。甚至维瑞也是……

128

在签名旁边，有幅凭记忆画的小画。

她收到罗伯特·尚泰勒的信，他人在瓦朗吉维[1]。他的明信片开头没有称呼，他的字迹潦草而稠密。

我的戏是第一流的，长达两个半小时没有间断。它名为《拉·毕高德》。我正在给它做最后的润色。

"那么他回法国了。"维瑞说。

"对。"

"好可惜。"

这是我的行程，我的目标是紧密地遵循它。我将在"德拉·特娜丝旅馆"一直待到八月十五号。在维依—夏铁龙的"拉阿贝"待到八月三十号。整个九月，在伦敦斯隆街的威尔布拉罕宾馆。

某个内德·波特曼会致电你。他是个美国人，相当有才智，我是在这认识他的。他见过我工作，他定会说些关于我的事情，或许你会感兴趣。

她无话可说，但还是设法写了封简短的回复。他的收信地址让她莫名地兴奋，那些带下划线的单词，勒图凯的邮戳，三十年代的雕花抬头。

孩子们爱阿诺德。他的卷发太长，颜色在变淡。他有个大肚皮；这使她们的父亲相比之下显得瘦弱。阿诺德是个族长，一个大男子主义者。他戴着草帽，躺在沙滩上，惬意地动着脚趾头，

---

[1]　Varengeville，位于法国诺曼底海岸的滨海小镇。

一个满口白牙——白得像贝壳——的海边流浪汉，兜里塞满了皱巴巴的钞票。他是个书商。他有钱是因为生意运转良好、稳定，还因为他会毫不犹豫地砍价。他可以拿钱开玩笑，可以乱花，钱源源不断地流向他，就像水流进下水道。

他和她们在海滩上奔跑。他在灼人的阳光下威风凛凛，他的脸在阴影里，他的皮肤晒黑了。伊芙周末才来。他们搬到一家汽车旅馆。

"那儿太安静了。"第二天他抱怨说。他正在调酒，朗姆酒加鲜果汁；还剩最后一点上好的朗姆酒。维瑞在收集柴火。海滩几乎已经空了。远处，半英里外，另一帮人在海里游泳。

浸过海水的玉米正在被烤着，他们喝着冰朗姆。

"你们听说了吗？"芮德娜说。"我们的房子被偷了。"

"哦，天哪，"伊芙说，"什么时候？"

"我们今天早上才接到电话。他们偷了唱机、电视，一切都砸得稀巴烂。"

"你们一定气坏了。"

"我想去欧洲住。"芮德娜说。

"欧洲？"阿诺德叫道。"他们更糟。"

"真的吗？"

"偷窃是他们发明的。"

"英国怎么样？"

"英国？英国最糟。你知道，我在那儿有生意，有朋友。他们的公寓经常被偷。警察来了，四处看看，收取指纹。好了，我们知道是谁了，他们说。好极了，是谁？跟上次作案是同一个人，他们说。"

"哦，但我很喜欢那些英国的图片。"

"那儿的草很不错。"他承认。

伊芙喝多了。"什么草？"她说。

"英国草。"

她抚摸着他的头发。"你真的好美，"她说，"女人要怎么才能……"

"才能什么？"

"取悦你。"她含糊地低语道。

"肯定有办法。"

她走开几步，停下，然后一下子转过身脱掉衣服。她里面只穿了条白色内裤。

"你热吗，亲爱的？"他问道。

"对。"

"你在衣服上太冲动。"

"我们游泳吧。"她说。她的胳膊捂着乳房。海在她身后发出嘶嘶声。

"玉米快好了。"阿诺德抱怨道。

"亲爱的，"她伸出手，"别让我一个人游。"

"绝不。"

他扛着她走向水里，像对待孩子般抚摩着她。能看见她的长腿在他手臂上晃荡。海浪丝滑。哈吉对着消失进大海的脚印吠叫。

伊芙已不再年轻，芮德娜注意到。她的肚子扁平，但皮肤已经松弛。她的手腕正在变粗。而你依然会爱她，甚至爱得更深。甚至开始出现在她额头的细微皱纹也显得美丽。他们回来时，她的发梢浸湿了，身体闪闪发光，湿内裤下显出隆起的阴阜。她深情地倚着阿诺德。她已经披上他的毛衣，一直拖到臀部，看上去就像里面什么都没穿。他的胳膊环着她的手腕。"问题是，"她说，"我能怎么办呢，我爱犹太人。"

夏日。枝叶茂盛。到处都是树叶闪烁的微光，仿佛鱼鳞。早晨，咖啡的香气，越过地板的白色阳光。楼上弗兰卡的声音，年轻女孩的走动声：她铺床，梳头，下来时带着青春期的温暖微笑。她的长发在肩胛间垂成顺滑的一束。当你触碰到它，她会变得安静，显然，她已对自己的美确定无疑。

开车去海边。沙子是热的。海发出隐约的轰鸣，仿佛在玻璃杯里。他们都晒黑了。弗兰卡已有了些微的女性轮廓，刚有点屁股，漂亮的长腿。她父亲正扶着她的腿，让她练习倒立。她穿着黑色泳装。当她拱起身体，能看出她的臀部，她的小腿肚，她小小的背。

"好了，走！"她叫道。

摇摇晃晃地，她用手倒立着走了两三步就倒了。"有多久？"她问。

"八秒。"

"再来。"她恳求道。

风从海岸吹来。海浪恍如在静默中破碎。

海滩上的日子。他们午后偏晚时分才回家，宽阔的河流在已不复灼热的阳光下闪烁。午餐像帐篷那样庇护着他们。在一顶宽大的阳伞下，芮德娜摆上鸡肉，蛋，莴苣，西红柿，黄瓜，法式馅饼，奶酪，面包，黄油和酒。或者他们会在花园的桌子上吃，远处的海，树的绿色，从隔壁房子飘来的声响。白色天空，沉默，雪茄的芬芳。

她常常说起欧洲。"我需要一种可以在那儿住下的感觉，"她说，"住得毫无顾忌。"

"顾忌？"阿诺德问。他在半闭着眼睛睡觉。维瑞去城里了。只有他们俩。

"我需要一栋大房子。"

"我觉得你没什么顾忌。"

"还要一辆车。"

"你百无禁忌。"

"对，哦，我说的是别人的顾忌。"

"哈，别人的。但你根本不在乎别人。你比我认识的任何人都不在乎。"

她沉默不语。她看着自己的脚，似乎第一次注意到上面的蓝色静脉。太阳正在最高点。仿佛处于某种失重状态，她意识到，自己的人生也正在最顶点；它神圣而庄严，飘浮着，准备最后一次改变方向。

"你知道，我在考虑离婚，"她说，"维瑞是极好的父亲。他是那么爱孩子，但这不是我犹豫的原因。也不是那些法律事务和争端，以及各种必需的安排。真正令人绝望的是这一切都显得如此乐观。"

阿诺德笑了。

"我想去旅行。"她说。她没在思考；话语在她体内的某处生成，涌上她的嘴唇。"我想在一天结束回到舒适的房间，打开行李，沐浴更衣。我要下楼进餐。睡觉。然后，早晨……《伦敦时报》。"

"上面用铅笔写着房间号。"

"我希望不加考虑地用支票签单。"

"不管怎么说，那都是最棒的感觉，不是吗？"

"我要尽情地买衣服。"

他们坐在正午酷热而寂静的天穹下，以一种倦怠的姿势，仿佛已筋疲力尽，仿佛他们正在西西里的某个地方，交换着那些如缓流般围绕左右的秘密，倾诉与倾听都同样甜蜜。

"阿诺德，我很喜欢你。你绝对是我最喜欢的男人，这你知道吗？"

"希望如此。"

"我是说真的。你有一种不可思议的理解力，理解和接受。"

"有可能。"

"你有绝佳的幽默感。"

"不幸的是，"他说，"幽默大多来自漠不关心。"

"哦，我觉得不是。"

"冷漠带来幽默。这是一种悖论。我们是惟一会笑的动物，他们说，我们笑得越多，在乎的越少。"

"我觉得那不是真的。"

"唔，"他沉思道，"也许。这种时刻的思考，尤其是午饭之后，会产生很多非常清晰的顿悟，但后来却被证明并不太对。这真是个美妙的夏天。"

"我每天都这么觉得。"她说。

夏日将尽，八月最后的日子，他们待在夜晚的草地上。穿衬衫的阿诺德一只胳膊撑着，姿势摆得像马奈的画，维瑞和芮德娜坐着。餐布铺在他们面前的草地上。高大的树木，枝繁叶茂，在风中叹息。维瑞双臂抱着膝盖，他的袜子露出来。

"一个美妙的夏天，"他说，"不是吗？"

他们不知道自己在赞美什么；这些日子，这种满足感，这种异教徒式的喜悦。他们在赞颂自己人生的夏天，他们休憩其中，远离危险。他们的肉体在说话，它们如此安康。

"我去拿汤。"芮德娜说。

"是什么汤？"维瑞问。

她站起身来。"你的最爱，"她说，"你没闻到吗？"

空气中充满了青草和干土的气味，还有淡淡的花香。

"没有。"他承认。

"鼻子是你最弱的部分，"她说，"水芹汤。"

"你真的做了？"

她拍拍自己的膝盖。"专为你做的。"

她走进去。弗兰卡坐在沙发上读书。调羹在抽屉里。纯粹的夜之光充满整座屋子。

"你是个幸运的家伙。"阿诺德说。从屋里看过去，他们似乎纹丝不动，好像在摆姿势。片片树叶飘浮在他们头顶。餐布一角轻柔地向后摆动。"你已经到岸了。"

维瑞没有回答。那庞大、温柔的夏日晚风吹动华盖般的树荫，滤过它们，使它们闪烁微光。

"维瑞，比起别的男人，你所面对的现实更美好。我是说，这显而易见，有太多例子。这里简直是天堂。"

"是啊，不过，不全是因为我。"维瑞说。

"主要是你。"

"不，你带了雪茄，"他停顿一下，"其实，并不像表面上那样。我太随和了。"

"你在说什么？"

"女人应该被关进笼子。否则……"他没有说完。最后他说，"否则，我也不知道。"

10

　　那年他们的朋友是玛丽娜和杰拉尔德·特罗伊。她是个演员——她演过斯特林堡的戏——她的眼睛是一种锋利的蓝色。她很有钱。她的财富中没有新近的东西，它在一切中闪耀：她的皮肤，她美妙的微笑。她一周去三次健身房，去找一个叫莱昂的希腊老人；他的手臂八十岁依然健壮，他的头发雪白。

　　芮德娜也开始去。她对健身从来都毫无兴趣，但在那空荡的大厅里，脏兮兮的窗户高踞车流之上，那个老人对她的朝拜、友好，一下子就让她感觉自己属于这里。淋浴间很干净，简朴感，绿色的墙壁，都吸引着她。她的身体苏醒了，她突然察觉到，在自己体内——仿佛本身就存在——有种深切的力量感。当身体被延展、悬挂，当皮肤下的肌肉变得温暖而放松，当她感觉自己像个年轻的赛跑运动员，她才意识到自己有多么爱这具肉体，这终有一天会背叛她的容器——不，对此她并不相信；事实上，正好相反。有时她感觉它是永生的：凉爽的清晨，夏夜独自裸躺在被单上，淋浴时，穿衣时，做爱之前，在海中，当肢体倦怠、昏昏欲睡。

　　她常跟伊芙或玛丽娜共进午餐，有时跟她们俩。中午的餐厅充满了老主顾，吵吵嚷嚷，一种完美、宁静的光线。在她手提包里有封刚到的欧洲来信，她只瞥了瞥，匆匆扫了一眼，看见信封就知道是谁，那醒目的蓝红边缘，那狂热的字体。罗伯特似乎病了，他自欺，哀诉，圣洁。他正在靠近兰斯的一家诊所因甲状腺问题接受治疗。距今两年后我会听到人们说：你的戏无与伦比。我的回答是：我花了十年打磨我的技艺。我正在这里跟巨人搏斗。每天早上我都大汗淋漓地醒来，准备好战斗。冲击巨大，但我从未被打倒。我错过的是彩排，是加入他们，看到演员们取得进步。我在此地完全是情势所逼。我的眼睛和耳朵评析着周围的每一点动静。我聆听着那部戏的"逗号"，仿佛它们是喷泉落下的水滴。告诉我你的所有事情。我很孤单。

餐厅几乎空了。这是一天里静止的中间时分，缓慢，溶化，两点半或三点，看不见的香烟烟雾混杂在空气中，空杯子旁边的柠檬皮，林荫道上的车流寂静、飘浮着经过，仿佛已经死去，两个三十多岁的女人，她们正在聊着。

"尼尔病了。糖尿病。"伊芙说。

"糖尿病？"

"他们说的。"

"那不是遗传的吗？"

她们坐在靠近前面的桌子。侍应生从旁边的吧台盯着她们。他爱上了她们，她们的悠然，她们的低语，她们浑然忘我的自信。

"我只希望我儿子不会得，"伊芙说，"尼尔简直一团糟。我真奇怪他毫无优点。"

"他还和那个叫什么的女人在一起吗？"

"是的，据我所知。她蠢到都不知道到底该怎么对他。她只有惟一的……我不知道该叫什么……长处。"

"在床上，你的意思？"

"她二十二岁，那就是她的长处。可怜的尼尔，他软得像水母。他牙都烂了。"

"他看上去很糟。"

"我觉得他现在连在昏暗的酒吧里泡个妞也不行。他活该，但可怕的是让安东尼看到他那副样子。太悲哀了。他喜欢他父亲，他一直喜欢。他们一直都很亲。"

"只有两个人就简单多了，"芮德娜说，"我不可能一个人抚养孩子。哦，当然，我也可以，但我在她们的品性中看到了不是我的东西，也不是对我的反叛，那来自维瑞。不管怎么说，我觉得女孩儿需要一个男性在身边。这会让她们更有活力。"

"男孩儿也一样。"

"大概。"

"你干吗不跟我分享维瑞？"伊芙问。她笑起来。"别当真。"

"分享他？"芮德娜说。"啊，我不知道。我从来没想过。"

"我说着玩的。"

"我觉得行不通，维瑞不行。阿诺德倒是……"

"是啊，没错。"伊芙说。

"真的。实际上，我觉得他有两个女人会更好。"

"但你要比我有条理多了。"

"我觉得你更善解人意。"

"我不觉得。"

"不，"芮德娜说，"而且那是天性。我肯定最终他会爱你更多。是的，毫无疑问。"

她们出现在狭窄的门口，不慌不忙，怡然自得。莱克星顿大道上的车流看不到尽头，出租车，从城郊来的车，飘浮在车辙上的黑色豪华轿车。她们在街头漫步。街道像支流汇聚的河道，而她们正在岸边流连，看着橱窗里显出她们的影像。这里有好些吸引芮德娜的店铺，她在这儿买过桌布、香水，各种东西。偶尔某个售货女孩的目光，无聊，孤独，会与她的目光相遇，在书籍陈列的上方，在酒类货架旁边。她从容不迫；她面无微笑。是她脸上的聪颖打动了她们，她的优雅。她们看见的这张面孔属于某种人，某和拥有一切的人——悠闲，朋友，一天中的时光就像一手好牌。维瑞独自走在同样的大街上。一个人的上升就是另一个人的坠落。他的脑海里充满了细节、约定；在阳光下他的皮肤显得干燥。

她在刚开始的交通高峰中开车回家，从医生那儿回来的女人，工作结束的男人，她夹在他们的车中间。树木已开始改变。

下午五点。她在自己房间的镜子前整理头发，她的双手苍白。她抚摩着她的脸颊，她的嘴，似乎要抹去什么事件的痕迹。没有事件，她正在准备制造一个：一通电话，一首音乐，半小时的阅读。

结果是电话。达兰德夫人的声音，颤抖，镇定。

"你能来趟医院吗？"她问。"我丈夫不在。莱斯丽从马上摔下来了。"

那发生在一小时前。她独自一人骑马。没人看见那疾驰，那跟跄，没人看见她以一种笑话般的姿势，四肢张开飞向空中的那一刻，然后落地，一动不动地躺着，而她的马停下来，开始啃食青草。牧场空空荡荡，从马路上什么都看不见。

医院方面宣称情况很严重，脑震荡。她仍然昏迷。她的脸部被擦伤。她的头撞到一块石头上。她是养女，家中惟一的孩子。医生正在向她神情恍惚的母亲解释事态的紧迫性、风险性。这里是儿科病房侧翼的候诊室。书架上堆着撕破的图书，地板上有积木。如果头骨内继续出血，会向大脑施加致命的压力。

"那怎么办？"

"我们必须手术。"

穿绿色工作服的神经外科医生已经出现。

"我们必须得到你们的许可。"

她转向芮德娜，恳求着。"我该怎么办？"

她们再次向医生询问。他耐心地又讲解了一遍。晚餐时间；街道在变暗。那匹被遗忘的马，仍旧套着笼头，伫立在空荡的田野上。草正在变冷。

"我想等我丈夫过来。"

"我们不能等了。"

她再次转向芮德娜。"我想等他来，"她请求说，"你不觉得我该等他来吗？"

"我不知道能不能等。"芮德娜说。

这个不孕的女人点点头，放弃了。她一脸痛苦，行，好吧，救救她。她们只瞥到一眼孩子被推走，她纹丝不动地躺着。消失了几小时后，她像个破碎的娃娃那样出现了，双眼紧闭，头部裹着白色的绷带。那晚她被放置在冰块中。被剃光的脑壳内压力持续上升。半夜时外科医生被叫来。他发现她的父母正在等着。

"到早上我们就知道了。"他对他们说。

早晨，维瑞在最后的睡梦中看见一个穿美丽裙子的女人来到一座大酒店的电梯前。那是卡亚。她没看见他。有两个身穿黑色小礼服的男人跟她一起。他不想被看见：他的普通外套，他的牙齿，他稀薄的头发。他看见他们走进电梯，上升到屋顶花园，一个派对，一种他无法想象的典雅，突然他知道她已不再跟从前一样，她终于被夺走了。

在这幢河流上的房子里，在清晨，他做着梦。秋日，独自在睡梦中，房间冰冷，空寂，从哈德逊河吹来的风洗刷着他，像一具尸体。

11

下了第一场雪。仿佛已到隆冬时节，窗户透出寒意。你可以躺在昏暗的床上，看着光的出现。

感恩节有场眩目的暴风雪。哈吉欣喜若狂。它像只小海豚一样在白色中跳跃，躺着打滚，飞奔，对着雪花狂吠。丹妮可以看见它，在远处，转身寻找她：黑眼睛，黑眼影，耳朵警觉地高高竖起。

"这里，雪孩儿，"她喊道，"过来。"

它奔跑时耳朵向后倒；它不听命令。她用力拍手。它喝醉了似的绕着大圈子跑，偶尔停下来躺在雪里，用狐狸般的眼神盯着她。她还在喊。它朝她回叫。

"你这个混蛋！"她叫道。

整个十二月仿佛都是宴会。讨论菜单、宾客名单。虾，维瑞说，行，好的，虾，但不要西班牙冷汤，他坚持道。不是喝冷汤的季节；天太冷了。

"不要在壁炉边。"芮德娜说。

"但餐厅没有壁炉。"他叫道。

她没有回答。她在埋头工作。她到底邀请了谁，他问。

"阿亚希思夫妇。"她说。

"阿亚希思！"

"维瑞，我们必须请。我是说，我并不真的在乎，但会很尴尬。"

"还有谁？"

"维拉·凯瑞。"

"这算什么？乡村老年之家？"

"她是个神奇的女人。自从丈夫死后她就没出来过。"

"是的，这我相信，"他说，"但他们根本不搭。阿亚希思夫人是个白痴。维拉又非常紧张。"

"你坐她们中间。"

"不可能坐整晚。"

"给她们灌酒，"她说，"你想尝尝吗？"

是肉糜馅饼。"哦！"他呻吟道。

"怎么了？"

"太好吃了！"

"蘸点芥末试试。"她说。

他们喝着莫尔索白葡萄酒，吃法国干酪和莱昂纳德送的点心。

"那将是很棒的一顿饭。"他说。他想了一会儿。

"也许我们都不用说话。"

两周后他们请维瑞的客户吃饭。他买了些邻近克罗顿的老式砖石房子和土地，想把它们改造成一个建筑群。原结构将被含括进一个更大、更优雅的整体，很像把古老的雕刻嵌进别墅墙面。他名叫 S. 迈克尔·华纳，也被称为"曼波女王"。

"他叫了比尔·赫尔。"

"哦，妈的。"芮德娜说。

"你都不认识他。"

"你说得对。他不会比迈克尔更糟，是吗？"

"芮德娜，他是我的客户。"

"哦，你知道我崇拜他。"

一整天都献给了准备工作。她去最爱的店铺采购了好几个小时。

傍晚，一切就绪。灯下摆着花束，窗帘拉起，黑森兵的铁膝后炉火噼啪作响。芮德娜穿了件深蓝和玫瑰色的棉裙，腰带上绣着小小的银铃。她的头发往后梳，光着脖子。

她的面孔冷酷而闪亮。她的笑声性感，就像鼓掌。

迈克尔·华纳完美无瑕，一个四十五岁的男人，带着那种把每个失误都看在眼里的松弛和微笑。他被芮德娜迷住了。在她身上他看到了一个不会背叛他的女人。她永远不会平庸或愚蠢。

"这是比尔·赫尔。"

"你好，比尔。"她亲切地说。

一场奇异的冬日派对。莱恩哈特医生和他妻子来晚了，但他们来得恰到好处。他们就像游戏在等待的最后玩家。他们翩然入座，似乎完全知道大家的期待。莱恩哈特有着绝佳的风度。他的妻子是第三任。

"您是医生，内科？"迈克尔想确认。

"是的。"不过，他在从事研究，他解释说。某种形式的研究。实际上，他在写作。

"就像契诃夫。"他妻子说。她有一点口音。

"哦，不太一样。"

"契诃夫做过医生，不是吗？"迈克尔说。

"有不少——后来都成了作家，对。当然，我不是说我自己也是。我只是在写一部传记。"

"真的？"比尔说。"我爱读传记。"

"是写谁的传记？"芮德娜问。

"其实这是一部……一部多重传记。"莱恩哈特说。他感激地接过一杯酒。"谢谢。关于一些名人的孩子的生活。"

"多有趣。"

"狄更斯，莫扎特，卡尔·马克思。"他抿了口酒，样子就像病人去舔一杯果汁，一个受过教育的病人，虚弱，顺从。"甚至他们的名字也很迷人。宝恩，那是狄更斯最小的孩子。斯坦威克思，麦尔维尔的儿子。"

"他们后来怎么样？"芮德娜问。

"哦，没有一个固定的模式。但可能会比别的孩子更不幸，更悲伤。"

"萨默塞特·毛姆也是医生，"他妻子说，"还有塞利纳。"

"对，亲爱的，没错。"莱恩哈特说。

"一个可怕的男人。"迈克尔说。

"但却是个伟大的作家。"

"塞利纳伟大？您说的伟大是指什么？"

莱恩哈特犹豫片刻。"我不知道。伟大可以用多种方式来解读，"他说，"当然，它是一种神化，一个人达到他能力的至高点，但它也可以是，在某种意义上，就像精神错乱，是一种失衡、缺陷，一种在大多数情况下有益的缺陷，一种畸形，一种意外。"

"是啊，许多伟人都很古怪，"维瑞说，"甚至狭隘。"

"但不至于会像他那样暴躁、激烈。"

"我真正想知道的是，"芮德娜说，"名声必须是伟大的一部分吗？"

"唔，这个问题很难回答，"莱恩哈特最终说道，"答案是，并不一定，但从现实的角度看，必须有某种共识。它迟早要被加以确认。"

"这里面还少了点什么。"芮德娜说。

"或许。"他承认。

"我认为芮德娜的意思是伟大，就像美德，不需要靠说出来才能存在。"维瑞解释说。

"但愿如此。"莱恩哈特说。

而他妻子正盯着迈克尔。突然她开口了。"你是对的，"她唐突地说，"塞利纳是个十足的混蛋。"

夜晚的交谈渐渐散去，它们升上天花板，聚拢如烟雾。餐桌上的愉悦，这些围绕它左右、幸福的人们。置身于这座乡间别墅，安逸、素雅，维瑞在倒酒时突然意识到他一直以来的观点是多么愚蠢，多么感伤。莱恩哈特是对的：名声不仅是伟大的一部分，它是更多。它是证据，是惟一的证明。其他一切都是虚无，都是徒劳。出名的人不会失败，因为他已经成功。

壁炉旁，艾达·莱恩哈特正在告诉迈克尔她来自德国的什么地方。她曾住在柏林。他们远离其他人。能看见远处房间里她丈夫的白发，他搅动咖啡的虚弱之手。

"我那时明白了许多事。"她说。

"是吗？你指什么？"

她没有直接回答。她比她丈夫年轻很多。

"你想我告诉你吗？"她说。"如果我只做我觉得应该做的事……"

"什么是你觉得应该做的事？"

"但实际上我却没做。"

"这对所有人都适用，不是吗？"

"当我爱上一个人，是爱上他的思想，他灵魂的品质。"

"我深有同感。"

"当然，我们也会被身体或外表所吸引……"

芮德娜可以看到他们在炉火边交谈。莱恩哈特夫人在餐桌上几乎没说话。而现在她似乎谈兴大发。

"我并非没有魅力，对吗？"

"正好相反。"迈克尔说。

"你不觉得我没有魅力？"

她几乎没注意到其他人走进房间。她在继续说。

"你在劝华纳先生什么？"莱恩哈特轻声问道。

"什么？亲爱的，没什么。"她说。

莱恩哈特夫妇走后，迈克尔坐回去，他微笑着。"不可思议。你知道她说了什么？"他问。

"告诉我们。"比尔说。

"她的生活中少了点什么。"

"有吗？"

迈克尔停顿一下。"你觉得我有魅力吗？"他沙哑地模仿道。

"我的天！"

"哦，是的。还有。你们觉得我该当真吗？"他说。

"我倒很想看看。"

迈克尔开始剥水果，小心地不弄脏自己的手指。炉火在灰烬间奄奄一息，香烟已失去味道。

婚姻之夜，家庭之夜，房子终于静下来，垫子留着人们坐过的凹痕，炉灰温热。夜在凌晨两点结束，雪花飘落，最后一个客人离开。晚餐的盘子放着没洗，床上冰冷。

"莱恩哈特是个好人。"

"他不小气。"维瑞说。

"我觉得他的书会很有意思。"

"那些孩子后来怎么了——是的，那正是人们想知道的。"

他们躺在黑暗中，像两个受害者。他们互相无可给予，他们被一种纯粹的、无法解释的爱所束缚。

他睡着了，她不用看也知道。他睡得像个孩子，深沉，无声无息。他稀落的头发凌乱不堪，他的手舒展而柔软。如果他们是另一对夫妻，她会被他们所吸引，她甚至会爱上他们——因为，他们是如此悲惨。

12

她再过六年四十。她从远处看着它，像一块暗礁，危险白光一闪。想到年龄让她害怕，想象它太过容易，她每天都在搜寻它的迹象，最初是窗户残酷的反光，于是，她轻轻转头，以抹去些许严厉，再退后一点，她对自己说，这近得就像有人走过来。

远在宾夕法尼亚小城，她父亲体内的细胞已经紊乱，它们用持续的咳嗽和背痛对此加以宣告。三十年来每天三包烟；他边咳嗽边承认。他需要做点什么，他觉得。

"我们来照个 X 光，"医生说，"先看看。"

他们人都不在，当片子被贴到光屏上，变成像起皱的床单，在幽灵般的暗影里能看见那致命的团块，如同天文学家看见一颗彗星。

医生被叫进来；他只要瞄一眼。"好了，果然是。"他说。

通常的预计是十八个月，但靠着新式仪器，能再活三年，有时四年。当然，这个他们没告诉他。他半透明的命运在光屏上清晰可见，六张 X 光片一组，两个专科医生正在研究不同的病例，肩并着肩，镇定如飞行员，肘边一叠磨损的信封。他们的语言优美、精确。他们列举，他们争论，六十四岁的莱昂内尔·卡恩斯去了治疗室，他走后过了很久，他们才发表了一通漫长的综述。他们的工作永无止境。他们面前是影影绰绰的头骨，内脏，星系般的胸部，手指，骨裂，膝盖，在一场永恒的勘查中出现又消失，两人的对答以稳定、单调的语音喷涌而出。

毒瘤，他们说。是的，有各种各样的毒瘤，有肌肉瘤，确实有过，甚至心脏瘤，但它们很罕见，一般都是细胞转移的结果。心脏神圣而不可侵犯，他们说，但没人真正知道为什么。

测试机发出一阵可怕的呜呜声。病人独自躺着，被遗弃在密闭的房间，因为炎热而开着空调。药量由一台远程电脑根据身高、体重等等来决定。测试机不会像低能量机那样灼伤皮肤，他们告诉他。

"哦，那么其他都一样。"他说。

它悬在那儿，沉默，巨大，射出的光波碾碎了蛋壳般的蜂窝状灯罩。病人躺在下方，一动不动，任由摆布。伴随着无形的尖叫它开始工作。否则就是最极端的外科手术，激进而无望，鲜血流出黑色的缝线，在劫难逃的男子会像端上桌的烤猪排。

科技的伟大在他身上聚焦了片刻，护士们同他开玩笑，年轻医生对他直呼其名。

"我还没死？"他问他们。

"啊，暂时没有。"他们说。

他跟他们谈起汽车，谈起他那只三条腿的猫。

"只有三条腿，嗯？"

"它叫厄尼。"他说。

"厄尼，真的吗？"

"对，它是黑猫。它很会找乐子，老厄尼。它会上树抓鸟。

看到人就一瘸一拐。"他说。

那全都在他的细胞里，烟草的污渍，黑暗。他必须戒烟。

"跟戒烟比死不值一提。"

复活节。美丽的早晨，树木充满阳光。一辆威狮冲出来，拉里和蕾伊。他们看上去像一对年轻的打工夫妇，驾着摩托驶入车道。她坐在他身后，双臂环着他的腰。他穿件白色的爱尔兰毛衣，风吹乱了他的头发。孩子们奔过去迎接他们。她们爱那辆机车，它闪着漆光。她们喜欢他漂亮的胡子。

"你们刚好来帮忙藏东西。"芮德娜对他们说。

"妤。这是谁？"

是维瑞，戴着顶耳朵从里面伸出来的帽子，拎着一篮彩蛋。"进来暖暖，"他说，"你们不冷吗？"

餐桌摆在厨房：库利奇，一种俄国甜蛋糕，大块的羊乳酪，黑面包和黄油，水果。芮德娜在倒茶。她的天性同样也展现在她丰富的餐桌上。

"伊芙要来。"她说。

"哦，太好了。"蕾伊说。

"还有鲍姆斯，你认识他吗？"

"不认识。"

"他是个演员。"

"哦，是的，当然。"

"啊，他也许来，也许不来。"

"他喝酒。"弗兰卡说。

"哈。"

"我觉得像这样的上午，"芮德娜说，"他可能很早就开始喝了。"

"好可怜。"蕾伊说。

"我越来越能理解他。"

蕾伊皮肤黝黑，她的面庞瘦削、紧致。这张脸感觉就像出过事故；中间部分有某种自相矛盾。她剪着短发，微笑笨拙。

他们没有孩子，蕾伊和拉里。他在一家玩具公司工作。他肤色苍白。他有那种历经磨难者才有的顺从，那种瘾君子的镇定。他和维瑞出去藏彩蛋。

"你都在忙什么？"芮德娜问。她把脸贴在杯子上取暖。

"我不知道，"蕾伊说，"你不住在城里真是太幸运了。我起床，做早餐，窗台上积满了灰，光是搞卫生每天就要两小时。昨天我给我妈写了封信。我想那就花了大半天。我必须走到邮局；我没邮票。我去洗衣店。我不做饭。我们都在外面吃。所以我到底做了什么？"她无助地微笑，露出发黄的牙齿。

外面，他们正在把彩蛋藏进枯萎的草丛，树叶下面，石头底下。

"别让它们太容易找到。"维瑞喊道。

"你有没有放几个到树枝上？"

"哦，当然。有一些她们永远也找不到。"

"你的帽子很漂亮。"他们结束时拉里说。

"芮德娜做的。"

"我拍了几张你戴帽子的照片。"

"我也给你拍几张。"

"等会儿。"拉里说。他们开始往回走。"进屋拍。"

它矗立在他们上方，沐浴在光亮中，人字形屋顶的每端都有烟囱，被雨水冲刷成灰色的石板瓦。像一座历经风雨的巨大谷仓，像一艘已经渡过海的船。老鼠沿着石基做窝，边角长着野草。

白昼的辽阔环绕着他们。土地温暖，河流在阳光下闪烁。

"今天好美。"拉里说。他还有三四个小的巧克力彩蛋。他转身背对房子，把它们轻轻撒出去。

"狗会找到的，别担心。"维瑞说。

伊芙已经到了。她在厨房里喝一杯酒。她的车，挡泥板已经生锈，停在车道的边沿，一半轮子在排水沟里。

"你好，维瑞。"她微笑着说。

她看上去老了。仅仅一年，她已抛弃了她的青春。她的双眼有细线围绕，皮肤显出微小的毛孔。然而，她偶尔还是会复活，有时候她还是很美，甚至令人难忘，如果时间和地点合适。而如果说她正在凋零，那么她儿子就正在盛开。沿着他脸庞的棱角，安东尼已经显露出一个未来男人的轮廓。他非常英俊，但更危险的是：这份美被一种深不可测的沉默所逼迫。他站在弗兰卡身边。

拉里在给他们拍照，两张年轻的面孔，截然不同，却又分享着同样的优越。

"他绝对会迷倒一大片。"芮德娜说。

蕾伊表示赞同。她透过窗户看着他，被他所吸引。对她而言，想象他是自己儿子有点太大了，他已经是个小伙子；那些会变成骄傲和急躁的特性已撒下种子，正在一天天地发芽。

布斯·鲍姆和女儿到了。他从麦克斯韦尔·安德森[1]时代就已登台演出。像所有演员一样，他可以展开长篇大论，用一种胁迫的激烈口吻朗诵；他会模仿，也会跳舞。

"希望我们没迟到。"他说。他把女儿介绍给大家。

他们总共有四个女孩，一个男孩。维瑞开始解释规则。"有三种彩蛋，"他说，"有纯色的，斑点的，还有十二个金蜜蜂。蜜蜂值五分，斑点三分，纯色一分。"

他指出藏宝的范围。

"现在是十一点半。"他说。他告诉他们有多少时间。

"准备好了吗？"

"好了！"

"开始。"

他们四散着奔过阳光明媚的大地，哈吉冲在他们后面，狂吠

---

[1] Maxwell Anderson（1888—1959），美国著名剧作家，活跃于二十世纪三十至五十年代。

着。很快他们就走远了，一个个身影，垂着头，在树木间慢慢移动。

"它们不全在地上！"维瑞喊道。

在这漫长的搜索中，伴着远处的呼喊和高叫，大人们坐在外面；女人在小铁椅上，男人在石堤上。鲍姆用俄国风格喝茶，牙齿咬着块方糖。演员新颖，演员生动。他站着，河流在他身后，一个自信的人。仿佛所有报道都毫无依据；他用自己的轻松，用梳理漂亮的头发，对它们加以驳斥。

"我听到一个好笑的故事，"他对他们说，"好像是说有两个醉鬼在电梯里……"

玻璃杯里的茶是褐色，他的指甲形状完美，他的巴利皮鞋闪亮。

唐娜，他女儿，赢了比赛。她找到的彩蛋最多，包括四个金蜜蜂。奖品是一个巨大的纸板士兵，里面装满了爆米花；二等奖是一支红木钢笔。

女人们把食物拿到外面，开始布置桌子。有红酒和一瓶酩悦香槟。午后温煦，开阔。一阵轻柔的微风吹散了说话声，于是二十英尺的间隔也显得神秘，能看见交谈，语句却不知所踪。

"丹妮将会很美。"拉里说。他看着她和其他人坐在一起，盘子放在膝上。"她跟弗兰卡不同，"他说，"弗兰卡始终很美，她简直像猫一样长大。我是说，从一开始她就有爪子、尾巴，什么都有，但就丹妮来说，某种更为神秘的变化正在发生。它将非常缓慢地到来。它要到最后才出现。"

他们身后是沉睡的草，因冬季而枯干，被阳光温暖。

"她在很多方面都那样，"维瑞说，"她的性格有点笨拙，甚至令人不安，但我总感觉它们以后会变得有意义。"

"孩子会给你一些非常特别的东西，"拉里说，"庇护她们，了解她们。那正是做父母的价值所在，不是吗？"

维瑞沉默不语。他知道他们的状况。蕾伊坐到他们身边。

"你为什么不拍点照片？"她问。

"胶卷用完了。"

"哦，你说还有。"

"不，没了。"

"我叫你停车去买的。"她说。

他在抿着自己的最后一点香槟。"是的，你说过。你总是对的，不是吗？"

她没回答。

"我很幸运，你看。"他对维瑞说。

她坐在那儿，看上去脸很小，膝盖折在裙子下面。

"是的，幸运极了。蕾伊总是对的。她必须是对的。没什么能是她的错，不是吗？"

她不说话。他没再继续。他躺在那儿，支着胳膊，手里拿着酒杯。他们的整个人生都展现在这幅画面中：他一动不动，下巴抵着胸口，空酒杯；她，头垂着，双手抱住腿，一个不育的女人。他们养暹罗猫，他们去博物馆和开幕式，毫无疑问，她充满激情，他们住在东村一套宽大的公寓。

快傍晚时他们都回到屋里。拉里在喝咖啡，脖子绕着围巾，准备动身回家。孩子们还在玩，疲惫仍未降临。晚餐后他们会在壁炉旁睡着，小脸通红，呼吸平稳。蕾伊向大家道别。她兴高采烈。她从口袋里变出一个小小的草编的鸟窝，里面有四只巧克力蛋。他们要在回去的路上吃份煎蛋卷，她说。她送上一个深情的微笑，病态而简短。

芮德娜和伊芙坐在窗边。摩托车的声音渐渐远去。维瑞去散步了。芮德娜正在用毛线织一双拖鞋。每个足尖上都有个太阳神。

"她人不错。"伊芙说。

"是的，我喜欢她。"

"她话很多。我不是说她蠢——她挺有意思。"

"没错。"

"而他呢……"

"他很少讲话。"

"他几乎不开口。"

"拉里总是很沉默。"芮德娜说。

"多少恨。"

"你这么觉得？你观察力很敏锐，伊芙。"

"我受过同样的苦。"

维瑞走进来，狗跟在他身后，毛上还粘着点草。

"哦，你们去过河边了。"芮德娜说。

"他今天可玩够了。"

"你喜欢复活节，对吗，哈吉？他也许渴了，维瑞。"

"他喝了一肚子河水。你们想喝茶吗？我来泡。"

"那太好了。"芮德娜说。等维瑞走开后，她转向伊芙。"你怎么看我和维瑞？"

伊芙笑了。

"你能在我们身上看到恨吗？"

"你们完全……你们俩再适合不过了。"

芮德娜发出轻微的一声，似乎在自己作品中发现了一个错误。"简直无法跟他一起生活。"她最后说。

"不可能。那太容易了。"

"对我来说不是。不，你不明白。我爱他，他是个极好的父亲，但这很可怕。我无法解释。它会将你变成粉末，在你不能做的和你必须做的之间被碾得粉碎。你只能灰飞烟灭。"

"我看你只是累了。"

"维瑞和我就像理查德·施特劳斯和他妻子。我和她一样可恶——惟一的区别是，施特劳斯是个天才。她是歌手，他们会激烈争吵。她会尖叫着把乐谱扔向他。当她还是无名小卒的时候，我是说。他们在排练他的歌剧。她奔向她的化妆间。他跟过去然后两个人接着继续吵。"

维瑞端着托盘和茶走回来。

"我在说施特劳斯和他妻子。"芮德娜说。

"他写得一手好字。"维瑞评论道。

"他才华横溢。"

"他应该做绘图员。"

"反正，总之，乐队跑过来，宣称他们再也不会为有这个女人出演的任何歌剧伴奏。然后施特劳斯说，啊，那太不幸了，因为我和阿娜小姐刚刚订婚。她绝对是个母老虎，你简直无法相信。他常常要恳求才能进她的房间。她命令他何时工作，何时停止；她对他就像对一条狗。"

维瑞给她们倒茶。一阵香味从杯子上升起。

"牛奶？"他问伊芙。

"这样就好。"她说。

弗兰卡和安东尼走进房间。

"你们想喝点茶吗？"他问道。"拿两个杯子来。"

他给他们倒茶；他们坐在地板的垫子上。

"有一种伟大，"维瑞说，"施特劳斯的，比如说，是从天国开始的。他作为艺术家的荣耀不是靠攀升，而是在其中显现，他已经拥有那种荣耀，而这个世界也准备承认。一举成名，就像彗星——这是比喻，也是事实，那的确是一种燃烧。那让他们醒目耀眼，但同时也将他们烧毁，只有在事后，当光环逝去，当他们的遗骨跟那些不如他们的人摆在一起，你才能真正去评判。我是说，有许多作品，过去闻名一时，如今却完全被遗忘：书籍、建筑、艺术品。"

"但是否可以这么说，"芮德娜说，"大部分伟大的建筑师都在自己的时代就被接受了？"

"哦，他们必须那样，否则他们就什么都建不了。但还是有很多建筑师，曾被高度评价，最后却变得默默无闻。"

"但不会相反。"

"是的，"维瑞承认，"还没人走过那条路。也许我将是第一个。"

"你不默默无闻，爸爸。"弗兰卡抗议道。

"默默无闻但很诚实。"维瑞说。

"你觉得默默无闻如何，犹大？"芮德娜说。

"哈，妙，妙极了。"他说。他们开的玩笑让他感到一丝酸楚。

她们很迟才开始准备晚餐，于是他来到楼上。他看着镜中的自己，突然没有了幻想。他已到中年；他已认不出曾经的那个年轻男人。

他坐在卧室，画着人物、词语，将它们修饰成各种图案。1928年，他写道，然后停了一下再写，6月12日出生于宾州费城。1930年搬到芝加哥。他继续列条目，像写画家生平那样列出自己的人生。1941年考进埃克赛特。1945年考进耶鲁。1950年赴欧洲旅行。1951年与芮德娜·卡恩斯成婚。

在静寂中思绪冲刷着他：那些他几乎已经忘却的日子，那些失败，那些旧名字。1960，我生命中最美的一年，他写道。然后，在底下，失去一切。

他被妻子的呼唤声打断：阿诺德的电话。他把年表放进口袋，走下楼。灯开着，夜幕已经降临。伊芙，双腿弯向一侧，她那柔滑的、穿着袜子的脚半挂在鞋上，她在接电话。

"你知道，我无法决定到底是希望我在那儿还是你在这儿。"她正在这样说。阿诺德去看他母亲了，但现在他渴望跟自己的另一个家说话，一个他深爱的家。他情感泛滥，他讲好笑的故事，他恳求知道更多这边的细节。

维瑞接过电话。他们都被联结在一起，他们所有人，在这片无边无际、覆盖着河流与山丘的蓝色夜幕下。他们有说不完的话。

之后，他拿着报纸坐下，周日版，光滑的一厚叠，一直扔在玄关没看。其中有文章、访谈，鲜活而无法想象的一切；它就像一艘大船，甲板上站满乘客，它是一份指南，列入了这座城市、这个世界的所有变化。一艘每天出航的巨轮，他渴望着登上它，走入大厅，靠在栏杆上眺望。

你并非寂寂无名，他们对他说。你有朋友。人们欣赏你的作品。毕竟，他是个好父亲——也就是说，一个无能的人。而真正的伟大却不同，它不可抗拒，穷凶极恶，像任何其他攻击性行为那样，它会伤及他人；一句话，它征服。我们必须暧昧，必须文雅，我们用别的方式杀人，无论意图如何，我们都将在光天化日下将他们粉碎。只有白痴、弱者、杂种才会失败，他想，一旦超越其上，便再无美德可言。

夜幕降临。寒意笼罩田野。草变成石头。

他躺在床上，像个囚犯，梦想着生活。

"布斯讲了什么笑话那么好笑？"芮德娜问。她正在梳头。

"他的微笑太迷人了，"维瑞说，"像个老派政治家。"

"他妻子去哪儿了？"

"去学开飞机了。"

"开飞机？"

"他说的。总之，有两个醉鬼在电梯里。那是家宾馆……"

"这就是那个笑话？"

"一个女人走进来——身上一丝不挂。他们只是站在那儿，一言不发。等女人走出电梯，其中一个转向另一个说：'你知道吗，'他说，'真有意思，我老婆有套跟她一模一样的衣服。'"

13

清晨是白色，树木仍然光秃。电话铃在响。一阵柔和的气雾从马赛尔－马斯家的屋顶上升起。他妻子一个人在家。

"来看看我。"她恳求芮德娜。

"啊，我过会儿要进城。也许回来路上。"

"我想跟你说话。"

芮德娜中午才出现。没修剪的草地一片寂静，空气冰凉。仓房的石墙在四月清晰的光线下闪耀。倾斜绵延的果园依然干枯，依然在沉睡。

"我在喝吉尔，"诺拉说，"你想来一杯吗？白葡萄酒和醋栗酒做的。"

"好，我来一点。"

她在倒酒。"罗伯特现在住纽约，"她说，"给。别担心，我不是要跟你说这个。"

她坐下抿了口酒。"应该更冰。"她说。她突然站起来，去拿另一瓶酒。

"这样就行。"

"不，我要让你尝到最正宗的。"她身上充满一种可悲的能量。"要配得上你。"她说。

芮德娜镇定地坐着，但她觉得不自在。她害怕知心话，尤其是那些陌生人的。

"给。"诺拉又说。

玻璃杯冰凉。"哦，太棒了。"

镇定地，就像一对恋人抬起眼帘，她们的眼神在无意间交会。

"真高兴你来了。我只是想见你。你知道，这周围的人太无聊了。"

"是啊，"芮德娜说，"那是为什么？"

"他们都被生活吞没了。反正我谁也不认识。我们几乎不来往。不过，有个女孩儿叫朱莉，"她说，"你认识吗？她卖化妆品。她过去是个脱衣舞女。你喜欢喝吉尔吗？"

"妙极了。它是什么做的来着？"

"白葡萄酒和醋栗酒，一点点醋栗酒。"

芮德娜查看装酒的瓶子。

"是用浆果做的。"诺拉说。

"哪种浆果?"

"我不知道。法国的。我们刚才说到朱莉。她的人生很奇特。那些黑帮老大以前经常带她去圣乔治宾馆。我是说,她能描述他们的样子。他们带着一个保镖送她回家。当然,你知道那些保镖是干什么的。如今她在卖面霜。你想再来一杯吗?你还没喝完。"

"先不要。"

"我们坐到窗边去。那儿更舒服。"

她们移过去,这时电话响了。诺拉猛地拿起话筒。"你好。"她说。她听着。"不好意思,马斯先生不在。马斯先生在纽约。"

她再次听着。"纽约,纽约。"她说。

"请稍等。"接线员说。接着,"这边想跟马斯夫人说话。马斯夫人在吗?"

"马斯夫人在加州,洛杉矶,"诺拉说,"要通话的是谁?"

芮德娜坐在一张舒适的椅子上,阳光洒在她的膝盖。窗台上摆满了植物。正在放着几乎被遗忘的百老汇演出的音乐。诺拉走回来坐下,闭上眼睛。她开始哼唱,偶尔唱出一句,最后终于深情地串起一段悠长而激昂的音符。突然她站起来,开始左右移动,开始跳舞。她模仿舞蹈家的样子伸出双手。她难为情地笑,但却没有停。你看见她那曾经绽放的生命,那种欢快,那种痴态,像布娃娃的填充物一样漏出来。

"我以前能背出所有配乐。"她说。

她会做菜，有双美腿，她为什么要待在这儿，她问，守着这些苹果树？而它们大部分都已经老得根本不会结果。

"我喜欢看书，"她说，"可天呐……"

她有一双巧手，她说。她看着自己的双手，一面，然后另一面，它们有点儿憔悴，但多才多艺。是的，这可以用来形容她的一切。

"问题是，男人可以跟一个年轻女人跑掉，但反过来却不行。"

"对，的确。"芮德娜说。

"你也这么觉得？"

"当然。"

"不，那对我不适用，"她断定道，"这你要相信。"

她坐在那儿，孤单的乡村。果园中的树木；橱柜里，洁净的玻璃杯和碗碟。这是座石头造的房子，一座会伫立数百年的房子，其中有书本和衣服，阳光充足的房间，和生活必需的桌椅。里面还有个女人，她的眼神依然清澈，她的气息甜美。沉默环绕着她，空气，宁静的草丛。她无事可做。

"我不要待在这儿。"她突然说。

他的有些衣服还挂在衣橱，他的画布还放在她们头顶的画室。她无法再待下去。过于漫长的白昼，黑暗降临又将她碾碎，她束手无策。

"这不公平。"她说。

"是的。"

"我该怎么做？"

"你会遇见其他人。"芮德娜说。我怎么会与这个女人如此不同？她想到。是我对自己的人生过于自信？"你多大了？"她问。

"三十九。"

"三十九。"芮德娜说。

"凯蒂十八。"

"我已经好久没见她了。"

"我这辈子都在照顾他，"诺拉哭道，"我还记得第一次遇见他。他帅得不可思议，我给你看些照片。"

"你还年轻。"

"难道我们真的只有一季？一个夏天，"她说，"而它已经结束？"

14

清晨，随着第一道光，一阵大风——那种摔破门窗的大风——猛然间吞噬了寂静，雷声霹雳。哈吉蜷缩在毯子里。那只兔子，耳朵朝后，蹲伏在它的盒子旁。间歇着出现片刻不详的宁静，随后，有时长达半分钟，是空气可怕的怒吼。墙壁似乎嘎吱作响。

一整天，虽然天空晴朗，甚至温暖，但风一直在吹，它扯开百叶窗，对树木大肆蹂躏。葡萄藤矗立在狂暴中，尖叫着，然后被卷走。温室的玻璃窗发出音乐般的碰撞声。这是一场没有边界的风，一场巨型的、令人目瞪口呆的风，它无休无止。

傍晚来了个电话。来自另一个城市，语调陌生而呆板。"柏兰德太太？"一个男人的声音问道。

"是我。"

"我是伯内特医生。"他是从阿尔图纳打来的。"我想我最好通知你一下，"他说，"你父亲在医院。他病得不轻。"

"他怎么了？"

"你不清楚他的病情？"

"对，什么病？"

"是这样，他要求见你，我觉得如果你能来一趟那就最好。"

"他在那儿多久了？"

"大概五天。"医生说。

她当晚便开车出发。她在光线开始消失前一小时动身。西贝柳斯在收音机里轰鸣，狂风拍打着汽车。她经过船坞，炼油厂，供应她生活的各行各业，看都不看一眼那些搏动的丑陋街区。来去双向的汽车疾驰而过，它们的车灯越来越亮。夜幕降临。

她一路不停地开车。广播信号逐渐变弱；受静电干扰，它们开始互相侵蚀。有阵阵音乐声，幽灵般的说话声；仿佛一面庞大、老朽的顶篷，仿佛某个贫困小镇上漏雨的屋顶，镇上充斥着低廉的广告和伤感，以及愚蠢的噪音。她的耳中一片嘈杂，双眼被迎面而来的车灯刺痛。越过黑色树丛的城市燃亮了天空。

她驶入黑暗，一片古老土地的黑暗，疲倦、封闭，一再被转手。她进入深夜地带。路上空空荡荡。她正在穿越萨斯奎哈纳河，平静如池塘,这时第一波睡意向她袭来。像在梦中开车。她想起父亲,想起自己即将重访的过往。她知道重新开始一段无尽旅程的那种无助和绝望,一段已经走过的旅程,一了百了。蓝山那漫长的白色隧道像医院走廊般掠过。然后,图斯卡罗拉。名字不变。它们在等待,确信她将归来。

最终她睡了几个小时,车孤单地停在蓝色灯光的服务区。当她醒来,东边的天空已经泛白。她到了一个似曾相识的国度:倾斜的山坡,深色的树。公路已经可以看见,平滑而苍白,目力所及全是森林,没有任何房屋或灯火。她莫名地兴奋;或许一贯如此,她想。一天的开始,就像海边的黎明,会让她震颤,赋予她新生。

很快,出现了第一批农舍,寂静中美丽的谷仓,收音机在报价,绵羊和羔羊的屠宰数量。褪色的古老砖房令人心动,门廊上白色的廊柱,主人还在沉睡。天空的颜色变得越来越淡,似乎被水洗过。突然,一切都有了色彩,田野转为翠绿。无助地,她看到了自己的源头,虽然已远隔多年,那空虚无知的乡村,那长途跋涉的山丘,那些庸俗的城镇。她超过一辆车,这时一群奶牛正好走来,一辆寂寞的雪佛兰,沉默如飞翔的鸟。车里是一个男孩和女孩,紧挨着坐在一起。他们似乎没发现她。他们在后方漂浮着,流光溢彩。

小小的花园,教堂,手绘标牌。她毫无重逢的暖意;这里对她来说是一片荒芜,废墟。如果某天要滚回来那该何等失败;那将功亏一篑。

清晨的中心地带。驾车的早班工人。靠近一幢农舍，两只鸭子茫然圯在马路上游荡，在一些白羽毛之间，躺着血淋淋的第三只，被车轧死了。

温窆，古老的学校，窗户破碎的工厂。阿尔图纳。她正在开向自己是小女孩时所记得的街道。

医院刚刚苏醒。自动售货机里还是昨天的报纸，手术排表还没打印。她很快就被拦住了。"对不起，你不能进去，"接待员说，"探访时间十一点开始。"

"我开了一夜的车。"

"现在不能进去。"

十一点她回到医院，在一个两张床的房间里找到了靠窗的父亲。他在睡觉。被子外面的手臂看上去很虚弱。

她碰了下他。"嗨，爸爸。"

他睁开眼睛。慢慢地，他转过头。

"你还好吗？"她问。

"还好。"

一目了然。他的脸似乎变小了，鼻子很大，眼神疲惫。

"我已经在这儿待了一礼拜。"他说。

但毫无迹象。桌上只有一个玻璃水杯和托盘。没有书，没有信，连只手表也没有。邻床躺着一个动过手术在休养的老头。

"他总讲个不停。"她父亲说。

老头能听见他们。他微笑着，似乎那是赞美。

"从不闭嘴，"她父亲说，"你住哪儿？"

"住家里。"

外面是晴朗的上午，阳光明媚。屋里显得阴暗。

"你想看报纸吗？"她问。

"不。"

"我读给你听，如果你想看。"

他没回答。

她一直待到两点。他们没怎么说话。她坐着看书。他似乎半睡半醒。护士们拒绝评论他的情况；他有颗强壮的心，她们说。

终于，在过道上，医生跟她说了几句。"他很虚弱，"他说，"已经拖了很久。"

"他的背痛得厉害。"

"是的，而且，已经扩散了。"

"到全身？"

"到骨头里。"他解释了体重和气力的减少，一步步加深的虚弱。

回到房子，她给自己泡了茶，稍事休息。她在这座房子里长大成人：贴着墙纸的房间，灰色窗帘。她给维瑞打电话。

"他怎么样？"

"很糟。"

"能治好吗？"

"我看不行。"她说。

"芮德娜，别难过。"

"算了，我们又能怎么办？"她说。"我待在老房子里。"

"那儿舒服吗？"

"还可以。"

"你觉得要多久……他们怎么说？"

"他看上去很虚弱，病得很重。没想到病情发展这么快。"

"你要我过来吗？"

"哦，不，你来也是一样。你真好，但我觉得不用。"

"好吧，如果你需要我……"

"维瑞，这些医院太可怕了。你应该设计一座医院，有阳光和树木。如果你快死了，你应该最后看一眼这个世界——我是说，至少你应该看到天空。"

"效率至上。"

"该死的效率。"

回到医院时她父亲又在睡觉。她一走近他就醒了，突然睁大眼睛，很清醒。她在病床边坐了一整个漫长的下午。晚饭他只喝了几小口牛奶。

"爸，你得吃。"

"吃不下。"

护二偶尔会进来。"感觉如何，卡恩斯先生？"

"就快了。"他喃喃道。

"感觉好点吗？"她们问。

他似乎没听见。他被裹在一层隐形的裹尸布里。他的嘴很干。

当他说话时几乎就是一种嗫嚅，声音低沉，不知所云。他问了好几次今天是礼拜几。

那晚，筋疲力尽，她洗澡上床。半夜她醒了一次。天空，外面的街道，万籁俱寂。她觉得有力，镇定，孤单。猫进了房间，坐在窗台上，看着窗外。

到早上她父亲已陷入昏迷。他无助地躺着，呼吸更为平稳，更为缓慢，眼睛上有几片潮湿的纱布。她呼唤他：没有反应。他已经说了遗言。

突然，悲伤让她窒息。哦，愿你平安，爸爸，她想。一连几小时她都坐在床边。

他很顽强。他很强壮。但现在他已听不见她，一切都无法将他唤醒。他的双臂虚弱地交叠在胸前，就像没有羽毛的翅膀。她调整他的枕头，擦拭他的脸庞。

维瑞晚上打来电话。"有什么变化吗？"

"我正要出去吃点东西。"她告诉他。她跟孩子们说话。外公好吗，她们问。"他病得很重。"她说。

她们很礼貌。她们不知该怎么回答。

时间漫长，几乎像永远。日日夜夜，消毒剂的气味，橡胶轮的肃静。这脆弱的引擎，我们想，但还是需要谋杀才能熄火。心脏在黑暗中，无知无觉，就像矿井里永不见天日的动物。它不存在忠诚，或希望；它自有使命。

夜班护士听他的心跳。已经开始。

芮德娜俯身靠近。"爸爸，"她说，"能听见我吗？爸爸？"

他的呼吸变得更为急促，仿佛正在奔逃。那是晚上六点。她守了一整夜，他躺在那儿，气喘吁吁，身体完全靠惯性在运转。她祈祷他能活着，又祈祷他能解脱，这时她不禁想到，你就是下一个，再过那么几年，只是时间问题。

凌晨三点，只有护士台上还亮着灯，没有医生。走廊空空荡荡。

下方是黑暗、贫困的小镇，人行道破碎不堪，房屋之间近得连走路的空间都没有。古老的学校一片沉默，剧院窗户上钉着金属板，退伍军人中心。穿过镇中心的不是河流，而是一条宽阔、沉默的铁轨。轨道已经生锈，庞大的汽修厂已经倒闭。她熟悉这座陡坡上的小镇，她在这儿没有朋友，她已经永远离它而去。还有些远房亲戚正在其中沉睡，但她从未去联系。

她聆听着那张窄床上传来的可怕挣扎。她握住他的手。手很凉；没有感觉，没有回应。她凝视他。他在远离她之处搏斗；在他的肺部，他的心房。以及他的脑海，她想，那里在想什么呢，困于他体内，宿命一般？他的存在，是一片和谐，还是一片混乱，就像身处一座陷落之城？

他的喉咙堵住了。她喊护士。"马上就来。"她说。

他的呼吸令人恐惧，他的脉搏微弱。护士摸他的手腕，然后肘部。

他没有死。他继续那骇人的喘息。奋力呼吸让他更虚弱。看上去似乎只要能摆脱呼吸他就会好起来。一个小时过去了。他不知道那有多耗费精力。简直是疯狂，他不停地跑啊跑，数百次的跌倒又爬起。没什么能忍受如此折磨。

五点刚过，突然，他停止了呼吸。护士走进来。结束了。

芮德娜没有哭。相反，她感觉自己看到他回家了。她忽然明白了"安息"这个词的含义。他面容镇静。灰烬般的胡须。她亲吻他的脸颊，他发蓝的手。手依然温热。护士在把他的假牙放回去。

到了外面，眼泪开始流下她的面颊。她神情恍惚地走着。她在心里发誓：永不忘记他，永远记得他，只要她活着。

葬礼很简单。她要求不举行仪式。金属墓碑上只简单地写着：父亲，石头十字架雕刻得看上去像原木，周围是倾斜的方尖碑和儿童用的小墓碑——法耶·米尔诺，1930·8 — 1931·11，一块小小的碑石，一个艰难的年份——他被葬在山丘的高处，在背面一块安静的区域，这里的墓地有点凌乱。午后的小镇，林木葱茏，看上去仿佛睡着了，遥远得像一幅原始人的画。她边走边看那些名字。有鸽子停在小径上。墓边的小旗不时起伏飘扬。

掘墓人是个年轻男子，光着上身，长发在背后扎成马尾。

他礼貌地点点头，停下手里的活。他的狗卧在一棵树下的草丛里。

"继续吧。"她说。

墓穴的盖子已经备好。

"这是个好位置。"他告诉她。他有一张窄脸。他的门牙裂了。"下次你来，草就很高了。"

"这么快？"

"啊，你得给它几个礼拜。"

"好的，"她说，"你叫什么名字？"

"大卫。"

他是墨西哥人，她意识到。"大卫……"

"是的，夫人。"

他开始继续干活。他的胳膊细瘦，但他挥铲如飞。远处是教堂的穹顶，灰色的天空。她一直等到墓穴被填到一半。

"那是你的狗？"她说。

它看上去像条牧羊犬，鼻子又窄又长。

"是的，它是我的。"

"它叫什么名字？"芮德娜问。

"安妮塔。"

她又望了一眼小镇。"他们会照看墓地吗？"

"哦，会的，夫人，"他说，"不用担心。"

她离开时给了他十美元。

"不，"他说，"不用给。"

"收下吧。"她对他说，然后往下走。路似乎变陡了。环绕墓地的高高的铁围栏有多处已经倾塌。头顶，十分突兀地，天空已经黑了。

她父亲的衣服堆在床上，等着救世军拿走，他的衬衫，他的空鞋。泥土已经重重地落在他躺的地穴中。所有的装饰品，帽子，皮带，戒指——没有了他，看上去是那么简陋而廉价。它们就像剧院的道具——在日光下看便很普通，甚至虚假。

　　她留了几张照片；房子和家具将进行拍卖。她要抹去所有痕迹，退回与这里毫无关联的另一种生活，一种更精彩、更自由的生活。她曾在此等待了十七年，那些绝望的岁月，空气中充满了远方世界的震颤：她会成为那其中的一部分吗，她会动身踏上旅程吗？

　　再见了，阿尔图纳，那些屋顶，教堂，树木。他们在许多个夏日午后去过的溪边，那冰凉、多蕨的地面，废弃的烤箱里落满了蝴蝶和树叶。林荫道和两边的房屋，那些不知名的街区。看上去，似乎每间阴暗的客厅里，都有个双腿浮肿的老妇或老头，破旧，空虚，污迹斑斑。一座外表几乎像欧洲的小镇，陡削而密集，在傍晚的阳光下闪耀。正如所有的这类枢纽，它被铁路钉在那儿，一个流放地。

　　她最后一次开车穿城而过。晨光中蓝色的阿尔图纳，到处是树。廉价咖啡馆里挤满了人，车来车往。低劣的食物，普通的平民。所有这些贫瘠的人生就像一层覆盖物；它们培育了这座小镇的树木，它的根基，它那无边的孤独与镇定。她想到落在这同样街道上的雪，那些漫长的冬季，那些多年前曾四处巡演的戏剧，她想到那几个镇上的富豪，他们的家就像另一个国度，他们的女儿，他们的店铺。她想到父亲，想到那些跟他玩牌的男人，他的朋友，他们的妻子。

像一种预感，她突然全身心地感觉到：一切都结束了，完了。她无依无靠。通向她自身终点的道路就在眼前。

15

阿诺德舒服地坐着，被笼罩在香烟的薄雾中，懒散，风趣。这种风趣是隐藏的，就像埋在余烬中的炭火，必须拨开才能复燃。他的头发似乎变得更加灰白，更加蓬乱，眼神更加暗淡。他的样子有种奇妙的荒废感，一种神圣的失败。他的嘴唇饱满，牙齿发黄但却坚固，一张泥土色的脸。

芮德娜坐在他对面。"你必须想一个问题。"她说。

"好。"

"而且你必须全神贯注地想。如果你不认真我就算不出来。"

他在抽一支黑木片似的小香烟。他微微点了下头。"我很认真。"

她开始审视手里的牌。他盯着她，表情严肃。仿佛他们一起走进了一座大教堂。一片清凉洒向他们，一种可察觉的尺度变化。

"现在我要选一张牌，"她说，"来代表你。"

"你是怎么选的？"

"根据你的个性、年龄。"

"那如果你不了解我，你要怎么选？"

一丝笑意。"我怎么会不了解你？"她说。

她放下一张牌，一张身披黄袍的国王。他的双脚和宝座都被遮住了，法兰克国王。"带剑的国王。"

"很好。"

这是冬天。日子有一种甜美的悠长和漫无目的。她把牌递给他。"洗牌，专注于那个问题。"

他缓缓地洗牌。"它的起源是什么？"他问。

"塔罗牌？"

"谁发明的？"

"它不是发明的，"她说，"牌混匀了吗？把它们切成三份。你知道，我不是专家，阿诺德。"她边说边把牌摊开。

"你不是？"

"我并不是全都知道，"她抱歉道，"但我知道不少。"

她将牌小心翼翼地排好，带着一种仪式般的精确。她用一张牌盖住国王。又把另一张交叉放在上面。接着，她在上下和左右两边又各放了一张牌，组成一个样式更深远的十字架。

奇异的纸牌，它们的图案像书里的插画。它们在她指间留下微弱而清脆的声响。在十字架的一边她将四张牌摆成一列，依次排好。倒数第二张是"死神"。它似乎给其他牌蒙上了一片阴影。就好像，他们漫不经心地开始读某人的信，读到一半时，突然看到一个可怕的消息。

"好了，"芮德娜说，"你有张绝妙的牌。"她指着最后一张。

是张"帝王"。

"这就是即将到来的，"她说，"它代表理性，力量，伟大。

"最重要的影响在这儿，"她指向顶上的那张牌，"这是个女人，一个很好的女人，一个朋友，深情，高贵。她是关键。"

他们被烟草的芬芳包裹在一起，被窗外绵延的寒冷，和白得像杯子的冬日天空。

"我觉得这个女人或许甚至能回答你的问题。我说得对吗？"她说。

"你太聪明了。"

"要么她有答案，要么她就是答案。"

"其实，我问题的答案就是 yes 或 no。"

"我觉得我还不能回答。"

"我也是。"阿诺德说。

"有时候你无法看清自己的生活。你必须靠外人来告诉你。"

"我很乐意那么做。"

"我们在说伊芙，对吗？"

"当然。"

"她是我最好的朋友。"

"很难，不是吗？"

"而且，你知道你是她生活中惟一的男人。我是说，在她整个人生中，惟一的真爱。"

"太难了，"阿诺德说，"我爱她，我喜欢安东尼，然而还是有什么在阻碍着我。"

"是什么？"

"说不上来。"

"也许任何婚姻走入时都带着某种不确定。"

"你当时不确定吗？"

"简直就像要被枪决。"

"得了吧，芮德娜。"

"的确，没那么严重。"

"你还看见了我的什么？"

她看着那些牌。"我看见另一个女人也在影响你。我不认识这个女人。她黑发，有钱，可能很自信，很坚定。她是个障碍，反面力量。她有着不同寻常的品味，但或许被隐藏起来了。"

"我已经遇到这个女人了吗？"

"我不确定。"

"她听上去不像我认识的任何人。"

"反正，它在那儿。你被魔杖女王所覆盖……"

"这张。"

"对，又被星币女王所横越。这很不寻常。这表明你的真正同伴是女人。现在，已经发生的是……"她停下来，"某些构想和建议已被提出。关于一个重要议题，或许。你面临一个非常艰难的挣扎。"

"还有呢？"

她在继续解读，似乎没听见他。"我觉得我算得不好。"她突然说。

"我觉得你太神了。我想再了解一点那不同寻常的品味。"

"不。不，我错了。这里有些东西不对。"她有点茫然，甚至有点紧张。

"等等，我只想知道一件事。"黑色字母的"死神"跨坐在一匹白马二。他扛的旗帜僵硬如木，上面是阿拉伯语。"这是什么意思？"他问。

"这个嘛，它可以代表很多事情……"

"比如。"

"哦，各种事。失去一个资助人，比如说。看，下雪了。"她说。

她拿了一支他的烟。她修长的手指在嘴边夹着烟的末端。她向前倾过身去借火。

窗外的雪正在飘落，越来越密。一切都消失其中。

"我们去找维瑞。"她叫道。

他不知去哪儿散步了。他们开始胡乱地有什么就往身上穿。包着帽子围巾，他们把自己裹得像个俄国人，又带了件外套给维瑞。

"他也许在河里淹死了。"芮德娜说。

雪纷纷扬扬。落在他们的肩膀，掠过他们的眼睛。他们默默无语地走着，仿佛身处北方的荒野。他们的脚印在身后被抹平。一切都很奇妙，奇异。随后，哈吉向他们奔来，脸被雪染白了。它狂吠，冲向刚成形的柔软的雪堆，左右摇摆，快活地打滚，四脚朝天。维瑞出现在它身后，像个神话，像个漫游者，他的领子竖起来，头发上都是雪。

"我们是您的爱斯基摩向导。"阿诺德说。

"太好了。"他穿上外套。

"这是露西卡，我的女人。"阿诺德说。

"哈。"

"您当然知道爱斯基摩人关于妻子的风俗。"

"非常文明。"维瑞表示。

"露西卡，和我们的朋友碰碰鼻子。"

芮德娜演示了这个动作，庄重而性感。

"她是你的了。"阿诺德说。

"她不说话？"

"很少。说话的不用鼻子，"他说，"用鼻子的不说话。"

哈吉平趴在积深的雪里，一半被埋起来：黑眼睛——染了睫毛膏的眼睛，丹妮说——高高的、聪慧的耳朵。他们叫它，但它动不了。

来赴晚餐的有杰文，以及从同居生活中归来的，凯特·马赛尔-马斯。她的脸晒黑了，胳膊细了。

"你认识凯特吗？"芮德娜问。

"不认识。"阿诺德说，他微笑着。"你住在纽约吗？"

"不，我到这儿才两个礼拜。"

"哦，真的？你从哪儿来？"

"洛杉矶。"

"那在哪儿？"他嘀咕道。

"洛杉矶在哪儿？"她说。

"我想起来了。你在那儿干吗？"

"我们在那儿有座小房子，带个花园。大部分时间我都在种生菜。"

杰文穿了件棉衬衫，领口敞开着。他看上去充满能量，急不可耐。

"来，给你看点东西。"他对她说。他把她领到厨房，弗兰卡和丹妮已经在那儿看入了迷，他把西芹雕成了类似鸟的形状。

"你是从哪儿学的？"凯特问。

"喜欢吗？"

"太妙了。"

"你应该种些西芹，"他说，"看，现在我打算雕只天鹅。你要喝点酒吗？"

是松香味的希腊葡萄酒。他给她倒了一点。她尝了尝。靠近她的时候，他似乎比她还矮一点。他的手指上有只镶着黑石头的戒指。

"苦的。"她抱怨道。

"你会习惯的。弗兰卡，你想试试吗？"

"好的，我想喝。"

"慢慢你会喜欢的。"他对凯特说，"最终那些苦的东西总是最好的。"

"哦，是吗？"她说。

夜幕降临。房子闪闪发光，仿佛要开舞会，所有灯都亮着。芮德娜在下厨。她处于最美的状态：一件苗条的驼色衬衫，袖口挽上去，手腕光着。旁边放着杯酒，她偶尔停下抿一口。

阿诺德在和维瑞聊天。他们安逸地坐在那张最大的长沙发的靠垫间。他们笑着，脸上的微笑同时浮现。他们就像某个画廊的董事，透过洁净的彩色窗玻璃，看着一日将尽；他们也像出版商，公司股东。

芮德娜给他们拿来圣拉菲。"他们在厨房里干吗？"维瑞问。

"杰文在勾引她。"

"现在？"

"我看他有点紧张，"芮德娜说，"他感到了危险。"

"芮德娜，你不觉得——我是说，原则上——我们对她的父母有某种责任？"

"你在说什么，维瑞？她已经结婚了。"

"严格说还没有。"

"一回事。"

"她是不是有点太小了？"阿诺德问。

"哈，你忘了。"芮德娜说。

晚餐，当他们落座时她宣布，是意大利菜。派蒂波罗。杰文斟酒。这次凯特拒绝了。

"来点。"他劝道。

"派蒂波罗是什么？"她问。

"波罗就是鸡肉。"阿诺德说。

"派蒂是什么？"

"胸部。"他说，"你知道他们是怎么说鸡肉的。"

"不。"

"吃哪儿补哪儿。"

"学到了。"她说。

阿诺德面无表情，引人发笑。他说起意大利的故事，海边小镇没有宾馆，你得沿街一路敲门找房间，西西里烈日灼人，拉文纳和罗马。弗兰卡坐在他身旁喝着酒。

他有语言天赋。他不时蹦出意大利语，转换自如，似乎大家都能分享那种力量。"在西西里每个人都有鲁普拉——也就是猎枪。报上一篇文章说有个男人因为另一个男人在他家窗下太吵，就朝他开了一枪。他被带到法官面前，他在那儿大发雷霆。'你是说我不能开枪打在我家窗下的人？'他问道。"

"是真的吗？"弗兰卡问。

"一切都是真的。"

"不，说实话。"

"真的，"他说，"或者将会成真。我再跟你们说个故事。有个父亲给了他儿子一把猎枪。非常小的枪。一把鲁普拉塔。于是儿子去上学，他遇到一个戴手表的男孩。那是只很美的手表，他一眼就爱上了。他想得到它，于是他做了个交易：他把自己的鲁普拉塔跟那个男孩换了他的表。"

"这个故事是真的吗？"

"谁知道？当天下午儿子回到家，父亲说，'你的鲁普拉塔呢？'儿子说，'我用它换东西了。''换东西！''是啊，'他说，'我用它换了这块表。''妙极了，'父亲说，'太妙了，你用它换了块表。现在如果有人喊你姐姐婊子，你要怎么做，告诉他几点？'"

他们吃饭的样子像一家人，喧闹，投入，盘子随意地传来传去。凯特从阿诺德的杯子里喝酒。之后，在另一个房间，她弹起吉他。餐桌留着没清理。芮德娜点燃壁炉，柴火已经小心地搭好，一片片的干柴，下面报纸。火苗猛地蹿起来，盛开如宗教火刑中的殉道者。她坐在杰文旁边。他们喝着香梨白兰地。凯特，吉他横在膝上，正用一种微弱而高亢的嗓音为阿诺德歌唱。

"你最好把她带走。"芮德娜低声说。

"不要紧。"

"他要把她弄上床，我能看出来。"

"她有那么一点喝多了。"杰文说。

"是的，但一滴也不是你给的。"

"她说她不喜欢我的酒。"

"你干吗窃窃私语，芮德娜？"维瑞喊道。

"好玩啊。"她微笑着说。

她倒了更多白兰地。她就像个银色的圣诞螺旋线，一个缓缓转动的铝箔饰品，令人目眩的下降一次又一次重现。

"你弹得好美。"她说。

她离开去跟孩子们道晚安。之后维瑞也去了。他亲亲两个女儿。坐在她们床边，他感觉到房间的温暖，这是她们睡眠与做梦的卧室，安全而坚固。她们的书本，她们的物品，让他充满一种平静和成就感。在楼梯上他听见下面的说话声，几声性感的和弦。凯特坐在阿诺德身边。她的牙齿散发出一种淡蓝色，那种在钻石中变幻成纯白的蓝。他对她产生了片刻的担忧——不，不是担忧，他意识到，是渴望。当他想到她，感觉就像个病人，悲伤而愁苦。他感到的痛是一种幻痛，就像一条失去的腿上的脚趾在痛。那只是情欲，他希望那能离他而去，他又祈求它不要离去。

芮德娜在跟她说话。"真希望我在你的年纪能像你一样勇敢。"她说。

凯特耸耸肩。"我不太喜欢加州。"

"至少你在那儿生活过。眼见为实。"

"我妈妈不喜欢这样。她想我们结婚。"

"你们的方式更好。"芮德娜说。

她给她们每人又倒了点白兰地。杰文和维瑞在听音乐；阿诺德懒洋洋地坐在火边，头仰着，眼睛闭着。雪还在下，路消失了。

夜的优雅，杯盏还在桌上，芮德娜和她丈夫对待彼此的那种轻松，两人间似乎源源不断的默契，所有这些都让凯特充满一种热切的幸福感，那种幸福来自别人所给予的力量。她沉浸在对这些人的爱意中，虽然整个童年都与他们为邻，但她似乎突然发现，在他们眼里，这一刻，她终于成为自己渴望成为的那个人：他们中的一员。

"我在这儿时可以来看你吗？"她问。

"当然。"

"我是说，我真的好喜欢跟你聊天。"

"见到你我会很开心。"芮德娜说。

于是，某个下午。她们会一起散步或喝茶。她从未踏出过国境，这个凯特突然爱上的女人，这个有着一张知性面孔的女人，没有丝毫的多愁善感，她支着胳膊，抽着小雪茄。她从不旅行，甚至没去过蒙特利尔，然而她却深知该如何生活。的确。她内心带有一种迁徙族类的本能。她会找到苔原、深谷，她会找到归家之路。

阿诺德的眼睛睁开了。它们不动声色，镇定，这是他在慢慢复苏的标志。他的脸很柔软，像个孩子。"由于某种原因，促使我睡着了，"他喃喃地说，"你们家是如此温暖而美好。"

"你可以为所欲为，"芮德娜说，"你应该得到任何你想要的东西。"

一阵沉默。"你以前就这样说过。"他开口道。

"而且我总是身体力行。"

"我想要的……你身体力行？"

"绝对。"

"我醒了。"他说。

他没有动,但眼神警觉。他像熊一样无精打采。当他醒过来,你会看到他的天真——那种伟大演员的天真。"你的音乐呢,凯特。"他说。

她又弹起来。她拨了几声忧伤的和弦,它们从她细瘦的指间缓缓滑落。用她微弱的女孩嗓音,头低着,她开始吟唱。她唱个不停。她记得无数歌词,它们显示了她真正的天赋,那些她信奉的诗篇。床单,已经旧了,而毯子很薄……

"我的第一个男朋友以前老唱那首歌,"芮德娜说,"他带我去他家的夏屋度周末。那是夏天之后,他们家人都走了。"

"那是谁?"维瑞说。

"他比我大,"她说,"他二十五岁。"

"是谁?"

"我在那儿第一次吃鳄梨。连核都吃了。"她说。

第三部

1

十六岁，弗兰卡变了。她开始履行承诺。似乎一夜之间，像树叶出现那样，她突然有了自我克制的力量。她一觉醒来，发现它从天而降。她的乳房是新的，她的脚大了。她面容镇定，高深莫测。

她们很亲近，母亲和女儿。芮德娜把她当一个女人看待。她们无所不谈。

世界在变，芮德娜告诉她。"我不是说时尚的变化，"她说，"那不是真正的变。我是说一个人生活方式的变化。"

"比如。"

"我不认为我知道。你会感觉到。你懂的会远超过我。事实上，我相当无知，但我能够感觉到地下有什么。"

家庭中往往有温暖，但并不总是有友谊。她爱跟弗兰卡说话，同时也爱说起她。现在代表着过去，从这个意义上，她感觉这个女子就是曾经的自己。她想通过她来再一次探索生活，享受生活。

假期里的一天晚上，唐娜家有场派对。唐娜，脸上已经有了一种古怪的呆板表情，几乎是某种愤恨，但毕竟，你还能指望什么，正如芮德娜所说，父亲是酒鬼，母亲是笨蛋。那晚她在读一本关于康定斯基的书，厚重，美丽，纸张柔滑。她在古根海姆看过他的画展，从此便迷上了他。在这静默的夜晚，在这万事俱备的时刻，她终于打开了这本书。他很晚才开始画画，她读到，那时他三十二岁。

她给伊芙打电话。"我爱这本书。"她说。

"我觉得它看上去不错。"

"我才刚开始读，"芮德娜说，"一战之初他住在慕尼黑，然后他回到俄国。他丢下跟他一起生活了十年的女人——她也是个画家。他只再见过她一次——想象一下——在1927年的一次画展上。"

书放在她膝上；她没再读下去。改变一个人生活的力量来自一段话，一个孤单的句子。那些纤细的句子刺穿我们，如同河水中的吸虫过入游泳者的身体。她感到兴奋，充满力量。那些精美的字句，似乎就像许多其他事情一样，来得恰到好处。没有他人的启迪，我们如何能想象该怎样生活？

她把书朝下打开，放在其他几本旁边。她需要思考，让那本书等她。她会再拿起它，重读，继续读，沉浸于那些美妙的插图。

弗兰卡十一点回家了。从门关上的那一刻，她就感觉到不对劲。"怎么了？"她问。

　　"什么怎么了？"

　　"出了什么事？"

　　"没什么。糟透了。"

　　"怎么会？"

　　她女儿突然哭了。

　　"弗兰卡，怎么了？"

　　"看看我。"她抽泣着。她穿着领口有一点毛的上衣和带褶边的裙子。"我看上去就像礼品店里的洋娃娃。"

　　"不，你不像。"

　　"我是第一个离开的，"她绝望地说，"每个人都问，'你要去哪儿？'"

　　"你不必这么早回家。"

　　"不，我要回。"

　　芮德娜怕起来。"出了什么事，派对有问题吗？"她说。

　　"派对没问题。是我有问题。"

　　"其他人都穿什么？"

　　"你总坚持要我与众不同，"弗兰卡突然爆发了，"我总要穿不一样的衣服，我不能去这儿不能去那儿。我不想再那样了。我想跟别人一样！"眼泪不停流下她的脸颊。"我不想跟你一样。"

　　一瞬间，她已建立了自己的世界。

芮德娜没说话。她目瞪口呆。这是开始，她突然明白了，这是某些她以为永不会发生的事情的开始。她不安地上床，被急切的渴望所撕扯，既想去女儿的房间，但同时，又害怕她会说出什么。

第二天全都忘了。弗兰卡在温室里干活。画画。她的房间里响着音乐。哈吉躺在她床上，她非常快乐。事情过去了。

罗伯特·尚泰勒来了封信，他的生活已顺流而下。她难得再想起他，他的神经质，他昂贵的品味和冲动，跟自己是如此相似。他对剧院只字不提，全都是关于某个将拯救欧洲的男人。

……他有大约五英尺十英寸高。他有肯尼迪的外表。他的嗓音让你颤抖。令人难忘的嗓音。我有幸与他相见，有他在几小时像几分钟。他的眼睛！我终于理解了政治的本质。

一个奇迹[1]。

她只是匆匆读了一遍。他很快会再来信，他在这最后的信中说。他在为了健康而旅行，遁入远离保险代理的法国小镇，有段时间他曾尝试在那儿写作。消失，陷入沉默。

她不止一次想到那个被康定斯基抛弃的女人。有些故事胜在简洁。她把那个名字写在日历上，在翻页位置的上方：加布里埃莱·芒特[2]。

---

[1]　原文为法语。

[2]　Gabriele Munter（1877—1962），德国女画家。

2

他会挣钱，客户喜欢他，他画一手好画。罗斯金 [1] 说一个真正的建筑师首先必须是个雕塑家或画家。他几乎接近了，而且如此浑然忘我，聚精会神，以至于有次错把鸟食倒进茶里。他健谈，诙谐；他的手书就像印刷。

他们跟迈克尔·华纳和他的朋友出去吃饭。芮德娜是他们的最爱，他们崇拜她。

"你女儿好漂亮。"

"我喜欢她，"芮德娜承认，"我感觉她是个好朋友。"

"她是那么圣洁。她以后会干吗？"

"我希望她旅行。"芮德娜说。

"但她要上学吗？"

"哦，是的。不过，有时候，我觉得惟一真正的教育来自单个的人。那就像诞生——你从某个完美的源头得到一切。"

"那么，她的源头是你，不是吗？"迈克尔说。

"芮德娜，那是一种很危险的想法，真的。"维瑞反对说。

"某个人的生命是如此独特，乃至于滋养了它周围的生命。"她接着说。

"理论上也许可能，"维瑞说，"但那种单一的关系，一切都

[1]　John Ruskin（1819—1900），英国著名作家、评论家。

以此为基础，会非常危险。我是说，那有可能导致被一种强势个体的思想所同化，而且，即使那是些很有趣的思想，对弗兰卡那样的人也可能完全不适用。"

"达林·汉茨做世界巡演时玛丽娜和他一起旅行了三年。那是一种不可思议的体验。"

"达林·汉茨？"

"那个舞蹈家。"

"你说的'旅行'是指什么？"

"她是他的情人，当然。她对他的工作感兴趣。但其实他做什么并不重要，他也可能是个人类学家。特定的知识不是教育。我说的教育，"芮德娜说，"是要学会如何生活，以及生活的标准是什么。那才是必须学的，否则一切都是白搭。"

城市之夜。他们在埃尔法罗酒吧，挤在一堆等桌的人中间。嘈杂餐厅的噪音在他们周围回荡。吧台后面他们在拖进一箱箱食物，而顾客在烟雾缭绕中高声点酒。

"你永远不知道会发生什么。"迈克尔说道。"我有个朋友，"他说，"非常有趣，非常大方。她本可以成为演员。"

"摩根。"比尔说。

"你们什么时候应该见见她。"

这时他们的桌子有了。侍者拿来菜单。

"我们吃西班牙烩饭，怎么样？"迈克尔问他们。"好。"他点了。"她住在第五大道，就在大都会对面。她离婚分到了那套公寓。极为奢华的公寓……"

在狭小的室内，在眼睛必须渐渐适应的昏暗中，即使特意去找几张桌子外的某个面孔也可能错过。但维瑞突然看见了一个人。他的心开始摇晃。卡亚·朵琪尔。

"一天晚上她看完芭蕾回家……"

他感到害怕；他怕她会看见他。他的妻子美艳，他的同伴优雅，然而他还是为自己的存在而羞愧。

"……天鹅湖。不管你怎么说，那永远是我的最爱。"

"好美。"比尔说。

"当她打开公寓门，发现她的狗躺在那儿……"

他没听见，他只意识到餐具的碰撞声，支撑着一切的那种嗡嗡声，仿佛在聆听让整个世界运转的某种机械装置。太可怕了，他居然会因为她在场而如此受挫，仅仅因为那些她自己根本无意识的特质——她的放松，她坐的方式，淡色罗纹衬衫里她双乳的重量。

"总之，他们不知道。他们认为有人从下面门缝里塞了毒。简直骇人听闻。她不知道怎么回事。她把它抱在怀里跑下楼，它死在出租车上。"

"维瑞，你还好吗？"芮德娜问。

"还好。"

"你确定？"

"相当确定。"他短促地一笑。看上去，他似乎已经忘了怎么吃饭，似乎那是一种他才刚学会的礼仪。他将注意力拉回到盘子上。他竭力不去看桌子以外的地方。

"我是说，那是你能想象到的最有趣、最热情的人。她不会伤害任何人。那套公寓里到处都是书。简直疯了。"

"可怕的故事。"芮德娜说。

"我希望没让你难受。"

"原因在于时间，"比尔说，"二月就是那样。我人生中惟一一次真正生病就在二月。我在医院待了六个礼拜。病危两个礼拜。这西班牙烩饭太棒了。"

"什么病？"

"哦，我得了严重的感染。家里甚至给我买了口棺材。还不够大。他们不想花钱。他们打算折断我的膝盖。"他笑道。

"维瑞，你真的没事吗？"

"哦，对。没事。"

整个席间他都能瞥见她。他无法拉开视线。是的，她很好，安然无恙。突然她站起来。他感到一阵彻骨的恐慌，一种生理性的恐惧。他们只是要离开。当她一路穿过桌子走向门外时，他把一只手放到眉间遮住自己的脸。

他们在寒冷而无比清澈的夜晚开车回家。那些公寓窗口，巨大昏暗的蜂巢，漂浮在他们上方。远方的桥成了一条光带。

过河之后道路就变得空空荡荡。明月高悬，整个天空都是白色。车里弥漫着淡淡的烟草和香水味，仿佛火车车厢。如果有人站在黑暗中凝视，会看见他们经过的瞬间，明亮的车灯射向前方，他们一闪而过，再无其他。车声在寒冷中消失，接着遥远的红色尾灯也不见了。静寂。头顶或许有微弱的声响，那是架飞机，正掠过星辰。

同一个夜晚，阿诺德在靠近切尔西一个朋友的工作室。他离开时已过午夜。他向东走。他们聊了很久，他最爱这样的夜晚，亲密而丰富的谈话滔滔不绝，让人永不疲倦。他像个狄更斯小说里的男人：他又吃又喝，举起小指尖来表示某人的才能有多大，在拥挤的城市中游弋。他的外套领子竖起来。人行道空无一人，卷闸门后的店铺一片黑暗。

车流像一道道孤浪涌上大路。车灯起起落落，在不祥的沉默中碾过碎石路面。他想找出租车，但这个时间它们都亮着"停运"标志。路口很冷，通向四方，前景一片荒凉。他走过一个街区。一家自助餐厅，最后亮着的窗，正在打烊。一股车流驶过，大部分车都破破烂烂，开车的孤单男子，蓝领工人，每扇车窗都摇上了。

路口附近，出现了一辆缓缓移动的摩托车。车手穿着黑衣，树脂玻璃盖住了他的脸。一辆的士开过，阿诺德挥手，它没有停。

摩托手把车停在前面一点的路边，引擎空转着，他正在低头看他的车轮。他没有面孔，只有弧形发光的面罩。阿诺德朝街上走了几步。他能看见市中心的灯光，那些高大的建筑。摩托手下车了，正试着打开沿街的门，扭动着把手。他一家家地看进那些空店铺，双手平压在门玻璃上。阿诺德开始往前走。

西四十街的街角，一帮娘娘腔的年轻男人还在等着。有人满手污秽地倒在门口，醉醺醺的面孔冻得发紫。飞驰过大马路的的士几乎要散架，挡泥板哐当作响，地上全是垃圾。

他开始捂起耳朵。他不可能从这儿走回去，他住在六十八街。他回头看向远处的车流，过来的车似乎更少了。所有事物的音调都已改变，正如一个人听了太久的寂静。他的思想，本来一直像衣服一样包裹着他，突然移开了，涵盖范围变得更大：那些阴暗、肮脏的建筑，那些无所不在的、冰冷的商业广告。他考虑回切尔西，那离这儿只有三个街区。这时两个男人转过街角，慢慢向他走来，其中一个左右摇摆地小步跳舞，几乎半隐入门口。

"嗨，几点了？"其中一个问道。他们是黑人。

"十二点半。"阿诺德说。

"你的手表呢？"

阿诺德没回答。他们已经停下来，他们的步调变了，他们拦在他面前。

"你没手表怎么知道几点？你不友好，兄弟？"

阿诺德的心跳加速。"没有的事。"他说。

"你去女朋友那儿了？怎么了，太拽了不说话？"他们的脸孔一模一样，闪闪发亮。"是啊，拽得很。搞了件一百五十块的外套，你就得意了。"

阿诺德感到他的力量，他移动身体的能力，都在流出体外，仿佛他正在走上舞台，脑中却一片空白，毫无头绪。一队汽车正开过来，有五六个街区远。他开始说话——就像个告密者。

"听着，我不能久留，但我想告诉你们一些事……"

"他不能久留。"他们其中一个对另一个说。

"有个聋子……"

"什么聋子……"

那些车开近了。"他在街上遇到一个朋友……"

"让咱看看你的表。我们玩够了。"

"我想问你们一个问题。"阿诺德飞快地说。

"少来。"

"一个只有你们能回答的问题……"

他突然转向那些驶来的汽车，朝它们的方向跑了几步，呼叫着挥动双臂。它们中没有的士。它们是些黑色、封闭的容器，扭动着躲开他。他被寒风中什么刺痛的东西击倒了。他一只膝盖跪到地上，仿佛被推了一下。

他想站起来。不管他们是用什么打他，那声音听起来像块湿抹布。一波接着一波，结束又开始。他步履蹒跚，像个鞭挞自己的宗教狂徒，离开了没有伤痛的安逸生活。他举起胳膊抱住自己的头，大叫着，"看在上帝分上！"

他跌跌撞撞地试图对抗，呼噜作响的拳头雨点般将他淋湿。他试图逃跑。他失明了，看不见，跟跄着，像蹩脚狼狈的表演，样子可笑之极，他大声呼叫，动作在刺骨的寒冷中颤抖，他瘫倒在地。

跪在街头，他给他们钱。他们离开时把他钱包里的东西洒了一地。手表他们根本没拿。它摔坏了。就像失事飞机的黑盒子，它记录了灾难发生的准确时刻。他在地上躺了一个多小时，汽车躲闪而过，毫不减速。

早晨伊芙打来电话。"哦，天哪。"她呻吟道。

"怎么了？"

"你没听说？"

"听说什么？"芮德娜说。窗外的阳光下，她的狗走在结冰的地面上。

"阿诺德……"她哭了起来。"他被打了。他一只眼睛没了。"

"被打了？"

"是的。在下城。"她哭着说。

3

人生可以用伤疤来划分，就像一棵树所包含的年轮。最初的年轮看上去靠得那么近，它们压缩了时间，二十年变得难以察觉，转瞬即逝。

她进入了一个新阶段。所有那些属于过去的都必须被埋葬、抛弃。阿诺德的模样，一只眼睛绑着厚厚的绷带，深深的瘀伤，缓慢的语速像台坏掉的唱机——这些伤害对她仿佛某种征兆。它们标志着她第一次对生活感到恐惧，对那种恶意，它原是生活流程的一部分，它没有解释，不可消除。她想卖掉房子。她人生的每个方面都在发生变化，她开始在街头看见它，那就像黑暗，让她突然意识到的黑暗，当它到来，便无所不在。

在杰文身上，她第一次注意到一些东西，微小但却清晰，就像他脸上细微的皱纹，她知道有天会成为深沟。它们是他个性和命运留下的踪迹。例如，他对维瑞所怀有的那种略显卑屈的敬意，在她看来并不是某种特殊状况的结果，那是他的天性：他身上有某种谄媚感，他太过崇拜成功人士。他的自信是生理性的，无法再超越，就像一个年轻人在自己房间里练举重；他很强壮，但他的力量很幼稚。他们间的关系已经不知不觉地变了。她始终会对他有感情，但夏天已经过去。

"怎么回事？"他想知道。

她没心情解释。"爱在流动，"她回答说，"在变化。"

"对，它当然在流动，但是在两人之间。芮德娜，有事情在烦你，我太了解你了。"

"我只是觉得我们需要呼吸些新空气。"

"新空气。你指的不是空气。"

"你知道我指的是什么。"

"也许。你知道，你看上去好极了。你看上去比我第一次遇见你还美。这很自然，但我要告诉你一些你没意识到的东西。当你拥有爱时，你以为找到爱很容易，人人都有。但你错了。找到爱很难。"

"我根本没找过。"

"那就像一棵树,"他对她说,"花了很长时间才长大。它的根很深很深,那些根须伸展到很远的地下,远得超乎你想象。你不能就那么砍了它。另外,这也不是你的本性。你不是孩子了,你不能意气用事。我没有其他女人,我也没结婚,没孩子。"

"你可以结婚。"

"你知道我不会。"

"事情会变的。"

"芮德娜,你知道我爱弗兰卡。我爱丹妮。"

"我知道。"

"这不公平,你说的话。"

"我已经厌倦了公平。"她简洁地说。

她无心争吵。她决心已定。

孩子成了她拥有的一切,以至于杰文的话,关于他爱她们,也让她不安。不知为什么,那让她觉得危险。

她对她们的爱是倾其一生的爱,惟一不会被耗尽或消失的爱。当她枯萎时,她们的生命会绽放,她的爱会成为她们的一部分,就像游动在血液里的知识。她们将永远比她年轻;她们将在阳光下流连,散步,一直陪她走到尽头。

她在读阿尔玛·马勒。"维瑞,听这段。"她说。

那是关于马勒的丧女,她得了白喉。他们去了乡下,突然她就病了。病情迅速恶化。最后一夜进行了气管切开手术；她哽咽着，不能呼吸。阿尔玛·马勒沿着湖边奔跑，孤身一人，啜泣着。而马勒自己，悲痛欲绝，他一次次来到垂危的女儿门前，却没有勇气进去。他甚至无法参加葬礼。

"你干吗念这个？"维瑞问道。

"太可怕了。"她说。她伸出手摸摸他的头。"你头发少了。"

"我知道。"

"是因为工作。"

"因为一切。"他说。

她坐在那把全白的扶手椅上，她的最爱——也是他的；他们俩总有一个坐在上面，光线很适合阅读，桌上堆满了新书。

"哦，天哪，"她叹息道，"我们简直生活在杂货铺里。我们整晚都坐在这儿，吃喝，付账单。我想去欧洲。我想去旅行。我想去看雷恩大教堂，那些伟大的建筑，广场。我想去法国。"

"意大利。"

"对，意大利。等我们去了，我们就会看见一切。"

"我们春天之前都走不了。"维瑞说。

"我想今年春天去。"

旅行的想法也让他振奋。在伦敦醒来，阳光洒落，黑色的出租车在宾馆外排着队，四季的气息。

"我想先读点相关的书。关于建筑的。"她说。

"佩夫斯纳。"

"那是谁？"

"他是个德国人。有一种欧洲人，在英国会感到奇特的自在——毕竟，那是个文明的国度——然后毕生都住在那儿，他就是其中一员。他是最好的专家之一。"

"我想坐船去。"

冬夜环绕着屋子。哈吉，越来越老的哈吉，靠沙发躺着，四脚伸开。芮德娜被梦想、被探索的喜悦所充实。"我要来点茴香酒。"她说。

她从杰文圣诞节带来的一瓶酒里倒了两杯。她看上去就像某一类女人，对她们来说，去欧洲旅行不过是种平常举动：她的从容，她修长的脖子，脖子上挂着几串阿祖马珠链，浅灰、蓝和棕黄，一只手拿着酒瓶。

"我不知道家里有茴香酒。"他说。

"就这么一点。"

"你知道马勒怎么死的吗？"维瑞说。"是在一场暴风雨里。他病得很重，已陷入昏迷。然后，在午夜时分，来了场巨大的风暴，于是他随之而去，毫不夸张——他的呼吸、灵魂、一切，都随之而去。"

"太神奇了。"

"钟声长鸣。阿尔玛躺在床上，对着他的照片说话。"

"那就是她。你怎么知道这些的？"

"我在看你的书。"

她们站在靠近布卢明代尔百货的街角，人潮汹涌，冲刷着她们，巴士呼啸而过，这时她对伊芙说，"结束了。"她指的是这滋养过她的一切，虽然几乎整座城市——在它遥远的边缘她曾找到一个避难所——都仍在受其牵引，而天际仍是一片灯火灿烂。

穿过百货公司的大门，她看着那些跟她一起进来的人，那些出去的人，那些在前面手袋柜台买东西的女人。真正的问题在于，她想，我是这些人中的一员吗？我也将成为那样的人吗？怪诞，怨恨，一心只想自己的问题？就像那些戴着古怪墨镜的女人，不打领带的老头？她会有父亲那样熏黄的手指吗？她的牙齿会变黑吗？

她们在看葡萄酒杯。所有漂亮或雅致的都来自比利时或法国。她把它们倒置过来，查看价格。一套三十八美元。四十四美元。

"这套很美。"伊芙说。

"我觉得这套更好。"

"六十美元一套。你要用它们干吗？"

"你总会需要酒杯。"

"你不怕它们打碎吗？"

"我只怕一件事，那就是'平庸生活'这个词。"芮德娜说。

尼尔来时她们正坐在伊芙家里。他来看儿子。房间对三个人来说太小了。低低的天花板，一只玻璃罩的小壁炉。整栋房子都很小。这是给单身作家和猫住的房子，远离街道，在僻静小巷的尽头，一个自律的作家，或许是同性恋，偶尔有个朋友来过夜。

"阿诺德的事太糟了。"尼尔说。

"太可怕了。"

"伊芙说他……也许再也不能正常讲话。"他对着水杯说。他的嘴很薄，话语像在渗出来。

"还不确定。"

"你们要喝茶吗？"伊芙问。

"我去泡。"芮德娜说，一边快速站起身。她消失在厨房。

"烂天气，不是吗？"停顿一下，尼尔嘀咕道。

"是啊。"

"冷多了……比去年。"他说。

"我想是的。"

"这跟……地球的运行轨道……有关，我不知道。我们大概在进入一个新的冰河期。"

"最好不要。"她说。

4

季节成了她的庇护所，她的衣裳。她顺从于它们，就像大地，成熟，又渐渐枯萎，在冬天，她把自己裹进长长的羊皮大衣。她有的是时间，她烹饪，插花，看着女儿为一个年轻男人而心动。

他叫马克。他会画美丽的线条画，没有阴影，完美无瑕，就像毕加索的沃拉尔系列。他长得也像；清瘦，双腿修长，暗褐色头发。他总是下午来，在弗兰卡的房间一坐就是好几个小时，关着门，有时他会留下吃晚餐。

"我喜欢他，"芮德娜说，"他不至于羽毛未丰。"

羽毛未丰？这个词让弗兰卡印象深刻。

"她喜欢你。她说你有羽毛。"

"我有什么？"

"就像鸟。"她说。

他爱的是弗兰卡，但他崇敬的是芮德娜。她们的世界有一种神秘的引力。它比别的世界更有生气，更有激情。跟她们一起就像坐船，她们沿着自己的航线漂流。她们创造自己的生活。

他们三个在一家俄国茶室碰头。领班认识芮德娜；他们被带到靠近吧台的一个隔间。那是她喜欢的位置。努里耶夫 [1] 有次就坐在附近。"就在那边的那张桌子。"她说。

"他一个人？"

"不。你见过他吗？"她说。"他是地球上最美的男人。你简直无法相信。离开时，他走到镜子前，扣上外衣，收紧皮带。侍者们站在一旁，充满崇拜地看着，就像学校的小女生。"

"他来自一个小镇，对吗？"弗兰卡说。"他们知道他很有天赋。他们觉得他应该去莫斯科上学，但他太穷了坐不起火车。他等了六年才买得起一张票。"

---

[1]　Rudolf Nureyev（1938—1993），著名俄裔芭蕾舞演员。

"我不知道那是不是真的，"芮德娜说，"但那很像他。你多大了，马克？"

"十九。"他说。

她知道那意味着什么，她知道他体内燃烧着怎样的场景，注定会有怎样的探索与发现。他去意大利做过一年的交换生，这启发弗兰卡有了同样的想法。想象一个男孩降落到南安普顿。他打开地图，发现不远就是索尔兹伯里。索尔兹伯里，他突然想到，康斯特勃画的大教堂就在那儿，一幅他熟悉并热爱的作品，而它的名字就在地图上。他被这种巧合击中了，仿佛他认识的某个外语单词给他带来了成功。他坐上火车，独占了一整间车厢，他兴高采烈，乡村风光令人陶醉，而他正孤身一人周游世界，不久，穿过一座山谷，教堂出现了。正是傍晚时分，阳光洒落在上面。他深受感动，他说，不禁鼓掌欢呼。

维瑞来了。他坐下，显得温文尔雅；在这个房间，这个时刻，他似乎拥有了人们向往的那种成熟：事业有成，广受欢迎，让人可望而不可即。他看着面前的妻子和一对年轻人。弗兰卡显然已是个女人，他突然意识到。他不知怎么错过了她蜕变的那一刻，但事实摆在眼前。她的真正面孔已从过去那张年轻、富于同情的面孔中显露出来，很快就会变得更为激情，更为致命。那张面孔令他敬畏。他听见她的声音在说"对，对"，热切地回应着马克，他眼看着她的少女时代消失不见。她将脱下衣服，住在墨西哥，发现生活。

"你不来点喝的吗，维瑞？"

"喝的？好啊，你的是什么？"

"我的叫'白夜'。"

"让我尝尝，"他说，"里面是什么？"

"伏特加和珀诺。"

"就这些？"

"很多冰。"

"我今天坐电梯下楼，你们永远猜不到谁在里面：菲利普·约翰逊。"

"真的？"

"他看上去棒极了。我向他问好。他戴了顶奇妙的帽子。"

马克说，"这个菲利普·约翰逊，他是……"

"建筑师。"

"他为什么戴那顶帽子？"弗兰卡问。

"啊，这个嘛。为什么公鸡有翎毛？"

"你和他一样有才华。"芮德娜说。

"他才无所谓。"

"我要给你买顶非同一般的帽子。"

"一顶帽子没那么大作用。"

"一顶巨大的、鹿皮色的丝绒帽，"她说，"皮条客戴的那种。"

"我觉得我不知怎么误导了你。"

"如果菲利普·约翰逊有顶帽子，你也可以有一顶。"

"这就像那个演员倒在台上死掉的笑话。"维瑞说。"你知道那个故事吗？"他转向马克。那是阿诺德讲的，辛辣，简洁。"那是在一家意第绪语剧院。我想他演的是麦克白。"

"他们拉下大幕，但所有人都看出有什么不对劲，"芮德娜说，"最后经理出来告诉大家：发生了一件可怕的事，非常可怕，他死了。"

"但楼座的一个女人不停在喊，'给他喝点救命汤。给他喝点救命汤！'经理站在尸体旁边，最后他回喊道，"瞧，你不明白。他死了！救命汤也没用，夫人！'汤要凉了。'她说。"

他们合作愉快，一如他们曾愉快地投入生活。没人像维瑞那样了解芮德娜。他们拥有一堆庞大、凌乱的商品；他们曾共同面对那一切。晚上脱衣的时候，他就像个法官或外交官。苍白的身体，柔软而无力，从他的衣服中浮现，他在世界中的角色滑下膝盖，滚落到地上；他温和，像只青蛙，微笑中有一丝伤感。

他扣好睡衣，梳了梳头发。

"你满意他吗？"芮德娜问。

"马克？"

"我确定他们已经做过爱了。"

一丝寒意刺痛了他。"哦。为什么？"

"你没看出来？"她问道。"好吧，也许你是看不出来。"

"我认为最重要的是她知道该怎么做。"

"哦，她知道。我已经给了她需要的一切。"

212

"你指什么，避孕药？"

"她不想吃药。"芮德娜说。

"我明白。"

"我同意她的看法。她不想体内有化学品。"

他的思绪突然涌向女儿。她就在不远，在她的房间，放着轻柔的音乐，衣橱洁净整齐。他想到她的纯真，想到生命的丰饶，仿佛这让他惊喜，就像一片突然而无声的浪花，打到海边一个散步者的身上，打湿了他的裤子，他的头发。然而就在那一刻，他怦然心动，一种认同感，甚至愉悦感，向他涌来。大海触摸了他，这地球上最伟大的力量，宛如上帝之手。恐惧已然终止。

那夜他梦见风中一片银色的海滩。卡亚向他走来。他们在一个巨大的房间，只有他们，外面有人说话。他不知道自己怎么说服了她，"嗯，好的。"她说。她从衣服中滑出来。"但我也喜欢在晚上。"

她的臀是如此真实，如此迷人，以至于当他母亲走过时他几乎毫不羞涩，只装作没看见。她也许会告诉芮德娜，也许不会，他无法确定，他试着不去想。然后，在靠近一座剧院的人群中，他失去了这个耀眼的尤物。她不见了。空荡荡的房间，走廊上站着许多老同学，在投入地聊天。他从他们身边走过，孤单得引人注目。

早晨他更密切地去观察弗兰卡，隐蔽地，尽量显得自然。他什么都没发现。她看上去一模一样，如果说有什么区别，那就是更柔情，更和谐——与日子，空气，不可见的星辰。

"学校里怎么样？"他问。

"哦，我爱上学，"她说，"今年特别好。"

"那就好。你最喜欢哪门课？"

"啊，每门都……"

"是吗？"

"生物。"她正在敲开一只溏心蛋的蛋壳，均匀地撒盐，她的面庞清新。

"其次呢？"他说。

"我不知道。我想是法语。"

"去那儿上一年大学怎么样？"

"巴黎？"

"巴黎，格瑞诺布。有很多地方。"

"嗯。不过，我还不确定要不要上大学。"

"你说什么？"

"哦，先别激动，"她说，"我只是说我可能想去上艺术学校什么的。"

"不过，你画得的确很美。"他承认。

"我还没决定。"她笑得就像她母亲，神秘，自信。"再说。"

"马克会上大学吗？"

"他也还不知道，"她说，"看情况。"

"明白了。"

她的声音充满理性。

5

秋天——十月，一个大风天——她开车去杰文家吃午餐。河
流是一种明亮的灰色，阳光看上去像鳞片。

他搬家了。他买了一栋小小的石头农舍，在一条坑洼不平的
车道尽头，车道漫长，穿过一条小溪。到处是树，阳光从林间撒
落。她穿件白色的裙子，冷静如水果。

她推开门，小亚细亚之光充满了房间。一张银色桌腿的桌子
上，像展览一样，摆着完美的非实用物品：艺术书籍，雕刻，鹅
卵石，盛珠子的碗。墙上挂着画。负责装饰的正是她；她的风格
无处不在。沙发椅上是颜色美丽的靠垫——柠檬色，洋红色，棕色。

杰文走过来。他彬彬有礼。"芮德娜。"他招呼道，伸开双臂。

"多美的一天。"

"你家人好吗？"

"都好。"

屋里有个穿套装的男人安静地坐着，她刚才没注意到。

"这是安德烈·渥伦斯基。"杰文说。

一张苍白的面孔，颧骨高耸。他戴着副金边眼睛，西装马甲。
他的人和衣服之间有种奇特的不协调，仿佛他是为了拍照才穿的，
或者衣服是借来的。一张冷漠的面孔，一个狂热者的面孔。

"安德烈是个诗人。"

"刚刚在路上我还捎了一个诗人。"芮德娜说。

她看到一个白发老人在路边大步慢跑。"你去哪儿?"她问,一边放慢车速。他告诉了她。大约还有一英里路。他在那边从事园艺。他为什么要跑?他住在纳纽特;他是从那儿跑来的。

"他很老,但有张漂亮的脸,晒得黝黑。"

"还有双强壮的腿。"

"没错,他很有趣。他来自加州。他给我背了一首他的诗。有关宇航员的。不怎么样。"她承认。

杰文拿给她一杯酒。

"我欣赏的是他的勇气。"芮德娜说。她露出那种动人、灿烂的微笑。她看着安德烈。"你懂我的意思吗?"

"你们最近好吗?"杰文问。

"我们打算去欧洲。"她宣布。

"什么时候?"他说,显得有点虚弱。

"我们要去巴黎,明年春天,我希望。"

"明年春天。"

"我们打算租辆车,然后到处走走。我什么都想看。"

"你们要待多久?"

"至少三个礼拜。我想去沙特尔和圣米歇尔山。毕竟是第一次去。"

"但维瑞去过了。"

"我知道。"

"安德烈熟悉欧洲。"

"真的吗？"

"我在那儿上学。"安德烈说。他不得不清清嗓子。

"哦，是吗？在哪儿？"

"靠近日内瓦。"

"有趣的是，"杰文说，"我没有任何去欧洲的欲望。我倒是想去看看我妈，但对我来说，这里就是一片奇迹之地。不管欧洲有什么，这里都有更多。"

"但你已经去过了。"芮德娜指出。

"你会明白的。"

她抿了口酒。杰文端来一盘精美的冷肉。他们说话时他在分餐。"欧洲……"他继续道。

"别。"她说。

"不要肉？"

"别再提欧洲。我不想让你毁了它。"她展开餐巾，接过盘子。"我爱午餐，"她说，"跟朋友一起吃午餐的感觉真好。"

"确实如此。"安德烈说。

"但人们却怀疑你在说谎。"

他用头做了个含糊的动作。

"你住在城里？"她问。

"是的。"

住在城里，一个人。那对她来说很新鲜，她说，想象一个人生活。那是什么感觉？

"奢华。"他说。

"慢慢就习惯了。"杰文补充道。

"那要看你问谁，不是吗？"她说。

"如果你没有女人，就得有其他激情，"杰文说，"非此即彼。"

"无法两全。"安德烈喃喃道。

他说得很少，声音温和，几乎是漠然。他吃得也很少。他只是抽烟，喝酒。被阳光照亮的房间里，淡淡的烟草香味很好闻。杰文拿来小碟的糖渍葡萄——那是他母亲寄来的——旁边放着小小的银勺。他倒咖啡。诗人的香烟染蓝了空气。

"你写过什么？"芮德娜问。

"《床上的骨头》。"他拼出字母。

"那是一首诗吗？"

"一首诗，也是一本书。"

她抿了口咖啡。"我很想读读。"她说。她喜欢他穿衣的方式，像个商人。她手里拿着小杯，嗓音清澈，衣服纯白——她是这个房间的中心，她的微笑，她的一举一动。光彩之下，女人自有一种力量，正如星球拥有引力。在她的杯底，残留着温暖、黏稠的咖啡渣。

"再来点咖啡？"杰文问道。

"谢谢。"

像以前无数次那样，他倒出黑色的液体，土耳其咖啡，浓郁，悄无声息。"你知道，我在美国待了这么久，"他说，"我一直把它当成漫长的一天，我永远无法喜欢这里的咖啡。以及朋友。我几乎没交到朋友。"

　　"你交了很多朋友。""不。我每个人都认识，但那不是朋友。朋友是你可以真正与之交谈的人——相拥而泣，如果有必要。我朋友很少。一个。"

　　"不止吧。"

　　"就一个。"

　　"好吧，"芮德娜说，"我想等你需要的时候就会找到。"

　　"你太美国了。你们相信一切都有可能，一切都会实现。我的看法不同。"

　　他像个丢了笔生意的商人。他身上有种听天由命的感觉；他的外表还是一样，他的姿态，但不知怎么那种能量已经消失了。坐在他身边的男人，若有所思，像个神学院学生，一个撑竿跳运动员，她看不透他，她很想凝视他，记住他的面孔，他多大年纪——她试着去猜——三十二，三十四？他们的目光短暂地交会。她很美，这她知道，她的脖子，她性感的大嘴，她能感觉到，正如一个人感觉到力量。她漫无目的地游泳，随波逐流，在大海中消失，然后突然，又回到洒满阳光的午餐，他的眼镜上偶尔有光闪烁。

　　她离开时，杰文送她到外面。

　　"这就像我们以前常吃的午餐。"她说。

"是的。有点像。"

"我喜欢你的朋友。"

"芮德娜,我必须见你。"

"可是,这样不是很开心吗?"

"我想死你了。"

她看着他。他的眼睛漆黑,迟疑。她亲亲他的脸颊。

她驶过秋日的阳光。她经过几匹马,它们心平气和,游荡着,沐浴在一年中最明亮的日子。树木镇定,敏感。天空看上去深不可测,弥漫着光。

她坐在白椅子上读书。亚马逊深处被遗弃的城市,那里有歌剧院,庞大的欧洲船只搁浅在绿色丛林。她想象自己去那儿旅行,住在古老的旅馆。她在街道凉爽的清晨出来散步,高跟鞋敲击着路面,听来恍如拍掌。城市是灰色和银色,河流黑色。晚餐前,对着从未见过她容颜的镜子,梳妆打扮。没有轮胎的汽车在铁轨上行驶,马赛克拼成的人行道,昏暗的咖啡馆里,妓女长得像二十岁的伊芙。她飞向巴西,就像一束光,就像一首歌词飞进你的心。她穿着去杰文家的那袭白裙,她脱了鞋。寒冬将至,她人生的寒冬。而那儿是夏天。越过一条看不见的线,一切都被翻转。阳光泼洒而下,她的手臂黝黑。一个来自遥远国度的女人,神秘,未知,像个传奇。

她迷失在绵延的幻想中;她被它们淹没,惬意而满足。下午四点,一片静谧,仿佛音乐会上的幕间铃,电话响了。她起身去接。

"芮德娜？"

她立刻就认出了那个声音。"是的。"

"我是安德烈·渥伦斯基。"

6

太阳出来了，没有形状，没有热力，它的颜色苍白、清澈。水一动不动，就像死了。系泊位的表面呈黑色，三角旗软沓沓地挂着。河流很英国，冷如白银。草坪上有具身体。是马克，他睡着了。他从纽黑文来，破晓前就到了，便躺在他们窗下，衣服里的四肢像几根长斧柄。

芮德娜，起得很早，从上面望着他。他睡得很安然，这简单的行为让她敬佩。她的思绪涌向他，她想象他在下面动了动，苏醒过来，他的眼睛慢慢睁开，看见了她。他年轻，优雅，充满突发奇想。灵感将他征服，让他长途跋涉，四处搜寻。只有看到他在休憩，这短暂的片刻，才能度量和审视他，否则他会让你无法接近，他奔跑，大笑，消失在青春面孔的背后。

她躺到地板上，开始锻炼：先是完全的放松，手臂，肩膀，膝盖。她在城里找了一位瑜伽师，维哈拉。她一周去见他四次。他秃顶，头的边缘留着油腻的黑色长发。他穿着飘逸的服装走来走去。他的声音充满自信，居高临下。"水净化－身体，"他说，"真理净化－思想。"

他是黑人。他的鼻子宽大，布满麻点，他的双手巨大，耳朵像猫一样多毛。智慧净化－智力，冥想净化－灵魂。

他的公寓有股焚香的气味。厨房里堆满了没洗的锅。他睡地上的一张床垫。在角落有个裁缝用的人体模型，上面有凹痕，有时他会用棍子击打。"练习。"他解释说。

一个小时，她将自己交付于他。感觉更温暖，更柔韧，感觉自己身体的各部分变得更清晰，仿佛在图表上被一一列明。随后，柔嫩、觉醒，她走过几个街区，来到安德烈的公寓。他正在等她；他几乎知道她会在哪一分钟到达。

"我有时想，"她对他说，"如果你住在西城，我就不会这样做。"

"西城？"

"不止是那儿。其他任何地方。"

他有三个房间，洁净，陈设严谨，一切都井然有序。放着音乐：《彼得鲁什卡》，马勒。百叶窗已经拉下。

对她丈夫来说，她善解人意，甚至充满深情，虽然他们睡觉时仿佛彼此订过协议；两人连脚都不会碰。的确有协议，那就是婚姻。

"我们必须像谈论死人一样谈论它。"她对他说。

早晨，围绕在他们四周，进入每扇窗，整个空气中，都是秋日之光。桌上摆着坚硬的黄苹果，报纸上的专栏。

"芮德娜，它显然没死。"

“你要吐司吗？”

“要，谢谢。”

“死了。”她说。

马克走进来。他已经去过弗兰卡的房间；他已经洗过手，袖子卷着。他们坐下来谈论天气，关于森林里第一抹淡淡的黄色。还没落叶。脚下干燥。泥土还是暖的。

“你睡在那儿不觉得冷吗？”维瑞问。

“不冷。”

“不过，我也经常在那块地方打盹，”维瑞承认，“在白天。”

“草地很美。”马克说。

芮德娜给他们端来吐司和黄油，无花果，茶。她坐下来。“那就像一张烧掉的照片，”她镇定地说，“有些地方还在。但主要部分已经永远不见了。”

维瑞略微笑笑。他没有回答。

“我们在谈论婚姻。”她对马克说。

“婚姻……”

“你思考过婚姻吗？”

他犹豫不决。“是的。”他最终说。

“也许想得不多，”她说，“但一旦你结婚了，你就会发现自己经常想到。”

“早上好，爸爸。”弗兰卡说。她坐下时还有点困。他们很高兴她的到来；她像只小母鹿，她很温暖，她舒服地坐在那儿，用微笑说出一切。她的人生是自己的，但也和其他人紧紧纠缠在一起：她那小矮人般的父亲，她母亲明亮的微笑。她就像阳光下一棵端庄的小树，在一片林中空地，优雅而孤独，但周边泥土上的苔藓，石头，埋藏的根茎，远处的树丛，森林——所有这些都在影响着她，在对她说话。

台子上有只像海一样绿的玻璃碗，里面装满了漂白的贝壳，仿佛来自夏天的碎片。三张照片，每张都是一只不同的女人眼睛，一上一下地钉在墙上。钥匙串挂在一只镀金的画框里。几张鸟的绘画，美丽的玛瑙蛋，一张框起来的高迪写的明信片，是寄给一个叫弗朗西斯科·阿隆的人。

他们谈论着未来的日子，似乎他们之间别无其他，只有幸福。这柔和的时光，这舒适的房间，这死亡的婚姻。因为实际上，所有一切，每只盘子和物品，器皿，碗，都在描绘着一种不存在；它们是过去残留的片段，是一堆碎片，来自一个消失的整体。

我们虚假地活在虚假的证据中。它是如何累积，又是如何发生的？当维瑞提到安德烈——他的存在才刚刚被察觉，他还没用过电话留言，或坐上他们的餐桌——芮德娜镇定地回答说，她发现他很有趣。

他们俩单独在厨房。空气中充满秋意。

"怎么个有趣？"

"哦，维瑞，你知道。"

"像杰文一样有趣？"

"不，"她说，"老实说，不。"

"我希望那不会让我太不安。"

"那并不重要。"她说。

"这种事……我肯定你也明白，这种事，这么公开……"

"怎么？"

"……会对孩子有很大影响。"

"是啊，这我也想过。"她承认。

"但显然你并没有为此做什么。"

"我已经做了很多。"

"这样很有意思吗？"他叫道。他猛地站起来，脸色发白，走进隔壁房间。她能听见他在拨电话。

"维瑞，"她在门口说，"但这样不是更好吗？做一个追随自己真正内心的人，快乐而热情，而不是做个忠实的怨妇。难道不是吗？"

他没有回答。

"维瑞？"

"哦，"他说，"我怕我会受不了。"

"最终一切都会扯平，真的。"

"是吗？"

"不会有什么区别。"她说。

7

丹妮坠入情网，像鸟落入猫爪。

那是冬天。她和一个朋友一起。她们在菲尔莫[1]附近的街上遇见了胡安·普里桑。他穿件粗糙的白毛衣，没穿外套。天很冷。他胡子拉碴，但唇间的牙齿完美——就像柔软的手泄露了逃亡贵族的身份。他二十三岁。从第一眼起她就决定忘掉她的学习、狗、家庭。他对她毫不在意，但对此她早有预料——正如哀悼之于灾民。她太年轻，她知道，太中产阶级；对他来说她不够有趣。她痛恨自己穿的衣服。她盯着人行道，时不时才敢瞄上一眼，以确定那张脸还在，它让她目眩神迷。不管怎么做，她似乎都无法记住那张脸，它就像太阳，她不能盯着看太久。他放射出一种让她恐惧的能量，将她所有其他念头都驱出脑海。

"那是谁？"她之后问。

"一个朋友的朋友。"

"他干什么的？"她的问题有气无力，她为它们感到羞耻。

他住在福尔顿街。她在第一时间狂热地翻动电话簿：有他的名字。她的心狂跳不已，她无法相信自己的幸运。他并没有更近，但她没有失去他，她知道他在哪儿。

---

[1]　Filmore East，二十世纪六七十年代纽约著名的摇滚乐俱乐部，大门、感恩至死等乐队都曾在此演出。

爱必须等待，必须折磨。她没再见到他，她想象不出会有任何巧合发生。最终——无路可走——她找借口打了个电话。他的声音迷惑，冷淡。

　　"我们在菲尔莫旁边见过。"她局促地说。

　　"哦，对。你穿件紫色的衣服。"

　　她连忙痛斥那件衣服。她在想，她今天要去他住的附近，她能不能……

　　"好啊，没问题。"

　　她这辈子从未比那一刻更快乐。

　　他们在一个街角的地方见面，一个狭长、古旧的房间，过去城里随处可见的那种，瓷砖地面破旧不堪，吧台空无一人。屋后现在是个厨房。空气中有汤的味道。他坐在一张桌子旁。

　　"还是一样的衣服。"他说。

　　她点点头。可恨的衣服。

　　"你想喝点什么？"他问。"来点汤？"

　　不。她不该吃，就像一条已经卖掉的狗。

　　"那么，你在干吗？上班？"他问。

　　"我在上学。"

　　"学了干吗？"

　　"不知道。"她说。

　　"跟我来。"

　　冬日午后，明亮而寒冷。他们穿过一条很宽的街，几乎像个广场，有海鸥站在路中央。被鸟粪染白的屋顶上也有海鸥。

他们走得飞快，然后跑起来。她竭力跟上。他们经过一排脏兮兮的商业店面，斜穿过开放式的停车场，在那儿他找到一些有用的木料；奔跑着，他拉着她越过瓦砾堆。地上布满了砖块；她绊了一下摔倒了。一只鞋的后跟掉了。

"没什么。"她说。她手里拿着裂掉的碎片。

他继续跑，回过头抓住她的手。她跛着脚跟在后面。他把她带进一个满地碎玻璃的入口；房间都没有门，一张破败的床垫搁在那儿，旁边一堆酒瓶，她爬上楼梯。

他住在一间巨大的屋子里，一间仓库，窗户污浊不清，破烂的木地板。已经有个人在那儿，站在炉子旁。

她环顾四周。昏暗中，光线无法穿透的地方，有一些类似装配设备的东西。这里像个造船厂；地上有锤子和木刨花。床被架在四根柱子上，远离地面，靠近金属天花板。天花板上有鸢尾花形的模压纹章。墙上钉着草图、布告和照片。

他们在谈工作，要给第六街的一家画廊做排架子，她静静地站在一边。架子要整个房间那么长，要漆成白色。她没去看他们俩，他们在炉边暖手。她害怕去看，血液在她的胳膊和膝盖里奔腾，她不敢看他的脸。他递给她一杯喝的，颜色暗淡，芬芳。她抿了一口。茶。他的裤子是一种褪色的蓝，他的鞋是钉鞋。

"你要糖吗？"他问。

她摇摇头。他似乎懒得介绍她，但他说话时站得很近，像是

228

把她也包括在内。他的肢体散发出威信。她竭力不去想他们。她虚弱得就像病了。她不知道她的身体在做什么，她的脸；她迷乱得已经忘记自己的肉体。他们要把木头的边缘刨平，他们说，但要让表面保持粗糙。墙面是涂灰泥的砖墙；不能用普通的钉子。她听着，不明所以，像个孩子在听大人们讲话，她知道他们比自己更聪明，更有力量。

终于，另一个男人走了。她并不紧张，也不恐惧，只是失去了说话能力。

"我们上床吧。"他说。他从她手上拿过杯子，帮她爬上去。一张男人的床，乱七八糟，被子脏兮兮，灰色条纹的床单。她不知该干什么。她跪下等着。她想起泰国、菲律宾那些建在木桩上的房子。天花板离她的头只有不到一英尺。

他在她身边跪下，抚摸她的头发。她在他的吻下颤抖。她丝毫没去想会发生什么，他接下来会做什么；她知觉的每一部分都心甘情愿，迫不得已。她几乎没意识到他在做什么。她抬起瘫软无力的胳膊，让他给自己脱去衣服。那只坏鞋掉到地上。他的手温柔地滑进她内裤的松紧带，她的身体在那儿被做了标记——被腰带勒出的一圈红印。那不可思议、哑然无语的一小块隆起，被压平的阴毛，暴露于光亮中。他触摸她；她仿佛被杀死了，无法动弹。她所能记得的惟一事情就是喃喃地说，"我没做过。"

他没有回答。她设法又重复了一遍。

"别担心。"他说。

他赤裸着，他的身体灼伤了她。她茫然无助，他分开她的腿。

当一切结束，她躺在他身下，满足，如梦如幻。她能感觉到下面床单的折痕，闻到它的老旧。她全身湿透，害怕碰到自己。他的身体坚硬，肌肉嵌入其中。他头发的味道，如同木头的熏烟，让她晕眩。

她一动不动。我做了，她想。透过窗户的光带着寒意。空气有点不足，因为烧煤。高处，微弱地，传来一架喷气式飞机的声响，它正穿过城市上空，前往加拿大、法国。

她穿衣时他盯着她。"你要去哪儿？"

她停在那儿。半裸地坐着，光着胳膊，乳房沉重、结实。在他的凝视下，她显得镇定、毫无生气。"我得走了。"

"听着，我要向你订货。"

"订货？"

"你可以送货，对吧？一周三夸脱牛奶。加一品脱奶油。"

"我可以周三来。"她说。

"很好。"

他已将她的人生完全颠覆。她想吻他的手；她不肯定自己是否有资格衰露情感。她穿上衣服时觉得窘迫。它们看上去幼稚而虚假。

8

一个夏日的早晨，绿树彼此拍打，树叶在风中叹息，门边放着行李。早餐匆忙；他们吃不安心。

"你护照带了吗，维瑞？票带了吗？"他们最终决定去英国。

丹妮在门口跟他们道别，然后又到车边，车窗摇下来。哈吉闷闷不乐。她抱着它。

"天哪，他真重！"

它已经老眼昏花。

"写信到我们旅馆。"芮德娜提醒说。

"好的。"

"快点，维瑞，我们要晚了。"她喊道。

早晨，敞开在阳光中，完好无损，像海一般展现。她们驶入其中，弗兰卡跟他们一起，以便把车开回来。她十九岁。她要去佛蒙特旅行。

"你不跟我们一起去太糟了，"芮德娜说，"我想感觉会差很多。"

"我真希望都能去。"

"维瑞，我简直难以相信。"芮德娜说。

"我们要去……"

"终于。"

他清清喉咙，在后视镜里寻找弗兰卡的脸。"下次我们一起去。"他对她说。车偏离了马路。

"看在上帝分上！"

"对不起。"

这一天像河流般向远方延伸。慢慢地，小河与支流的汇入，让它变得更宽，流得更快，直至最终来到一个分水岭，人群的嘈杂和混乱像迷雾般升起。

引擎已经发动；庞大的机舱，略微摇晃着，滑向跑道的终点。芮德娜，已经满意地发现窗外没什么好看，正浏览着一本《时尚》杂志，而维瑞则在查阅一张卡片，上面绘制了飞机的紧急出口。似乎这种飞行他们已经历过多次。他们在闪亮的跑道线上等了一会儿，然后，随着一阵即使在机内也很惊人的轰鸣声，座位颤抖着，他们起飞了。

芮德娜想要香槟。"你要来点吗？"她对丈夫说。

"当然。"

他们在伦敦待了六天，在肯特郡一栋花园通向海边的美丽房子待了两天。房子是砖结构，漆成奶油色和白色，有一个碎石庭院和铁门。它属于托马斯·奥尔鲍，特罗伊夫妇的一个朋友。他有张强壮的脸，上下都很宽，有涵养，令人心安。他的声音缓慢而清晰。"恐怕，我们这里太安静。"他说。

屋里挂满了绘画和摄影作品。工作室的窗户间有排搁架，上面是他们收藏的茶杯。每个房间看出去的风景都令人着迷，偏僻而规整的乡村，英国的海。但最美的是他妻子：她是无价之宝。

她曾住在法国波尔多。她离过婚——所有优秀的人都离过婚，用芮德娜的话说。

"这样谈起伦敦难道不让你对它产生渴望吗？"克莱尔问。

"不。"奥尔鲍镇定地说。

"我们已经一个月没去伦敦了。"

"有一个月了？"

"至少一个月。汤米讨厌伦敦。"她说。

"怎么说呢，我以前喜欢那儿，我想。但现在，我更喜欢这儿。"

"哦，那夜晚的灯火！她的金匠，印刷所，玩具店，五金商人，圣保罗教堂，查令十字街，斯特兰德街！"

"你把地方都弄混了。"

"反正都差不多。"她说。她有一张美妙的脸。

他们在吃晚餐，那种芮德娜爱做的晚餐，并不复杂，但却能让人享用良久。窗户开向花园，英国夜晚的凉爽沁入房间。

"我喜欢园艺，"奥尔鲍说，"我每天都去花园。如果不去，我就会很不开心。我能忍受，但不开心。有时我们也旅行。我们去过切斯特，记得吗？"他问克莱尔。"我不介意偶尔旅行。"

"只要不太远。"

"其实，我喜欢去植物园。或者美丽的废墟。如果那里没人就最好。你瞧，问题在于，我不会开车。一路都是克莱尔开车，而我们喜欢沿途慢慢逛。我们可能一天只开五十英里。"

"一天！"芮德娜说。

"就那么多。"

"想想吧。"

"不过，我们喜欢停停走走。"他解释说。

克莱尔在倒咖啡。

"美国的生活是怎样的？"奥尔鲍问。"你们平常都做些什么？"

"啊，我有家庭。"芮德娜说。

"除此之外。"

"哦，我做些研究。"

"真是怪了。"他说。

"什么？"

"美国女人似乎总在研究些什么。"

芮德娜没有反驳。她喜欢奥尔鲍，喜欢他的直率，他凋零的头发。

"实际上，我们经常谈论美国。我们甚至读你们的报纸，"他说，"我多少有点被你们国家迷住了，因为毕竟，它对整个世界关系重大。我发觉当今正在发生的事很令人不安。就像太阳在慢慢熄灭。"

"你认为美国快死了吗？"

"亲爱的，我们能在咖啡里加点白兰地吗？"奥尔鲍说。"还有吗？"

他递过她拿来的酒瓶。"我并不真的认为国家会死，"他说，

"像美国这么辽阔的领土和历史，是不可能消失的，但可能会变得黑暗。而看起来它似乎正在朝那个方向滑去。我是说，完全盲目的激情，缺乏节制——这种事就像发高烧。不，比那还严重。也许我们担忧的只是一些以前我们没留意的问题，一些始终存在的问题，但我不这么觉得。你了解西班牙内战的历史吗？我不是说军事方面。"

"我们很担心自己，"维瑞说，"所有人都是。"

"问题在于，我们非常依赖你们。我们现在很弱小。我们已经完了。"

"我不觉得。"

"当然，我们还有回忆。"

餐后他们坐在一起，继续聊天。奥尔鲍和妻子并排坐着。她的一只手臂搭在沙发背上，修长、优美的手臂，形状匀称，白皙如骨。他们的面孔也很白皙，很相像，浮现在密集的背景中：书籍的暗影，窗帘，夜晚的窗户。他们的生活平静而有序；没有激情，至少表面上没有，但有深厚的温情，近乎慵懒，宛如休憩中的野兽。

"还有我们的小幽默，"奥尔鲍说，"不是吗，克莱尔？"

"偶尔吧。"

他们是男人和女人。那一刻他们看上去就像一张无可挑剔的照片，花园里隐形的梨树，车道上渗水的碎石，芮德娜和女儿间的那些问题全都被搁置了，在这对夫妇的飘逸中获得了安宁。

这幅画面让维瑞震惊，而曾有那么多次，是他借此让别人震惊，婚姻生活以其最纯净、丰美的形式呈现。他突然感到脆弱而无助。似乎他对一切都一无所知，似乎他已忘了所有。他试图在他们的美满中找到瑕疵，但表象使他茫然。她没戴戒指，那纤细光溜的手指让他迷惑，她脸颊的轮廓，她的膝盖。他突然感到惊恐，那种无法坦承的惊恐，当一个人在某一刻突然意识到：自己的人生是一片虚空。

　　同样，芮德娜也看到了，但对她而言那意味着别的东西：那是人生需要自私、孤绝的证据，即使在另一个国家，一个她完全陌生的女人，也能如此清晰地证实这一点，至于奥尔鲍，她确信，是坚持要过某种生活，别无其他，而他们已经做到了——共同地，幸运地。在伦敦的波托贝洛路，她买了一只漂亮的莱丽卡水晶瓶，干草色。她把它作为礼物寄给了克莱尔。

　　这是夏天，汽车尾气染蓝了闷热的城市。他们喝茶，吃黄瓜三明治。他们在意大利餐厅吃饭。他们参观切尔西和泰特美术馆。在纽约的一角，那里五点后便人迹罕至，丹妮和她的男人坐在一起。街上空空荡荡。一切都被蒙上了遗弃时光那种可悲的伤感，但这种伤感没有触及他们，这是他们的空舞台。他们单独坐在桌旁，在一张餐巾纸上画画：雕刻体，一个大写字母，一个名字。他画她的嘴。她画他的。他画了一个全是树叶和藤蔓组成的"D"，一片丛林，她在其中画出他们俩，带性器官的亚当和夏娃。

　　"你把我画美了。"

"感觉就是那样。"她喃喃道。

他们一路走过紧闭的仓库和瘫在门口的流浪汉，脏兮兮的手，粘着污渍的衣服。天空被热气折磨得疲惫不堪。鸽子在天际站成一排，它们脚下的屋顶白如粉笔。

屋里始终昏暗而凉爽。闻起来有股咸味，就像船舱。他做了一张桌子，他把靠墙的那面墙漆了。她是个被爱征服的少女。他们差不多年纪，几乎差不多。你无法想象那些夏日的深度，那种寂静。她几乎每天都来。他使唤她，带着无与伦比的愉悦。

她的父母在马洛，一座离伦敦一小时的小镇。餐厅里很挤。白天的热浪终于退去。他们坐在角落的一张桌子。窗外是变窄的泰晤士河，上面布满了快乐的小船。他们在看长长的菜单。侍者出现了。维瑞抬头去看她。她面带稚气，长着雀斑，一双大大的蓝眼睛。她似乎没注意到他，她的动作带着一种深度的自我投入，她的手有点颤抖，当她小心翼翼地把餐勺摆到他们面前——每个动作她都牢记在心——然后又当着他们面把餐巾叠成锥形。

"是你给我们点单吗？"维瑞问。

一阵漫长的停顿，她在继续工作。她神情茫然地看着他。"不是。"她说。

她走开了，淡淡的微笑还留在脸上。她的腿形优美，穿件很短的裙子。裙摆边沾了点鲜奶油。

"你看到那个女孩了吗？"芮德娜问。

"嗯。我们有望美餐一顿。"

结昃原来她只负责上菜和倒酒。点菜的是领班,一个下巴有片黑色光泽的外国人。所有桌子都满了。有沉默的老年夫妇,有眼妆画得很夸张的女孩。每道菜之间的间隔很长。他们喝着白葡萄酒。

"你注意过这些人吗?"维瑞说。"看看周围。是不是有点不可思议?"

"你是说他们那么丑?"

"而且是每个人。不是鼻子太长,就是牙齿太糟。如果牙齿还好,衣领上就有头皮屑。你能相信吗,他们跟奥尔鲍夫妇竟是同样的躯壳?同一个人种?"

"奥尔鲍让我印象深刻,"芮德娜说,"你看过他的手吗?他的手非常强壮。"

"你立刻就能感觉到某些人是你的朋友,很奇怪,不是吗?"

"是啊,很奇怪。"

那个女孩,带着一种缓慢的慌张,在给另外几桌上菜。当她俯身向前,你能看到她的丝袜上方。她终于端来了鱼。

"你知道,这次真的可以说是最美妙的旅行,"芮德娜说,"和我一直以来想象的完全一样。我爱在这儿的每一分钟。看看外面的河。一切都很完美。不管我们看过多少地方,都还只是匆匆一瞥。我是说,你会发觉英国有那么多东西,无尽的宝藏。我爱那种感觉。"

"我们要去弄两张明晚国家剧院的票吗？"

"我觉得弄不到。"

"可以试试。"

"不，还是算了。总之，明天是我们在这儿的最后一晚，我不想待在剧院里。"

"我想你是对的。"

"我只想为这美妙的旅程谢谢你。"

"可惜我们没早点来。我们想了那么久。"

"幸亏没有。想想看，现在这样更好。就像在生命中推开了一扇门，"她抿了一小口酒，"而那只有当时机到来时才会发生。对了，有件事我已经下定决心……"

"什么事？"

"我不想再回到我们以前的生活。"

她说得很随意。那个侍者女孩正想给他们加酒，但酒瓶已经空了。她似乎难以置信地朝瓶颈里看了一下，然后便把它倒过来放进冰桶。

"请问你们还要酒吗？"她问。

"呃，不，谢谢。"维瑞说。

他们沉默地进餐。河流平坦而静止。

"请问你们要看看甜点吗？"女孩背诵道。

"芮德娜？"

"不。"

之后他们漫步着穿过桥，来到雪莱曾住过的小集镇。白色的余光仍然充满天空。商店都已经关了。

他们站在教堂旁。"圣詹姆斯的手，"维瑞说，"据说被供在小礼拜堂。"

"他真正的手？"

"对。遗骸。"

他还在为她的话而不安；他毫无准备。在夏日的热气下，在有着黑暗屋舍和曲折街道的寂静里，他突然害怕起来。

他已经快到那样的年纪，他已经非常接近：世界突然变得更加美丽，它开始用一种特殊的方式展现自己，每一个细节，屋顶和墙壁，树叶在下雨前微微的颤动。世界正在打开自己，好让我们——既然生命正在缩短——可以有一次长久、热烈的凝视，而所有曾经保留的最终都将被给予。

那一刻，当他们站在绿意盎然的教堂墓地，周围弥漫着英国人粉尘的芳香，喃喃低语的礼节，这时他看到一幅未来岁月的悲哀图像：太过熟悉的餐厅，一套小公寓，空荡荡的夜晚。这让他无法面对。"什么叫我们以前的生活？"他说。

"看这块墓碑。"芮德娜说。她正在读一块上面刻满字的、风化的薄石板。"维瑞，你知道我的意思。这是我最喜欢你的一点。你能在所有层面上理解我。"

"这次我不太肯定。"他犹豫地说。

"别想太多。"她安慰道。

"那就像被什么击中了。完全出乎意料。"

"不，不至于。"

"到底什么叫我们以前的生活，我根本无从想象。我们的生活一直在变。"

"你这么觉得？"

"但你知道的，芮德娜。随着时间过去，事情总会演化成让我们差不多满意的样子，知足常乐。现在跟我们当初已经不一样了。"

"是的，不一样了。"

"所以你究竟想说什么？"

她没有回答。

"芮德娜。"

她转向桥那边。"等合适的时候再谈。"她说。

他们在暮色中往回走。河流在他们下方沉睡。小船几乎都不见了。

他们住在布朗饭店，午夜终于凉爽下来，只有客机飞过的声音覆盖着城市。他们在舒适的房间里沐浴宽衣，这些房间的服务对象是这样一个种族：他们热爱打猎，无比讲究行为准则，私下谈话时简洁，公开讲话时张扬。他们并排躺在两张分开的软床上，像两个不同王国的统治者。

她给安德烈写信：我们没去海德公园散步，那是你说想在伦敦带我去做的诸多事情之一。当然，要避开它并不难，有那么多东西可看。这是一座如此伟大的城市,你永远无法将其穷尽。

我沿着这些奇妙的街道散步,我想到你的脸,想到我有多爱你,想到你说的那些事——它们简直就是一切。我经常想你,至于以什么方式,我留给你去想象。出于某种原因,我感觉在这里离你很近,我并没有因为和你分开而不开心。没有任何不开心会因你而生——那是你放入我体内的宝贝(惟一的宝贝,我希望)。我思念你,我渴望你,我在所有地方都看见你。

我们的旅行很完美。我们谈论建筑,我们专程去看建筑,我们追踪它们。我就像个昆虫收集者的妻子。我们所在的这座神奇的小岛,森林、音乐会、餐厅——一切都是昆虫。但我一直相信,我知道那是对的,任何分枝都会直接将你带向主干。如果你能透彻地了解一样事物,就会触及所有事物。不过,当然,你必须真的了解。

我今天非常爱你。拥抱你,我的心永远和你在一起。

第四部

1

　　那年秋天他们离婚了。我本希望可以不必如此。他们都被秋日的清澈所打动。对于芮德娜，仿佛她的眼睛终于睁开了；她看见了一切，她全身充满了一种巨大、从容的力量。天气仍然暖和得可以坐到室外。维瑞在散步，那条老狗游荡在他身后。凋零的草，树木，那特别的光，都令他晕眩，仿佛他病了，或饿了。他闻到自己生命消逝的芬芳。整个诉讼期间，他们的生活一如往常，仿佛什么都没发生。

　　向她宣布最终裁决的法官把她的名字念错了。他高大而消瘦，脸上的毛孔清晰可见。他读错了很多地方；没有人纠正他。

　　那是十一月。最后一夜，他们坐在一起听音乐——听门德尔松——就像个垂死的作曲家和他妻子。房间里一片安宁，回荡着美丽的声音。最后的木块在燃烧。

"你想喝点茴香酒吗？"她问。

"我想已经没了。"

"我们全喝完了？"

"有段时间了。"

她穿着拖鞋和褐色的丝绒长裤。她的手腕上是银和竹的手镯，头发散开着。她将离去开创一段新的生活，虽然她已经四十。她用了四十这个数，而事实上她已经四十一。她很悲惨。她很满足。她会阅读，做瑜伽，像放松一只猫那样放松自己。猴子每分钟呼心三十，三十二次，猴子能获二十年。青蛙每分钟呼心两三次，冬天钻进泥巴低下，青蛙能获两百年。

"胡说，"维瑞说道，"青蛙活不了两百年。"

"他想的是别的东西。"

"它们会长得跟人一样大。"

当然，她会遇到困难，但她不害怕。她对前方充满信心。说不定——无数的思绪和念头，转瞬即逝地涌向她——到最后，她甚至会与维瑞达成一种新的、更为坦诚的相互理解；他们的友谊最终会变得更深厚，更无拘无束。总之，这是可以想见的，正如她可以想见的许多其他事情。她将离开所有对她不再有用的东西；她将转身面对未来。

第二天她出发去了欧洲。黄昏，汽车停在房子前。从远处看那就像一次普通的出行，就像之前有过的上千次一样。

"那么，再见。"她说。

她发动引擎。她打开收音机，飞快地离去。马路空空荡荡。邻近屋舍的灯光已经亮了。在初降的昏暗中，她疾驰着经过一片田野外幽灵般的白色栅栏，莱斯莉·达兰德曾在那儿骑着她的小马。草场沉默，以一种别无仅有的方式向她道别。它庄严、黑暗，像一艘沉船的遗址。那匹小马还活着。它跛了，被养在远离房子的田野中。这时她开始哭起来，没有低头，眼泪流下脸颊——为了一个死去的孩子，收音机里开始播报六点钟的新闻。

维瑞留在家里。每样东西，就连那些她的东西，他从未碰过的东西，似乎也在分享他的失落。他突然被生活舍弃了。不管是不是爱，那种存在感——那种充满每个空房间，让它们温暖、明亮的存在感，已经消失了。对一个女人的依恋，那种天真的贪婪，突然使他感到绝望、不知所措。一道致命的空隙已经打开，就像在一艘班轮和码头之间，距离突然宽得跳不过去；一切都还在，还看得见，但却再也无法重获。

"也许我们该出去吃饭。"他对丹妮说。

他们几乎不说话。他们沉默地吃着，像两个游客。当他们回到家，房子矗立在那儿，明亮、空荡，像个郊外的旅馆，开放而失落。

"嗨，哈吉，"他说，"我们给你带了好吃的。可怜的老哈吉，妈妈走了。"

他把狗抱进怀里。灰色的鼻子抵在他胸口，僵硬的四肢垂下来。丹妮正在把他们带回来的牛排切成小块。

"别担心，哈吉，"维瑞说，"我们会照顾你。我们还有火。下雪我们就去河边。"

"给，爸爸。"她把盘子递给他。她在哭。

"可怜的丹妮。"

"我没事。我只是还不习惯。"

"是的，当然。"

"我上楼了。"

"我要生点火，"他说，"也许待会儿你可以下来。"

"好的，也许。"她说。她就像她母亲，随性，谨慎。她的体型比芮德娜更为饱满，嘴角带着几分严酷，双唇柔软而放任，微笑诱人、俏皮。她的脸上有种闷闷不乐的顺从，就像在学习自己看来毫无用处的科目，就像被环境所逼，被迫在星期天工作，就像落入了外国妓院。那是一张供人崇拜的脸。

2

那年冬天芮德娜在达沃斯[1]，她被错误地告知会在那儿发现一座有趣的小城。即使在白雪覆盖时它也令人压抑。不过，太阳倒是耀眼夺目。空气清冽如山泉，充满她的房间。

一次午餐时她被介绍给一个叫哈里·帕尔的男人。

---

[1]　Davos，位于瑞士东南部的滑雪胜地。

"你住在哪儿，巴黎？"他问她。

"我还没想好。"

"你看起来很巴黎。"他说。他给自己杯里慷慨地倒酒，然后拿酒瓶朝她做了个手势。

"好的，我来点。"她说。

他一头卷发，眼睛是黯淡的蓝色。他五十岁，有副庞大的身躯，和一张被岁月摧残的、湿纸般的脸。他的活力和嗓音主宰着餐桌，然而他身上还是有某种东西立刻触动了她。他让她想起阿诺德。他像是来自同一家族的斗殴幸存者，一个会死得毫无痛苦的兄长，照样欢闹，开玩笑，给护士留一百块钱小费。他的手像熊掌。他是最后的熊类，至少看似如此。酒、故事、朋友；他在时间的激流中和衣而睡。

"我不想留下任何东西。"他承认。对于前妻，绝对不留。"反正，她什么都有了，除了我律师家的电话号码。"对于儿子，那就不同了。他会给儿子留些情妇，"就像大仲马那样，"他笑道，"你确定你不是来自巴黎？"

"为什么是巴黎？"

"你很高，像个迪奥模特。"

"不。"

"前迪奥模特。人生到了某个阶段，一切都会变成前——前运动员，前总统，前列腺。"食物从他叉子上溅出去，又被他找到。他吃得很平稳。"你住哪儿？"

她报出旅馆名字。

"在达沃斯？"他惊呼。"可怕的小城。你知道，那里是《魔山》的原型地。你晚餐有什么计划？我要带你去切萨，那是全欧洲我最爱的地方。你知道切萨吗？我七点来接你。"

他猛然起身，毫不理会周围的朋友，在大家的叫喊声中付了账，挥挥手扬长而去。她看着他套上雪橇，费力得脸都红了。他有张非同寻常的脸，一切都写在那张脸上，纵横交错，粗糙，像张树皮。他喝过的酒杯空了，餐巾被扔到地上。她再去看时他已经消失。

她傍晚回到旅馆。没有信。一个弱小种族的人正在翻阅苏黎世和德国南部的报纸。她要了茶送到自己房间。她洗了个热水澡。在炙热的水流下，白天那恍如某种荣耀的寒意，开始离她而去，取而代之的是一种舒适感，一种肉体的愉悦。而后，正如所有深切的快意之后，她开始有点无所适从。夜幕降临。最后一丝冰冷的光也已消逝。一种模糊的迷失感向她袭来，一种不存在感。燕子在罗马污渍斑斑的屋顶上尖叫。大海撞击着阿默甘西特一片灰如石板的海滩。她被神秘之力拉向遥远的他方。她似乎无法将自己召回当下、此刻——它如风暴将至般虚空。

房间的空寂让人想到餐厅打烊后的桌子。这是一个病人的房间，地毯破旧，寒冷。在这样的房间，物品开始，孤立地，散发出一种荒谬感。一本书，一只勺子，一把牙刷，似乎都像雪中的沙发那样奇特。她已经尽力去装饰这贫瘠的空间，用她的衣服、唇膏、墨镜、腰带、滑雪缆车地图，但什么都无法减轻那种寒意。只有在清晨第一缕明净的光线中，她才感到安全，或者当外面狂风暴雨。

她对着镜子描眼线。她审视自己，慢慢地将头左右转动。她不想变老。她正在读斯塔尔夫人。当最好的日子过去时继续生活的勇气。是的，勇气，它在那儿，但想到它还是会让她感到惶惑。孤单一人的旅馆房间，沉默的电话，街上传来的声音像阵阵音乐——这些都是她断定自己不愿去忍受的东西。她的牙齿还在，她的眼睛。而酒，那是最后的武器，她想。

她退后几步。要怎样去再现那个高挑的年轻女人？她的笑声让人回头，她迷人的微笑洒入各种聚会，就像餐厅桌上的钱，乡间房屋上的雪，大海上的清晨。她拿起她的工具，眼线笔，青瓜面霜，云母色的唇膏……她终于满意了。在一定的光线下，合适的背景，合适的衣服，一件美丽的外套……对，还有微笑，那是她少女时代所惟一留下的，那是她的，永远都属于她，正如一个人永远都记得怎么游泳。

他出其不意地来到门口，带着一瓶香槟。"这酒我已经冰了好几个礼拜，"他说，"等待合适的时机。"

他打开香槟，酒液喷到他手上，变成一团长长的泡沫掉到地上。他毫不在意。他在浴室里闻闻酒杯，是干净的。

"你结婚了。"他宣称。

"没有。"

"你结过婚，"他递给她一只酒杯，"我能看出来。女人独自生活会变得干枯。我认为这无需解释。这显而易见。哪怕是不好的婚姻，也能让她们免于脱水。就像富兰克林酒里的果蝇。你知道那个故事吗？不可思议。所有时代最伟大的故事之一——我是说，即使你听过，它也还是令人惊叹，它从不会让你失望，它就像个魔术。而且我相信富兰克林，他是我们最后一个伟大而诚实的人。好吧，沃尔特·惠特曼，也许。不，忘了惠特曼。"

他吞了一大口香槟。

"那就像青春，"他说，"没什么比那更甜美，虽然我几乎都已经忘了。好吧，我还记得一些。人们住的房子。拉丁课。我想现在他们已经不再有什么拉丁课了。那简直就像被压得太久的西装，最后只剩下霉点。

"那些苍蝇——听好——那些苍蝇淹死在酒里，它们和一小点沉淀物待在瓶底，正是这些脏东西告诉你世界是真实的。那就是美国生活中缺少的东西，沉淀物。总之，富兰克林看到这些小小的淹死的苍蝇，它们是果蝇，它们总是盘旋在桃树和梨树上，于是他把它们放在一个盘子里拿到太阳下晒干。你知道发生了什么？"

"不知道。"

"它们复活了。"

"怎么可能？"

"我跟你说过那不可思议。那是来自千里之外的法国酒。酒龄至少有一年。你可以说那是法国酒的威力，但这个故事是真的。所以那就是我的计划。如果它对苍蝇有效，为什么不试试灵长类？"

"哦……"

"哦什么？"

"已经试过很多次了。"她说。

晚餐他们桌子的位置很好，他显然是熟客，桌上有花，大大的高脚酒杯。穿着高领礼服和条纹西裤的年轻领班走过来寒暄。"您好吗，帕尔先生？"他说。

"给我们来瓶多尔。"帕尔对他说。

炉火噼啪作响。干涩的瑞士酒。它迅速消失在杯中。

"那么，你有什么计划？"他问。"你要离开达沃斯？你应该来这儿。这儿很舒服。我会跟老板说，看能不能给你搞个房间。"

"我喜欢这家餐厅。"

"包在我身上。这里才适合你。你喜欢这酒吗？"

"很爽口。"

"你没喝多少，"他说，"你的行为方式非常节制。我很敬佩。跟我说说你的生活。"

"哪一个？"

"你有很多，呃？"

"只有两个。"她说。

"你打算在这儿过冬吗？"

"不知道。要看。"

"当然。"帕尔说。他喝了口酒。他没看菜单就点好了菜。"当然。好吧，我这儿有些朋友你应该见见。我以前有很多朋友，但一离婚什么都要分，于是我妻子离开时带走了一半——其中有些最好的，真不幸。不过，他们的确是她的朋友。我一向喜欢她的朋友。那也是问题之一，"他笑道，"有一两个我喜欢得有点过头。"

他又要了瓶酒。

"我有个最好的朋友——你肯定没听说过——是个叫戈登·艾进的作家。你知道他吗？"

"不。"

"我想也是。绝妙的家伙。"

他的嘴角有口水沫。他的动作松弛，手自由挥舞。坚固，大度，实用，他整个人就是一艘大船；但没有龙骨。船舵很小，罗盘偏向。

"他是我一辈子的朋友。你知道，那样的朋友你只有一个，不可能有两个。他没有钱——我说的是战后那段时期。他跟我们住在一起。我会给他点钱，然后他就直接跑去赌场输个精光。他会带女孩回来，她们会待上一两天。自然，我妻子不喜欢他：想想那些女孩，而且他到处弹烟灰，下楼裤子拉链也不拉。她对法国最深的印象，她说，就是戈登开着的裤子拉链。所以最后她说不是他走就是她走。我本来该说，好，你走。但那时我什么都不懂。"

菜肴摆在巨大、温热的盘子里：切片牛排和瑞士煎土豆饼，甜点是奶油覆盆子。他正在喝光第二瓶酒。外面很冷，昏暗的小街，雪在脚下咯吱作响。他的眼神呆滞，像个被击倒的拳击手，等在他的角落。他依然可以微笑和讲话，他没有松开对生活的拥抱，但他已经被耗空。当别人不再理他，他没有反抗，也无法反抗，不过他还记得芮德娜的名字。

"让我们来杯白兰地。"他说。他唤来侍者。"人头马。扎韦。人头马不错，"他建议芮德娜，"马爹利也不错，但我认识马爹利。我是说认识他本人。他可真有钱。"

"你好像认识很多人。你做哪一行？"

"我是业主。我过去在银行业，但现在退休了。现在我只是玩玩。我没有任何负担。任何事我都只要打个电话。我已经摆脱了所有难题。"

"比如？"

"比如一切，"他说，"我在考虑去印度。"

"我很想去印度。我跟印度人学习过。"

"我敢打赌你对它一无所知。"

"对印度？"

"你去过印度吗？"

"没有。"

"你看，问题就在这儿，"他说，"你学习，但印度是学不到的。"

"也许有不止一个印度。"

"不止一个印度……不，只有一个。只有一个切萨，一个芮德娜，一个哈里·帕尔。我也希望有另外一个，有两副肝脏。"

"你去过突尼斯吗？"

"我不想跟阿拉伯人有任何关系。"

"为什么？"

"相信我。请相信我，"他喃喃道，"你不必担心，你不那么年轻，他们甚至不在乎你有多年轻。他们不正常。"

"太穷。"

"他们并不那么穷。我才穷。瞧，不管你做什么，他们都一贯如此，他们是不会改的。你可以给他们学校、老师、书本，但你要怎么阻止他们把书页扯下来吃？"

他叫人把账单拿来，用潦草、难以辨认的字迹在上面签名。

"卡洛。"他喊道。

"您好，帕尔先生。"

"卡洛，"他站起身来，"请安排把……柏兰德夫人，"他终于想起来，"送到达沃斯。"他转向她。"我们明天务必再见，"他说，"共进午餐。目前我已经醉得无法再进一步款待你。"

他的目光落到那杯白兰地上。他像喝药那样把它一饮而尽。这似乎让他醒过来，他感到一阵突然、虚假的镇定。

"芮德娜，晚安。"他说，吐字非常清晰，他迈着一种沉稳而全神贯注的步伐走出房间，就像在彩排。他摔倒在入口的台阶上。

"要我给您叫车吗？"领班问她。

"过一会儿。"她说。

她感到自信，一种异教徒式的幸福。她又成了一个优雅的人，单身，受人爱慕。她在酒吧跟他的朋友喝了一杯。她还将遇到他更多的朋友。这是成功的开端，这是她在贝勒维那个空荡的房间所赋予她的成功，正如一间教室会赋予你动人的相遇，和爱的夜晚。

3

弗兰卡暑假在一家出版社打工。她负责接电话，"哈碧小姐的办公室。"

她也打字和传送讯息。人们来找她——包括员工，收发室的男孩，路过的年轻编辑。在某种意义上，整个出版社好像突然因她而存在。她二十岁。她有一头乌黑中分的长发，而且，正如有时你会看到的那种绝世美女，带着一种淡淡的男性气质。健步如飞，农场男孩般修长的后背，或者男孩似的手臂，有多少次，我们被这样的女孩所惊艳。就她来说，那是笔直乌黑的剑眉和像她母亲一样的手——修长，实用，苍白。她的面孔清新，几乎光芒四射。她不像别的女孩。她微笑，交朋友，到了晚上则消失得无影无踪。神圣之物总遥不可及。

外面，街道在燃烧，空气重如木板。一座没有树的城市，没有绿色的喷泉，甚至从室内连河流也看不见，甚至天空。但这里令她兴奋，它的人群，它的声音，她走过时引起的频频回头。她跟来办公室的作家聊天，给他们倒茶。尼洛便是其中之一。

他穿得像个刚从监狱里释放的人——像两个人，事实上，因为完全不搭。他的衬衫来自二手店，领带松松垮垮。他的自信，开裂的嘴唇，都表明他已下定决心过穷日子。他参加任何面试都会失败。

"你怎么搞到这份工作的？"他问。他拿起一本书，翻动着书页。

"工作？啊，我只是申请了一下。"

"申请，"他说，"有意思，我申请的时候……"他的声音弱下去，"他们一般会问你很多问题。你也得那样吗？"

"没。"

"当然。"

"我肯定你能答出所有问题。"

"不是那么容易，"他说，"我是说，你永远不知道他们什么意图。他们问你，你喜欢音乐吗？哪种音乐？好吧，我喜欢贝多芬、莫扎特。贝多芬，嗯哼。莫扎特。那么读书呢，你喜欢读书吗？你爱读什么书？莎士比亚。哈，他说，莎士比亚。于是他写下来——你看不到他写了什么，文件夹是立着的——他写的是：只喜欢死人。"他翻动书页，就像在找什么。"你听说过食人族吗？"

"没。"

"他对他母亲说：我不喜欢传教士。她说：亲爱的，那么就只吃蔬菜。"他还在翻动书页。"这是你的书吗？我是说，是你出的吗？"

她探头去看。

"这书毫无意义，"他接着说，"听着，我跟一个朋友有过这样的对话；这不是笑话。我们在谈论一对刚生了孩子的夫妇。他说：他们给它取了什么名字？我说：卡森。卡森，他说，男孩还是女孩？男孩，我说。那么，他说，这就有趣了，他们居然给孩子取名叫卡森……好了，我跟你说过这不是笑话。它只是个……你觉得这是怎么回事？"他打断自己。"我极其迫切地想跟你说话。"

他聪明而无助。《跨大西洋评论》刚发表了他的短篇小说。他是个女心理学家的儿子，她在他三岁时就离婚了。她对儿子不抱幻想：他最怕的事就是成功，但这点你要非常了解他才能明白。他给人的印象是软弱不堪，一种自发的软弱，就像得了什么怪病。但没多久那些怪病就哀号着要求合法化，并坚持要被当成一种自然状态，于是最终它们与主人融为一体。

他什么都知道；他知识渊博。他像那种通过了所有考试的傲慢学生。他的眼睛黝黑，皮肤是黑种人的那种土褐色。他的袖口很脏。他说的大部分句子都以专有名词开头。

"哥德尔在普林斯顿，"他说，"有天他走在走廊上，显然正在苦思冥想，这时一个学生经过说：'早上好，哥德尔教授。'哥德尔猛地抬起头说：'哥德尔！对！'"

他们第一次一起吃饭时——其间他悠闲地问这问那——他得知她家住在乡下。"哈，"他说，"我就知道。我就知道你有个那样的家。"

"为什么这么说？"

"我能看到。是栋很大的房子，对吗？在哪儿？靠近河边？"

"对。"

"靠得很近。"他猜道。

"很近。"

"事实上，是那种标准的水景豪宅式的近。"

"对，"她说，"就那么近。"

他很得意。"有很多树。"

"到处是鸟。"她说。

"毫无意义。"他大声说。

"为什么？"

"你的人生，"他说，"因为你的人生里没有痛苦。要知道，不偶尔来点悲伤，那还叫什么人生？你会带我去玩吗？"他问。"你会带我去你家吗？"

她想起那栋房子。尽管她从小就在那里长大，对它了如指掌，但突然，她很渴望回去，就像一个人渴望再次拿起某本书，虽然每一段都已了然于心，就像一个人渴望音乐或朋友。她的生活越来越充满偶然性，像海中的水藻，与各种生活擦身而过，而这座城市，这座她如今生活其中的城市，对于她过去宁静悠远的乡间岁月，曾是一颗明亮而费解的星，每天都要面对——现在，突然，经由一个陌生人之口，那曾被深爱的房子又重回她心中。它突然变得不可消除，就像位于商业中心古老的教堂墓地。

已经变了很多。她母亲走了。失去她的房子，一如失去她的那些衣服、照片、错放的戒指。它是记忆的一部分，这栋房子，它包含着它们，赋予它们呼吸。

"好，我带你去。"她说。

尼洛开车。阳光漂白了他的脸。他直视前方时她审视他的侧面。

"我们开的路对吗？"他问。

"对。"

他的皮肤苍白。蓬乱的头发末梢开叉，而且稀疏——不知怎么这让她觉得喜欢，似乎他病了，而她可以看着他恢复健康。

在离家半英里的地方，她突然震惊地看到地面被挖开了。他们正在建造公寓楼，一片巨大地基的形状已经显现，黄色的施工机械被扔在暮色中。

"哦，天哪。"她说。

"怎么了？"

"瞧他们干了什么。"

树林和几幢老房子都被清除了，只剩下光秃、损毁的地面。她差点哭了。不知为什么，只要芮德娜在，这样的事就永不会发生——不是说她会阻止它，而是她的离去，在某种意义上，敲响了丧钟。事件需要诱因，毁灭需要启动。

改变的阴影笼罩了一切。看到房子的第一眼——从路上一个她熟悉的位置——树上方的烟囱，屋顶的线条，让她感到一阵悲伤，仿佛它注定难逃厄运。它看上去空空荡荡，死气沉沉。那些在哈吉面前四下逃窜的小兔子——它们真的那样奔逃过吗，它们的转身如此神速，它们飞跃而起，消失得无影无踪——它们全都没了。

他们把车停在车道上。已经过了五点。屋里没人。尼洛站在那儿，看着房子，树，草坪。"你就在这儿长大的？"

"对。"

"难怪。"他说。

他们走向小马厩；几片稻草还散落在那儿。他们坐在砂砾地面的温室里。落日点燃了玻璃。她去拿了瓶酒。

"所有这些，你是怎么摆脱的？"他问。

"我不知道。"

"这是个谜。看看你以前的生活。太高级了。我的意思是，什么都不用说，这简直显而易见。"他真诚地说。他有点儿口臭。

"以前劳伦斯住这儿。"她说。

"劳伦斯……"

"一只兔子。"

穿过玻璃平面，夕阳如铜钹般落入。凝滞的空气中，一丝淡淡的酒香。那遥远的记忆——它那黑色的皮毛，长长的啮齿——如激流般向她涌来。

"你养过兔子吗？"她问。

"有段时间，"他说，"不过跟你不一样。我有次在一个实验室工作。那儿有只巨大的比利时野兔，它叫朱迪。它会咬人！"

"对，它们会那样。"

"我必须穿上大衣。"

"劳伦斯也经常咬人。"

"什么都咬，"他说，"劳伦斯后来怎么了？"

"死了。在冬天。好可怜。你知道动物生病时是怎样的，你那么想为它们做点什么。我们把它放进一个稻草窝，给它盖上东西，但早上起来它不见了。"

"跑了？"

"它在一个角落，几乎是趴在那儿。它的眼睛是睁的，但身体已经僵硬，就像用铁丝做的。我们把它埋在花园里。它比我们想象的大，我们只好不停地把洞挖得更大。它的绒毛还是暖的。我用光手把土撒到它身上。我哭了，我们都哭了，然后我说，哦，上帝，收下它吧，你的兔子……"

她在花园中，在寒风中哭泣。他们找到一块光滑的灰色石头，开始在上面刻字，但始终没有完成；那块石头还在，藏在杂草丛中。劳……

"你妹妹——她叫什么来着？"

"她改名了。"

"什么意思？"

"是这样，她的名字是丹妮，但她把它改成了凯伦。"

"凯伦？"

"说来话长。跟她在一起的某个人认为她应该叫那个名字。"

"明白了。"

"其实……"弗兰卡耸耸肩,"还不止这件事。这还不算什么。她还为他穿了耳孔。"

"明白了。"

"不管他说什么……"

尼泽点点头,似乎他懂了。她妹妹的举动让他愕然,对这种献祭的匆匆一瞥让他神迷。他无法想象她们的样子,他感到目眩,仿佛被光刺到。想要知道的愿望越强烈,就越难开口。他想说点什么。在他头顶上方的房间里,走廊上,窗帘边,这些女孩度过了她们的青春期。与此相关的问题将他浸透;与之相比,他所知道的一切都毫无意义。

"明白了。"他喃喃道。

4

死苍蝇躺在阳光灿烂的窗台,小径旁杂草丛生,空荡荡的厨房。这栋房子萧瑟,凄凉,充满欺骗;就像一座大教堂,虽然宁静,却很虚假,圣徒像是蜡做的,管风琴内部破烂不堪。

维瑞没心思采取任何措施。他无奈地住在里面,一如我们老去时守着自己衰弱的身躯。阿尔玛仍然每周来三次,清洁和除尘。他每周五留给她一个里面有四十美元的信封,但很少见她。

感觉就像发生了什么可怕的事——某种无法挽回的事，眼睛瞎了，或者哪块肢体没了。再多同情也无济于事，任何消遣都不能让其消失。

有天晚上，他在剧院看易卜生的《建筑大师》。顶灯渐渐暗下来，舞台放射出魔力。就像一次控诉。突然他的人生，他那和剧中一样的建筑师人生，似乎暴露无遗。他感到羞愧，为自己的渺小、灰暗和屈服。在舞台上，当索尔尼斯第一次对他的情人和簿记员说话，当他第一次对她轻声低语，维瑞觉得自己的脸变得惨白，觉得人们都在盯着他，似乎他刚刚发出了一声不自觉的叫喊。

当索尔尼斯，在第一个场景里最终和她单独相处时，他狂热地呼唤她的名字，而她则害怕地答道，"怎么了？"他说。"过来！"于是她走过去。他说，"近点！"于是她走近，问道，"您要我做什么？"维瑞崩溃了；他的心碎了，有那么一会儿它似乎不跳了。

这时索尔尼斯说——所有这些都在一开始，没有任何机会让你做准备，也不可能做准备——"我不能没有你，你明白吗？我必须要让你每天都在我身边。"于是，颤抖着，她呻吟道，"哦，天哪！天哪！"然后她瘫倒在地，呢喃着他对她有多好，难以置信的好。她扮演的角色名字——他简直无法相信——印在他手里的节目单上：卡佳。

那只是开始。随着故事的推进，一幕又一幕，维瑞坐在那儿，慢慢地失去了抵抗力，这出戏变成了世上最危险之物：一个难忘的例证，难忘而荒谬。他被征服了，被它的力量，被那些箭一般刺穿他的句子，被这个结尾已经写好的故事，所有对话都储存在演员的脑海里，将按确定的次序出现——然而他还是不敢尝试去想象，想象那些话——他就像个孩子，像个少年，无意中在门后偷听到一个声音，一个将压迫他一生的秘密。

他去看其他人的脸，那些在他斜前方的脸，向上抬着，被台上的表演照亮。他感到如此彻底的无助、无力——无力去回答，去争辩，甚至去想象：这个世界的转动，靠的竟然不是他眼前的这股能量——以至于他似乎自由了；他可以毫不费力地去聆听、观察。他无拘无束，天马行空，超越了舞台百倍之远，他在自己的人生中来回穿梭，他进入别人的生活，他对坐在三排外的女人想入非非。

散场后，大家纷纷离去，他站在门口，显得睿智、沉着，而别的观众迅速消失，隐入夜色。似乎真理正游走在他们之中，那些有目的地的人，那些缔结婚姻、被束缚在沉闷日常磨难中的男男女女。他一直是他们中的一员，虽然他不肯承认；而现在他不是了。

他沿着半空荡的街道散步，被中国餐馆的霓虹灯照亮，经过一家家廉价旅馆的大门。他在想他的妻子，想着她会在哪儿。他仍然没有摆脱她，摆脱她的赞许，她的幻想。突然，在他前方二十步，他看见了他父亲。有片刻他甚至不敢相信。他们走在同一个方向。他更仔细地看：步态，头形，对，是他，毫无疑问。

现实坍塌，厚板、巨大的碎片落向中心。一个散步的老人，嘴巴微张，眼神湿润而迟缓。他们正走向一个街角，维瑞将会清楚地看见他，他的心跳开始加速，他不想看见，他害怕。那就像要去打开一面棺材盖，会显出一个比以往更病态的男人，黑色的嘴角线条，呼吸带着浓烈的烟臭。他需要药物和关爱。他会找我要钱，维瑞绝望地想。他的脸颊会发灰，那种没刮胡子的老头所特有的悲哀。已经分离的人再度拥抱，无法承受的创痛再次反复。看在上帝分上，爸爸，他想。他的精神，因易卜生的内心呐喊而变得松散，此刻活跃而又疲软，像从壳中剥离的牡蛎。回家吧，他想，回家去死！

他盯着路灯下的一个陌生男人，一张被城市打上标记的脸，不健康，贪婪的阴沉。那一刻就像在某个火车站，站台上只有他们俩。他们冷冷地互相审视，然后各自掉过头。他在街角站住，而那个老头在继续走，并充满狐疑地朝后瞄了一眼。他看上去丝毫不像艾萨克·柏兰德。空荡的店面吞噬了他，呼啸的巴士，夜。

他回家已经很晚。哈吉在厨房里叫，它已经老得叫起来像把锯子。

房子变了，他在门口突然有这种感觉。他熟悉这栋房子，那就像有人躲进了里面，一个紧贴着墙面的入侵者——不，他的想象力太丰富了。当他从一个房间走到另一个房间——他的狗这时已失去兴趣躺倒在地，他自己则镇定，无奈，承受着危险——他渐渐意识到：房子是空的。

"芮德娜！"他开始大叫。"芮德娜！"他边跑边喊,狂暴地,仿佛有个紧急电话。"芮德娜！"

他颤抖着,不知所措。他边跑边打开灯,结果在走廊上意外碰见了睡眼惺忪的女儿,她困惑地咕哝着,"怎么了,爸爸？这是怎么了？"

"哦,天呐！"他叫道。

她在厨房里给他泡茶。她光脚穿着睡袍,她的脸仍然睡意朦胧。他感激地坐在桌边,那张脸,他注意到,有点傻,有点害羞,不如弗兰卡的好看。它更平凡,不是那么神秘；它很可能属于某个女仆或年轻护士。而没有化妆让它显得更真实,更富于启迪,如同一只手掌。他坐在厨房,女儿给他泡茶。这简单的举动——它就像爱,其中任何虚伪都无处隐藏——深深打动了他。在迷惘中,他意识到这就像避难所里的某件破家具,对别人来说可能一文不值,但在这艰难时期,它就是一切,就是他所有的全部。

她坐在他边上。从她流露着女人味的姿态,她的动作,她清澈、直接的目光,他不断地看到她母亲。

"戏好看吗？"她问。

"很厉害,显然,"他说,"差点把我变成疯子,在屋里到处跑着叫你妈妈。"

"是的,很奇怪。我醒来的时候,有那么一会儿,也以为她肯定在家。"

他喝茶。他听见狗的老爪子在地板上的咔嗒声。哈吉坐在他脚边，抬头向上看，一如既往地嘴馋。它曾在透不过气的风雪中奔跑，四肢健壮，年轻，耳朵后仰，目光敏锐，气味纯正。一生稍纵即逝。

他看着女儿。就像输光的赌徒可以轻易想象再次拿回自己的钱，他想到那夺走自己一切的过程是多么荒谬，多么不值，因此他有时发现自己不愿相信已经发生的事，或者确信他的婚姻会以某种方式复活。那么多东西依然存在。

"太太好吗？"博纳尔上尉问。他在马路边四处收垃圾。有一半时间他不认得维瑞。这问题是恶毒还只是愚笨？污渍斑斑的褐色上衣，一顶绒线帽，一张潘趣[1]般的老脸，老黄脸，牙齿早就没了，笑起来似乎在想什么，在想吃的，还是女人？他扛着一扇门走在路边；当维瑞的车开过来，他一跃跳到车前，挥舞着手，要求搭车。

"我要去城里。"他宣称。他没法把门塞进车里。他奋力挣扎。"我把它放到车顶上，"他说，"我可以一只手扶着。"

他手上的皮肤是蓝色，薄得像纸，他干枯的面颊上有根胡子茬。他脚上穿的像是脏兮兮的拖鞋，脚趾上翘。

"好天气。"他说。一股酒味。然后，停顿片刻，那个关于芮德娜的随意询问。

---

[1] Punch，英国传统木偶剧《潘趣与朱迪》中的角色。

"她很好，"维瑞回答说，"谢谢。"

"我觉得最近没怎么看见她。"

"她在欧洲。"

"欧洲，"老头说，"哈。好地方。"

维瑞盯着那扇门，它悬在挡风玻璃上方。"你去过吗？"他有点心烦地问。

"不，不，没去过，"博纳尔说，"我在这儿就看够了。"他停顿一下。"太多了。"他补充道。

"你指的是什么，太多了？"

博纳尔上尉点点头。他对着虚空露出茫然的微笑，对着他们面前的白色阳光。"这是个梦。"他说。

屋里仍然有她干花罐的香味，花园疏于打理。阳光落在一张桌子上，油屉里是多年来孩子们在学校的笔记本。弗兰卡，她的笔迹是那么柔顺、整洁，拯救了每个人。

没有不散的宴席。就像那个他给她们读过无数次的故事，一对穷夫妇得到三个愿望却又浪费了它们，他也想要更多。他能清晰地看到那幅场景。话音刚落，他却还想要一样东西，一样微不足道的东西：他想让她们在最幸福的家庭中长大。

5

最后的领悟：人生不会如你所愿。

他去达罗家赴宴。有些他不认识的人。"你好吗？"他们说。他们英俊，不拘小节。有个女人穿着翠绿色的及地长裙，戴着金项链和金色的网纹手镯。她叫坎迪斯。她丈夫是个艺术指导。他为电影工作；他设计书籍封面。

"维瑞，你想喝什么？"彼得问。

"你知道我在想什么——我已经很久没来一杯了……"

"随你挑。"

"我想我要来杯马提尼。"维瑞说。

他拿着一只闪闪发光的酒杯在喝，冰凉彻骨。犹如气候突然改变。玻璃罐里还剩了一些，强劲、清冽。

"你是怎么让它们这么冰的？"他问。

"哦，你点的这杯刚好是，在我看来，需要真正的技术。你得有正确的配料——你还要把金酒放进冰箱。"

"哈。"

"我有次打算写篇关于世界十大最佳酒吧的文章。我做了很多调研。那差点把我给毁了。"

"哪家最好？"艺术指导问。

"我觉得你没法选出一家。那其实更多地取决于它们哪家离你最近。我是说，一天中总有某个时候你的舌头开始发痒，那时除了喝一杯什么都不顶用，而如果这时有其中一家就在附近，那简直就是穆罕默德的天堂。"

"我不信你能在那儿找到酒，"坎迪斯说，"在一个穆斯林的天堂里没有酒。"

"没错，"彼得说，"那我就可以戒酒了。"

"但有大把的女人。"丈夫说。

"我认为，"彼得开口道，"等我被领入天堂的时候……"他站起身走进厨房，晚餐是他来做，"……我和女人的关系将完全成为历史。"

"不可能，亲爱的。"凯瑟琳走进来。

"或者想象。"他说。

"你永远不会对女人失去兴趣，"她说，"你好，维瑞。你怎么样？哦。你气色不错。"

"我的兴趣也许还在，但我的能力，恐怕……"

"不朽。"她说。

"好吧，我不知道你刚刚在那边喝了什么，"他喃喃道，"但你对我的信心让我感动。"

"我觉得这种事情只有女人知道，你说呢？"她问。

"只有她们有机会知道。"维瑞说。

笑声中他的目光捕捉到了坎迪斯。她有修长的鼻子，聪慧的面庞。她的眼睛纯净而清澈。

"维瑞，我们很想你。"凯瑟琳说。

又一对夫妇到了。维瑞发觉自己谈吐自如。他正在描述一个剧院之夜。

"我们家只有我爱看戏，"坎迪斯说，"我最早看的戏有一部是——这里有个很妙的故事——《石化森林》。"

"哦，你没那么老。"维瑞说。他感到无限的温暖和轻松。

"我那时十四岁。"

"它是你出生前写的。"他说。

"那么，也许是重演。总之——"

"你今年多大？"

"二十八。"

"二十八……"

"当我看完回家，他们说，'你觉得好看吗？'我报告说我觉得很有意思。比如，里面有句话是男孩对女孩说，'去草堆里滚一下怎么样？'观众都笑起来，我说，因为沙漠里显然没有草堆。"

精美、舒适，这套公寓在一个不时髦的街区。它在一栋老建筑里，像公园般可爱，像在二手书店的书堆里找到一本美丽的旧书。

彼得了解历史，了解绘画和美酒，第二和第三位的波尔多酒庄和第一位的同样好。他知道有个比博纳更好的小镇，他能报出葡萄园的名字。他站在狭窄的厨房里，台面上都是新鲜蔬菜和盘子，一片杂乱中，他在用一把巨大的刀切欧芹。

"下一个房子，"他对维瑞说，"我要搞一个大得可以在里面演习的厨房，像你家那样的厨房。"他在西装外面套了件围裙。做菜时他定时大声叫唤，问妻子某样东西在哪儿或有没有买。"我想要一个厨房大得可以在里面请客——甚至可以在里面睡觉。你知道,我正在慢慢歇业。不是生意不好——事实上,正好相反——但问题是好作品的供应正在枯竭。我根本找不到东西卖,或者即使找到了,我也得付很多钱,以至于没有利润空间。我的意思是,如果我卖掉一幅维亚尔[1],我没法再去买一幅别的。以前你可以去欧洲,但现在不行了。他们的价格比我们还高。有大量买家,但没东西可卖。"

"那你今后要干吗?"

"花更多时间在厨房。我真正想要的东西只有两样……"

"哪两样?"

"我想要一个真正的厨房,"他说,"然后我想死在星空下。"

客人们谈兴正浓,窗帘已经拉上,酒打开摆在狭长的自助餐台。彼得在找凤尾鱼。"它们装在小小的薄罐子里,"他嘀咕着,"薄但却坚不可摧。它们是前战舰制造者设计的。"他在海军待过。"要是美军战舰有它们一半坚固——哈,找到了。"

"你打算要怎么做凤尾鱼?"

"我打算先打开这些罐子。"

美妙的气味,美丽的杂乱,一本打开的菜谱,作者是图卢兹－劳特累克,书中充满了毕生难忘的宴席和郊游——所有这些都让维瑞心生暖意,一个爱的夜晚。确实有那样的时刻,你可以真正畅饮生命。

---

[1]   Edouard Vuillard (1868—1940),法国著名画家。

他发觉自己在凯瑟琳旁边。"你刚才碰到的那家伙……"她小声说。

"哪个？"这句话似乎让他觉得很滑稽，他忍不住笑起来。

"……穿棕色西装的。"她接着说。

"棕色西装。"他靠过去听她耳语。与此同时，他的眼睛停在所说的对象上，一个戴眼镜的粗壮男人。

"可怕的棕色，"他喃喃道，"他叫什么来着？"

"德里克·伯恩斯。"

"对。"维瑞叫道。

伯恩斯瞄了他们一眼，似乎意识到了。他的面孔光滑，五官偏大，像个今后会很丑的孩子，他用食指和中指的指尖夹着香烟。

"他是彼得的同行，他有家极好的画廊，"凯瑟琳说，"他和马蒂斯家族的某个人很熟。他拿了他们所有东西。"

维瑞后来试着跟他聊了一会儿。那时他已经忘了他的名字，也忘了马蒂斯，但照样勇往直前。他发音有些困难，对此他的解决办法是仔细念出所有辅音。说到一半，他突然记起他的名字，并立刻就用上了：肯尼斯。伯恩斯没有纠正他。

他的注意力回到坎迪斯身上。她坐在他旁边，说起男人看女人最先看什么地方。有人说是手和脚。

"未必。"她说。

他们一起翻看黑胶唱片。

"有尼尔·扬吗？"她问。

"我不知道。瞧这个。"

"哦，天啊。"

是一张莫里斯·舍瓦利耶[1]的唱片。他们把它放进唱机。

"让时光倒流，"维瑞说，"梅尼蒙坦，密斯丹格苔……"

"你在说什么？"

"三十年代。两次大战。他经常说，在五十岁之前他要活在下半身，之后要活在上半身。我要是会说法语就好了。"

"可是，你会说的，不是吗？"

"哦，只够听听这些歌。"

一阵沉默。"他是用英语唱的。"她说。

他无法解释这一切怎么会显得如此滑稽透顶。他努力想，但一片迷雾。

"你见过他吗？"他问。

"没。"

"你没见过他？"他问。

"没，没见过。"

"等等，"维瑞说，"等我一下。"

他消失了五分钟。再次出现时，他戴着一顶彼得的草帽，在大家惊讶的目光下，热烈地扭动着，用一种嘶哑、模仿的嗓音，唱完了整首《情人节》，他耸肩，东倒西歪，忘词，晚餐还没上桌，

---

[1] Maurice Chevalier（1888—1972），法国著名歌手、演员。

他已经跌跌撞撞地穿过厨房，脸朝下一头栽到佣人房的床上，昏睡过去。

"那个可怜的家伙是谁？"他们问。

第二天早上他打电话给芮德娜。那边是下午。她的声音有点沙哑，似乎一直在睡觉，"你好。"

"你好，芮德娜。"

"你好，维瑞。"她说。

"好久没联系了，我只是感觉该打个电话。"

"是啊。"

"昨晚我在彼得和凯瑟琳家。他真是个奇妙的家伙。当然，他们问起你了。"

"他们怎么样？"

"呃，你知道，他们的生活非常古怪。他们彼此的感情并不太深，然而他们还是很恩爱，"他停顿一下，"我想我们俩也差不多。"

"其实，大家都这样。"

"你还好吗？"

"哦，还行。你呢？"

"真的，我有无数次冲动着想飞过去。"

"是这样，维瑞，我是说，这想法很美妙，见到你我会很开心，但这并不能……好吧，你知道，我们已经过了那个阶段。"

"要不断提醒自己这点很难。"

"我想也是。"

她应对他请求的机智，总让他感到震惊。他想紧抓住她不放，听听她会说什么。

"你知道，再过几周你就四十四了。"她说。

"是旳。"

"很抱歉错过你的生日。"

"四十四，"他说，"恐怕我看上去也差不多了。"

"容易的部分结束了。"

"容易吗？"

"我们正在进入地下暗河，"她说，"你明白我的意思吗？"

"是的，我明白。"

"它就在我们前方。我只能告诉你，连勇气也帮不上忙。"

"你又在读阿尔玛·马勒？"

"没有。"她的声音沉稳而知性。

地下暗河。顶部降低，越来越潮湿，水流冲入黑暗。空气变得阴湿、冰冷，通道变窄。光消失其中，声音；水流开始在巨大的、无法穿越的岩层下暗涌。

"是什么让你觉得勇气也帮不上忙？"

"勇气、智慧，都没用。"

"芮德娜……"

"嗯。"

"一切都还好吗？"

"当然。"

"不，说真的。芮德娜，你知道，我始终……在这儿。"

"维瑞，我很好。"

"你快乐吗？"他问。

她笑起来。快乐。她要的是自由。

6

最终让芮德娜回来的是玛丽娜·特罗伊。她甚至在他们家待了一阵子。那时的剧院圣人是菲利普·卡森。他的戏不做预告，消息靠口口相传，你必须自己去找，就像巫术仪式或斗鸡。此人很难接近。他有个瘦鼻子，细如手指，城里口音，散发出神话感。他不在电话里说话。自我感强烈到被当成自私，两者已合而为一。他更像是能量来源，而非单独的个体。他服从的是牛顿定律，是最伟大的恒星定律。

有晚他们去他的剧院，在一个旧舞厅。观众必须在楼梯上排队等一个小时。卡森没有出现，虽然有人后来说，大家就座时在舞台上扫地的那个人就是他。终于有了声通报，报出了那晚演出的名字。沉默。一个演员走出来。他有张不被信任的脸，一个什么都尝试过的男人，他的饥渴强烈到足以杀人。他的动作有着疯子般的紧张，但首先打动芮德娜的是他的眼睛。她看出了其中的力量和嘲讽；那双眼睛属于她的某个兄弟，某个她向往却始终无法成就的自我。

"那是谁？"她小声问。

"理查德·布洛姆。"

"他太特别了。"

"你想认识他吗？"

那出戏她没看懂，但她并不感到失望。无论它有什么意义——里面充斥着反复、愤怒、叫喊——她都已被它征服，她想再看一遍。当灯光亮起，观众开始拍手，她几乎下意识地站起来，高举起双手鼓掌。她的狂热，她的毫不掩饰，俨然一个皈依者。

后台像个整晚营业的杂货店。电灯是古老的日光灯；许多衣着糟糕、看上去跟演出毫无关系的人在那儿晃荡。没看见布洛姆。

"去派对吧。"有人说。

他们坐进一辆出租车。黑暗的街道颠簸而过。"你喜欢这戏吗？"玛丽娜问。

"强烈之极。不是剧本，而是演出。他们仿佛不是在表演——至少，那不是合适的词。"

"没错，那是某种慢动作的发疯。"

"有股不可思议的力量，他们简直就像把自己翻了个里朝外。我被彻底打倒了。那都是他一个人教的吗？"

"他在佛蒙特有个别人给他的地方，"玛丽娜说，"每个人都去那儿，他们工作，讨论。一切都是共同完成的。"

"但他是老师？"

"哦，当然。他是一切。"

他们乘上一部咯吱响的电梯。其他人已经在了。布洛姆也在。他穿着日常的衣服。

"你的表演，"芮德娜说，"是我见过最好的。"

他的黑眼睛盯着她。他只是点点头，毫无生气，神情颓废。她不知道他有什么想法和感觉。正如所有伟大的演员，他的站姿有种公然的筋疲力尽，像只飞了太久的鸟。没有任何反应。

有人给了她一杯酒。大家都很友好。他们笑，他们柔和地交谈，他们是她见过最和谐的人，他们认可她。她听着卡森的故事。他天赋异禀。他是个非凡的老师；他本能地知道难点所在，就像治疗师。

"有两个月，我每天同一时间去找他。我们聊天，仅此而已。我学到了一切。"

"你们聊什么？"芮德娜问。

"哦，不是那么简单。"

"当然。不过，比如说……"

"他总是问我同样的问题：你今天做了什么？"

他们那种惬意的状态让她羡慕而又捉摸不透。就像遇见一个传统的大家族，每个人都不同，但却又紧密相连。

"我想跟他学习。"她说。她不怕鲁莽，不管条件。

有次他只用四小时就教会了一个女演员怎么说话。"什么意思，学会说话？"

"使用她的嗓音。让人们倾听。"

她想见他。她像圣女贞德那样环顾四周；她怀疑他可能就藏在他们中间。

"你得去佛蒙特。"他们说。

时间在不知不觉中过去。站在窗边，她突然意识到夜已消逝。下方是灰寂的城市碎片。她朝上看。天空的穹顶是蓝色，一种在她凝视下正向着地球降落的蓝。街上的树木展开了叶子。仿佛某种呼应，屋里的灯都被关了。现在已是确切的黎明。外面有几只鸟，自然界惟一的声音；除此之外，一片静寂。她不累。她很想留在这儿。跟周围的人抚掌道别时，她的手冰凉而陌生。她睡着了；她从未睡得这么香。

一年十到十二个学生，他只收那么多。他们一起生活，一起工作。她想成为其中的一员，脱离所有消遣，去学一样东西，只学那样东西。

"你觉得我不是演员有关系吗？"

"你是。"玛丽娜对她说。

"他们是那么有力量，他们所有人。那么自然。你仿佛第一次看见生命。跟我一起去。"芮德娜怂恿道。

"我很想去。但不行。"

"杰拉尔德会让你去的。"

"不，他不会。"

她问伊芙。她们坐在一个小隔间，手里捧着狭长的菜单。"你觉得这蠢吗？"

"我认识的每个人都想跟他学。"

"真的？"

"是玛丽娜介绍的？"

"其实，我还没见过他。"芮德娜说。

伊芙看上去憔悴而无奈。阿诺德走了。不管怎样，他已经完全变了。至于是不是生理上的原因，没人知道。她正在考虑跟丈夫复婚。

"你不是开玩笑？"芮德娜问。

"我们最近经常谈起。也许我们该再试试。我们的确有很多共同点。"芮德娜没有回答。

"他在节食，"伊芙说，"他看上去不错。"

"他的问题不在于体重。"

"他只是表示他想改。你不觉得这是个好主意？"

"我不知道。只是感觉有点……"

"什么？"

"你们已经经历了那么多。"

"然后又回到开头，你是说？"

"感觉就像放弃。"

"你能怎么办？"

"我们来喝点酒。"芮德娜说。

她开车去佛蒙特面试。她很紧张。另外还有十五到二十个人。他们在谷仓边的长椅上等。卡森在厨房里接见申请者。有时过半小时门会打开，有时更久。

她等了一下午，一直等到晚上。没人来给他们送吃的或喝的。他们沉默地坐着。天黑了。这是四月；越来越冷。终于轮到她了。她疲惫不堪。两腿僵硬。她穿过一扇纱门走进屋子。

卡森戴着墨镜，坐在一张空桌子旁。他穿件旧得发白的黑西装。她第二天在村里看见他穿着同样的破西装，手里拿只公文包，像名会计或讲师。在桌子的另一端，坐着面无表情的理查德·布洛姆。整个面试中他没说一句话。

她没有经验，她告诉他们。但事实是：她已经做好准备，以某种方式．下意识地。她的身体柔软，强健。她没有负担，没有需求，她可以自由地将自己彻底投入。她在读圣奥古斯丁……

"谁？"

"《忏悔录》。"她说。

"好，继续。"

有篇文章写到，当我们转过身背对灯光，我们能看见被光照亮的东西，却看不见光本身。她正是因此而不知所措：被光照亮的东西。她转头去看布洛姆，他坐着一动不动，似乎没在听，似乎在梦中。

"你多大了？"卡森问。桌上他的双手扣在一起，他看着它们。

"四十三。"她说。

沉默降临，这是随着提问结束而来，久久徘徊的那种沉默。她感到一阵无助，以及愤怒。

"但那毫无影响。"她向他们担保。

"我们是个剧团。"卡森简单地说。如果他们收下一个年轻的女演员，他解释说，她当然会变老……

是的，是的，她想打断他。她知道接下来他要说什么。

"我想在目前，"他说，"你应该去别的地方学习，看看会怎么样。也许会更清楚你是否有来这儿的可能。"

正是这个男人，他曾写道，正如最伟大的圣人最初是最伟大的罪人，因此他的演员来自他所能找到的最无望、最亵渎和最不可能的材料。但有些事永远不变——一个女人请求一份护照，一份工作许可，随便什么；不管她怎么说，她已不再年轻。

"年龄并非真正的衡量标准，"她说，"显然，这里任何事都不会那么教条。我有更多东西要学，是的，但同时我也懂得更多。"

"很遗憾。"卡森说。

他们对她免疫。她无法正视跟自己说话的这个男人，对另一个她几乎连瞄一眼都不敢。她已经向他们展示了一切，她的正直，她的虔诚，但还不够。

"谢谢你来。"他说。

有四五个人还在等。走过他们身边时，她尽量不露出任何痕迹。她就像个走出大教堂的女人，拾级而下，难以接近，脸色阴沉。

午夜时有人敲她的门。一个男人站在门口，手里拿着什么东西。是布洛姆。

"想喝一杯吗？"他问。

"好，"她说，"进来。"

房间很冷，像个见习修士的房间，光秃秃的地板，一盏小灯。他没有笑，但也不疏远。单看他的嘴角，似乎有无限可能，但却被搁到一边。

"你忙完了吗？"她问。

"差不多。"

她已经洗了脸。素颜之下，她嘴角和眼角的纹路细微而永恒。她阅读，进餐，对这样的女人，一切都不用解释。

他是个才华单一的男人，他没有别的爱好，没有缺点。他就像个文盲．像个殉道者；左右摇摆——这对他来说没有可能。他的人生朴素，贫乏，写在墓碑上，只需短短一行。

窗外的乡村，树木，黑色的山丘，都在月光下。月亮本身则太大，太过苍白。他有一副跑步者的胸膛，平坦如板。他的动脉粗壮，像匹飞奔过的马。之后她将在其间搜寻疤痕。他的手指有力。

感觉他们仿佛在船上：那种古老的、小岛般的蒸汽船，清洁但不舒适，舱门脆薄。他们是惟一的乘客。

"我觉得你有点气馁，"他说，"不要。你会找到办法。你会找到你的新生活。"

"我感觉我才刚开始游。"她说。

"我想你一定很会游。"

"我才刚找到河。"

"对，"他说，"惟一的问题是要有水。"

那是诗的第一节。过了一会儿她又说，"只是现在我想飞。"

早晨，他把自己脖间一个小小的银饰送给她。那是一只原始风格的小鱼，光滑如一角硬币。他声称它不是古董。它是某种护身符；它会护送她回家。

她住在玛丽娜名下的一间工作室。要穿过各式卡车和凌乱的小街。一对夫妇带着个孩子住在楼上，她听见他们争吵。

她买了一床棕色的床罩，以及玫瑰，熏香，干花。床头放着书，她收藏的放大镜，闹钟。女儿们每天给她打电话。她从不抱怨。她充满力量。

她脖子上挂着那只闪烁的小鱼，布洛姆来时她的衣服下面除了那一无所有。有时他们很晚才吃饭，在他演出之后。那时他只吃瘦肉和沙拉，喝酒，之后吃一点水果。音乐是史克里亚宾[1]，普赛尔[2]。睡在她身边，他沉默，安静。他的力量不曾离开，只是盘绕起来。他不算肌肉发达，但很强壮，像根绳索。他们缓缓地做爱。他几乎静止不动，只有一丝看不见的收缩，微弱得像鱼鳃。她的膝盖开始颤动。唇间发出呻吟。十五分钟，二十分钟，她挣

---

[1] Alexander Scriabin（1872—1915），俄国著名作曲家。

[2] Henry Purcell（1659—1695），巴洛克时期的英国作曲家。

扎，哭泣，他紧紧按住她，双臂抵在她的两侧，开始小幅地、不规律地起伏——某种缓慢而无意义的传送。她抽搐得像只被屠宰的野兽，那巨大、狂放的冲击已经启动，漫长，永无休止，像在砍倒一株大树。当她想要叫出声时他捂住她的嘴，他在震颤，他颓然倒下，像在一英尺外被枪击，出其不意，令人费解。

她醒不过来，筋疲力尽的睡眠，酒鬼式的睡眠。夜晚的空气漫过他们。从街上传来卡车声。

早餐是巧克力和橙子。读会儿书，然后又睡过去。他说话很少。他们深陷于满足之中：一切都很充实，超越了言语。就像下雨天。

有时她去看他演出。她坐在观众席，隐藏在他们中间，尽情欣赏他的样子，沉浸于他们之间那不为人知的一切。她可以无休止地凝视他，去收藏、去窃取他的脸，他的嘴，他大腿的力度。终于，她满足了，便去找伊芙喝一杯，或在特罗伊家享用咖啡甜点；他们不问她从哪儿来，他们把她介绍给朋友，她比客人更受欢迎，她令人惊艳，仿佛被生活灌醉了，全身上下都写满了激情。她是那种丈夫和妻子都乐意看见的女人，他们会当她的面讨论事情，那些本不会被提及的事情变得轻松，而同时，不知怎么，她的勇往直前也让他们对自身的美德更为确信。她在透支她的人生，这一目了然，从她的表情，她的每个姿态；她将挥霍一空。他们为她着迷，正如一个人为这样的念头着迷：将人生一饮而尽。而她的坠落会证实他们良好的判断力，他们的理性。

"你的人生，"玛丽娜告诉她，"是我见过最真实的人生。"

芮德娜没说话。

"我很遗憾没跟你一起去。"

"你知道，我被拒绝了。"

"我知道，但你已是他们的一员。"

剧院四处流浪。这礼拜在一间排练场，下礼拜在某个破旅馆的舞厅。他的表演从不雷同，无论是在灯光下，还是在宁静的白天。他们在咖啡馆见面。她戴着一副椭圆的银框眼镜。

"干吗戴这个？"他问。

"读很小的字。"

"不，你眼睛很好。我能看出来，从颜色、清澈度。"

"那不能说明什么。"

"当然能，"他说，"一切都通过身体说话。人们移动的方式，他们的眼睛怎么看你——由此你可以理解整个世界，如果你知道自己要找什么。万物皆可见。"

"万物不可见。"

他们的腿在桌子下面相互摩挲。"尤其是那件事。"他补充道。

"那是非常时刻。"她说。

下午在褪色。她给他看自己的家庭照，弗兰卡，那些被遗忘的日子。

"这是你女儿？"

"不可思议。"

过了一会儿，他沉默不语地拿出一张纸片。那是张剪下来的图片，凡·东恩[1] 画的毕加索情人，著名的费尔南德。她赤裸着，像张挂毯般展示着自己。跟芮德娜惊人地相似。

"你在哪儿找到的？"

"它在我身边很久了，"他说，"即使你无法结婚，你也必须有个想象的妻子。所以我就随身带着她。她非常方便。"

芮德娜涌起一阵妒意。

"我不相信婚姻，我也没时间，"他说，"那是来自另一个时代的概念，另一种生活方式。如果你做你真正应该做的，你就会得到你想要的。"

"没错。"

"薄伽梵歌。"他说。

在夜晚的某个时分，越过小小的花园，你能看见人们聚集在灯火通明的房间，此时，她平躺着，双腿分别指向两个床角，手臂完全张开。从街上传来微弱的喇叭声。她闭着眼睛，像只被擒获的美丽野兽。她的呻吟，她的哭喊，让他无与伦比地兴奋。时间持久。而后，她赤裸地躺着，一动不动。她亲吻他的手指。他们在沉默中沐浴，恍若漫长、晕眩的梦游。她十分清楚——她确信——这是她最后的日子。它们将一去不返。

---

[1]　Kees Van Dongen（1877—1968），荷兰画家，继马蒂斯之后野兽派的中坚人物。

7

丹妮的婚礼在一个朋友的房子里举行。那儿是乡下，靠近奥西宁，一个有点老派的婚礼，尽管它青春而随意。天气温暖。就像小村庄里的星期天。她的父母都来了，当然，还有她的姐姐，她的情人，胡安。她嫁给了他弟弟。

西奥·普瑞森比胡安小，个子比他高，身材没那么好。他还在上学——法学——最后一年。在见到她之前他就听哥哥谈起……建筑师的女儿，十九岁，在床上很奇妙。炽热的碎片在隐约的黑暗中闪现。一股渴望和嫉妒充满他的血管。

"你是什么意思，奇妙？她有什么那么奇妙？"

"她简直不可思议。"

他急切地想见她，又半带害怕。当他第一次看到她，感觉仿佛她的衣服在他眼前滑落下来。他不知所措。他几乎不敢流露出兴趣；他为自己的想象羞愧。正是这种想象俘获了他，从一开始，它就在他的耳中歌唱，对着他的血液低语。

他们第一次在一起，是去大都会博物馆，登上她父亲曾奔跑过的台阶。那是下午，悠长，晴朗。在那些巨大的、有警卫看守的展厅里，他几乎不敢去看她，虽然她就在身旁。他渴望交谈，渴望能毫无顾忌地跟她说话。他只能意识到她的肢体，她的头发，她做了什么事情。她看上去美丽而镇定。一切都反映着她，一切都暗示着爱：那些躯干，那些洁净的大理石肢体，一个希腊男孩，包裹着他臀部的肌肉曲线。他站在她后面一点。他看着她的视线掠过肩膀，腹部，停留在生殖器和雕刻清晰的卷毛上。她似乎正在嘲笑他。他们继续走；他的嘴巴干涩，他甚至讲不出一个笑话。她对他毫不在意，他能感觉到。

而现在，他站在那儿——一身西装，戴顶草帽，一副农夫打扮，扣眼里别着支蒲公英——最终成为这个女人的拥有者，而这个女人是他哥哥找到的，为他准备的，无意中带给他的。他的面庞很年轻，双手晒得黝黑。他已经见过维瑞许多次，但对他还是无从了解，而芮德娜只见过一次。他正在等他们到来。

他们迟到了。他们把车停在马路裂开被水冲走的位置——那儿已经有八九辆车——然后走上一条通向房子的石头小径。一座浓荫掩映下的房子。有玻璃酒杯在屋内的自助餐台上闪耀，水果，鲜花，蛋糕。阳光从巨大的窗口涌入。几只猫溜过他们脚边。

"很高兴见到你们。"西奥对他们说。

"我们也是。"

"多美的房子。"芮德娜说。

"来见见我们的主人。"

她在楼上找到了两个女儿。她们相拥而泣，她们哭了又笑。她们帮丹妮擦去眼泪，眼泪在她脸上一行行直接流进嘴里。当维瑞踌躇地出现在门口，她又开始哭起来。

"你们哭什么？"他问。

"没什么。"

"我也是。"

一个辽阔、明亮的日子，树在叹息，房间有点儿热。仪式很简短，一只猫磨蹭着维瑞的腿。当新郎新娘走进客厅，响起了婚礼进行曲。那一刻，当他看见自己女儿，在阳光下披着闪耀的白纱，在另一个人身旁，飘然离去，消失，他突然感到一阵强烈的苦涩和失落，仿佛这以某种方式证明了他失败，仿佛他的整个人生都可以一笔勾销。

他们喝着红酒，打开礼物。他们转向举杯祝酒的维瑞。

"西奥和丹妮。"他开口道。他举起酒杯，盯着它。"无论如何，你们正步入真正的幸福，那是人们目前所知的最大幸福。"

他们举杯同饮。有封来自芝加哥的电报，祝你们的人生永远撒满鲜花。寄照片，阿诺德。他们谈起他；也许他知道他们会谈起他。他们讲着崇拜的故事。这些故事已成为他真正的存在，他就像个戏中的角色，被人模仿和景仰。他不会失败或消失。他就像个提早离开的奇异来客，对他的回忆萦绕不去，那些回忆，因为被适时切断而变得更加强烈。

似乎突如其来，婚车要走了，忽然又是一阵挥手，道别的哭喊，车开上马路，一只拉布拉多跟在车旁边跑。

"哦，他们去了。"有人说。

"是啊。"维瑞附和道。

远处那只黑狗还在汽车扬起的尘土中奔跑，渐渐落到后面。最终它放弃了追逐，孤零零地站在树林边缘的马路上。

那是春天。弗兰卡和母亲在海边过的夏天。她们住在一栋饱经风霜的小屋，边上是马铃薯田。屋前停着辆车，一辆英国莫里斯，她们从汽车修理工那儿买的，车漆已被晒成白垩色。有个小花园，一间浴室。里面的水龙头嘀嘀嗒嗒，能看见一片正在消失的沙丘。

她们吃长长的午餐。她们开车去海边。她们读普鲁斯特。在屋里她们光着腿，不穿鞋，皮肤晒得黝黑，她们眼睛是同样的灰色，她们的嘴唇光滑而苍白。平静的日子，相伴相守，阳光过滤了她们所有烦恼，只留下满足。一个人在早晨路过。她们在花园里，一个美丽的女人正在浇花，她女儿站在旁边，怀里抱着一只修长的白猫，慢慢抚摸着。或者当她们不在时：窗户静默，短窄的泳衣摊在木箱上，知更鸟的黑脑袋和灰不溜秋的身体匆匆穿过草坪。

室外有张木桌，她们坐在阳光下。小小的黄色蜜蜂在吃奶酪皮。芮德娜的手掌平放在光滑、发烫的桌面上。刚进入八月。大海在歌唱，上空漂浮着一片清晨升起的银色雾霭。在午餐后的空荡时光中，几个孩子在喊叫和玩耍。

她们去拜访彼得和凯瑟琳。大树下的晚餐。之后他们坐在那儿聊起了维瑞。芮德娜解开一点衣服，搓揉着腹部。这有助消化，她说。头顶，飞机穿过黑暗的天空，发出微弱而久久萦绕的声响，它们的灯光左群星间穿行。

"我上个月跟他吃过一次午饭，"她说，"他有点儿累……你知道，生活。他过得不太好，我不知道究竟为什么。"

"哦，我觉得原因很简单。"彼得说。

"人们经常错误地……"

"对，但你和维瑞——任何两个人，当他们分开时，就像劈开一根原木。两边不对称。核心含在其中一边。"

"维瑞有他的工作。"

"但带走那神圣核心的是你。你可以一个人快乐地生活；他不行。"

"他现在好点了，真的。"弗兰卡说。

"我们已经很久没见他了。"

"他现在好多了。"她向他们保证。

"他还住在那栋房子里？"凯瑟琳问。

"哦，是的。"

他们谈论着食物，老朋友，欧洲，镇上的店铺，海。就像把重要问题留到最后的生意人，彼得问道，"你怎么样，芮德娜？"

"我？"

"对。"

"怎么说呢，我刚刚吃了这么好的晚餐，我又有张这么舒服的床……"

"没错……"

"我在想。我觉得不太习惯给那类问题一个答案，特别是对那些熟悉我的人，"她停顿一下，"我看起来如何？"

"彼得，"凯瑟琳解围说，"芮德娜不想谈这个。"

"事实在于，"彼得说，"我不想让你失望，但你看上去好极了。你看上去一如往常。"

　　"一如往常……不。没有谁能一如往常。我们在前进。故事在继续，但我们已不再是主角。然后……前几天我有个很强烈的念头。死神并不是木版画上那种披着黑斗篷的人体骨架。死神是个坐在凯迪拉克里的犹太肥佬，就是抽着雪茄，你每天看见的那种。崭新的车，车窗摇下来。他无话可说，他太忙了。你跟他走。仅此而已。走进黑暗。我为什么说这么多？"她问。"都怪白兰地。我们得走了。"

　　然而，在白天，她心平气和。她的生活就像完整的、被充分利用的一小时。其秘诀在于她没有自责或自怜。她感觉自己被净化了。日子就像采自一个永不枯竭的采石场。填入其中的有书籍，家务，海滩，偶尔的几封邮件。坐在阳光下，那些邮件她读得缓慢而仔细，仿佛它们是来自国外的报纸。

　　"我觉得她好可怜。"凯瑟琳说。

　　"可怜？为什么可怜？"

　　"她不快乐。"

　　"她比以往任何时候都快乐，凯瑟琳。"

　　"你这么觉得？"

　　"是的，因为她不再依靠一个男人，她不依靠任何人。"

　　"我不知道你说的依靠是指什么。她总是有人的。"

"没错，但那不是依靠，对吗？"

"她是个注定不快乐的女人。"

"真有意思，"彼得说，"我感觉正好相反。"

"你不了解女人。"

"有天我看见她在插花。"

"插花？"

"对。"

"那能说明什么？"

"没什么，我只是不觉得她不快乐。"

"彼得，我不知道你到底看见了什么，但一个离开家的女人注定是不快乐的，而现在，她不就是吗？"

"可是，娜拉·海曼[1] 就离开了家。"

"我是说在真实生活中。"

"我说的也是。"

"你这样说毫无意义。"

"凯瑟琳，你应该知道，在伟大的艺术品中有超越纯粹事实的真理。"

"如果你要说娜拉……易卜生的娜拉，对吗？"

"对。"

"没人知道她后来怎么样了。你可以自己随意下结论。不

---

[1]　Nora Helmer，挪威戏剧家易卜生的名作《玩偶之家》中的女主角。

是吗？"

"我喜欢芮德娜带给人的那种感觉。"他说。

"你当然喜欢。"

"我不是那个意思。你知道我什么意思。"

"是的，我想我知道。"

"妈的！"他叫道。

"怎么了？"

"我说的是别的东西，你不明白吗？一种勇气，一种生活。"

"我觉得那是你想象的。"

"一个女人的王国。"

"怎么你突然对女人的生活感兴趣了？"

"不是突然。"

"感觉像突然。"

"我过烦了男人的生活。"他说。

8

彼得·达罗年轻时曾住在巴黎的阿尔萨斯旅馆，奥斯卡·王尔德就死在那儿。事实上，就死在他住的房间；跟他睡的是同一张床。一切都已烟消云散。

他是个习惯性的男人，只有一种滑稽表情：嘴角大幅下拉来假装沮丧。它适用于所有情况，困惑，不相信。他周五晚上从城里乘火车过来，轮轴在破旧、即将解体的车厢里嘎吱作响。它们在雾气中停站，站台上的声音，那些警察、锅炉工在各自城镇下车时的激昂和粗野。然后是穿越平原的一段漫长、颠簸的旅程，田野终于出现了，那些他认识的餐厅、店铺。凯瑟琳坐在车里等他。他们在浓密的夏日树荫下开车回家。

他们的房子空旷，毫不设防，像座谷仓。它有种动人的笨拙，像个因缺钱而滞留的旅客。前方的泥巴路变宽了，形成一座小岛，里面是个散布着倾斜石碑的墓地，名字已经模糊不清，那些在海里淹死的人。汽车弯进一条光滑的卵石车道。屋里亮着灯，壁炉里生着火，几只灰白的猎犬在叫。

一个习惯性的生物，对，也是怪癖性的。他在准备晚餐，孩子们在楼上房间里玩。他妻子在前厅跟芮德娜聊天。那些小车站的站台此刻已空空荡荡，夜幕降临，遍布四处的小房子都亮起来。

他自信地忙碌着；新鲜的扇贝和冰凉的格拉夫白葡萄酒。他深谙家事之道——调酒，生火，烹饪，用什么样的炉子。从他的房子望出去，是一片漫长、空荡的田野，时而有海鸥伫立其中。

他最爱钓鱼。他在爱尔兰钓过，在雷斯蒂古什，也在"煎锅"灯船和伊索珀斯河上钓过。"我就是在那儿俘获芳心的，"他回忆道，"一个神奇的日子。我们来到河边，我钓鱼时她就坐在岸边看书。最后她说，'我饿了。'而就在那一刻，简直分秒不差，我拉上了两条漂亮的鳟鱼。

"但我听过最棒的钓鱼故事，"他说，"发生在我一个住在法国的朋友身上。他岳父有一座带池塘的乡村大宅，池塘里有条巨大的梭子鱼。一条非常狡猾的鱼，非常老。园丁已经盯了它很多年，他发誓要把它干掉。一天迪克斯在那儿钓鱼，他完全心不在焉，只是把渔线抛出去，却意外地钩住了那条梭子鱼的尾巴。这种情况很罕见，但有时会发生。剧烈的挣扎。那条鱼有三英尺长。迪克斯一边奋战一边呼救。园丁跑向房子，然后拿着把猎枪飞奔过来，他们根本来不及阻拦，他已经对着那条鱼连发数枪。血溅得到处都是，一片混乱。那条鱼不动了，但还活着。他们把它放进浴缸，它就浮在里面，伤痕累累。那天晚上它死了。它到底怎么死的还是个问题，因为有明显的刀刺痕迹，但不管怎样也没办法了，他们把它冻在一大块冰里——那是冬天——然后它被送到巴黎，在他岳父举办的一次重要宴席上被做成了鱼汤。迪克斯也在，大家都在，包括教育部长，他吃了一口鱼，然后把手迷惑不解地伸到嘴边，拿出了几颗铅弹。岳父看着迪克斯，他……他能说什么？他只能耸耸肩。

"女人都不喜欢钓鱼，"他断定道，"是吗？"

"我们当然喜欢，亲爱的。"他妻子说。

"她们不喜欢早起。其实，我也不喜欢。"

他喜欢白兰地，水晶酒杯，世纪大厦的黑醋栗苦艾鸡尾酒。他的生活坚固，精美，也许不快乐，但却很舒适；那种舒适就像在火车上过夜，干净的床单，漂浮在黑暗中的城市。最初的不合时宜表现在他的服装上，最初的老年斑出现在他的手背。他家很少听音乐。阅读和交谈，追忆往事。他穿的蓝格子衬衫，因为洗得太多已经褪色。款式有点过时的英国鞋。他脸上有种奇妙的机敏，一只眼睛的虹膜里有个小黑点，像块圣斑。旅行，美食，他谈论旅馆的热情人们通常只会用于女人或狩猎。他对哪幅画挂在哪个博物馆一清二楚。他的法语摇摇欲坠，其词汇表完全基于食物和酒水。但他说得堂而皇之。

时间过得很快。起雾了，白兰地空了。

"天哪，"芮德娜说，"几点了？"

彼得看看他的手表。思考片刻，他回答说，"一点。"

"我喝了太多白兰地，"她说，"我不能再喝了。"

"反正，已经喝完了。"

"酒到我腿里了。"

沉默。他点头表示赞同。"芮德娜……"他最后说。

"怎么了？"

"酒对腿没有任何坏处。"他说。

他的最后画面，是站在亮着灯的大门口，浓雾抹去了所有其他东西，房子，甚至窗户，几只狗拥在他身后。

"我开车送你回去，"他突然决定，"雾太大了。你可以明早来拿你的车。"

"不，没关系。"

"我知道路。"他说。他很热切，口齿不清。"妈的，死狗！等一下！"他喊道。"你不能一个人开车。"他下令说。

他们刚开到车道尽头就撞上了一根柱子。

"我是对的。你肯定开不到家。"他说。

那年秋天，十一月，他的腿开始浮肿。原因不明。膝盖和脚踝也受到影响。他去了医院，他们给他做检查，他们想尽办法，但还是无济于事，直到最后，仿佛自动地，肿胀消失了，紧随其后——如同某种致命的枯竭——某种可怕的变化开始了。他的腿开始变得僵硬。

医生现在知道那是什么了。

"是痛风，"他躺在床上，镇定地告诉别人，"我一直都有。它时不时会发一下。"

那是一种富人病，他说，他是太阳王的命。他疼痛不堪，尽管别人看不出来。这种痛会越来越厉害。它会扩散。皮肤和皮下组织会僵化。他正在变成木头。

"他到底怎么了？"朋友们问凯瑟琳。

这种病没有名字。

"我们也不知道。"她说。

9

芮德娜再见他已是春天。那是个周日。她按响门铃，凯瑟琳前来开门。

"他见到你会很高兴。"她说。

"他怎么样？"

"不太好，"凯瑟琳说，"他在隔壁房间。"

"我能进去吗？"

"当然，进去。我们在喝东西。"

她听见说话声。从门口她看见一个不认识的胖脸男人。当她进入房间，走得更近一点，才突然意识到这张浮肿的脸是彼得。她都认不出他了！六个月里他朝死亡迈进了一大步。他的眼睛凹得更深，鼻子看上去很小。就连他的头发——难道他戴着假发？

"你好，彼得。"她说。

他转过头茫然地看着她，像个放浪形骸的陌生人那样陷坐在椅子里。她几乎要哭了。

"你怎么样？"

"芮德娜，"他终于说道，"啊，综合考虑，还不坏。"

他的衣袖内放着荒废瘫痪的胳膊。他的身体已经到处发硬，如同箱盖，他几乎无法动弹。

"感觉一下。"他对她说。他让她摸他的腿。她的心缩紧了。那是一座雕像的腿，一截树干。包裹他的肉体已经成了一个盒子。其中，像个囚犯，是原先那个男人。

"这是萨莉和布鲁克·阿列克斯。"他说。

一个年轻的红发女子。她丈夫很瘦，穿着毫无特色的衣服，叠坐得像只螳螂。他们的孩子跟达罗家孩子在里面房间玩。

对话不痛不痒。又有人来了，彼得的堂兄和一个有只假玻璃眼的老妇人。她是克林斯基男爵夫人。

"医生，"她说，"亲爱的，医生什么都不懂。小时候有次我病了，他们带我去看医生。我病得很重。发烧，舌头是黑的。这个嘛，他说，有两种可能：要么是你吃了太多黑莓酱，要么就是霍乱。当然，结果都不是。"

芮德娜找到一个跟凯瑟琳单独说话的机会。"这到底是什么病？"她问。

"硬皮症。"

"从没听说过。只有胳膊和腿吗？"

"不，会扩散。会扩散到全身。"

"有什么办法吗？"

"恐怕没什么办法。"凯瑟琳说。

"肯定有药的。"

"是有，他们在给他用皮质酮，但瞧他的脸。无药可治，真的。他们说的全都一样：他们无法做任何保证。"

"他觉得痛吗？"

"几乎时刻在痛。"

"我可怜的女人。"

"哦，我不可怜。可怜的是他。他一晚要醒三四次。他根本没法真正睡着。"

"凯瑟琳！"他在叫她。"你能开瓶香槟吗？"

"当然。"她答道。她去拿酒。

"你平常都做些什么？"那个堂兄在问。

"思考。"彼得说。

"一般性的思考？"

"我一直在考虑我的遗言要说什么，"他说，"你知道伏尔泰怎么死的吗？"

他被凯瑟琳打断了，她拿来了托盘和酒杯。她打开香槟开始倒酒。

"不，"彼得刚尝了一口就说，"味道不对。"

"怎么了？"

"这香槟不好。"

"怎么会，亲爱的。"

"不好。"

"亲爱的，"她抗议道，"这是我们一直喝的。"

酒瓶放在一只银色冰桶里。她拿出来给他看商标。

"为什么口味这么怪？"他转向男爵夫人。"你觉得味道如何？"

"挺好。"

"我明白了。别告诉我味觉也不行了。那就问题大了。"

惟一没变的是他的声音，他的声音和性格，但支撑它们的结构正在坍塌。庞大的内在正走向灭亡，当最后的时刻到来，当他的生命之屋像被摧毁的楼房一样化为废墟，所有那些古老而彼此相通的知识——生态建筑学和波斯神话，野兔食谱，熟知的画家和博物馆，鳟鱼成群的内陆河流——都会消失殆尽。他的身体已背弃了他；一度统领它的那种和谐已不复存在。

"这方面最好的专家在英国，"他说，"拜沃特斯医生。还有个叫什么来着，凯瑟琳？在西敏寺医院。我忘了。我想过去英国，但何苦跑那么远路，既然已经知道答案？去英国的最好时机是你和维瑞去的那次。我们也该去的，我真后悔那次没去。我爱英国。"

"我们住在布朗饭店。"芮德娜说。

"布朗饭店，"他说，"有天我在那儿喝茶。你知道他们的下午茶有多严谨——壁炉里生着火，蛋糕。好了，在我邻桌有一个英国女人和她儿子。儿子四十多岁，而母亲是那种骑马要骑到八十岁的庄园太太。他们去看了早场戏，有一个小时他们便坐在那儿讨论刚看过的戏，《樱桃园》。当然我在听，结果那一小时他们大概只说了四句话。那真是绝妙的对话。她先开口，在一段漫长的沉默后，'戏还不错。'接下来大概十五分钟没人说话。最终他说，'嗯，是的，不错。'很长、很长的停顿。然后她说，'那些精妙的沉默……'又过了大概十分钟。'是啊，相当感人。'他说。"非常典型的斯大夫气质。"她说。你知道，英国人对发音有种毫不妥协的态度。她就是那么说的，把斯拉夫念成斯大夫。"他陷入沉默，似乎在为说了什么而后悔。

"我很想再去英国。"芮德娜说。

"哦，当然。你会去的。"他的声音弱下去。

最后，他妻子扶着他离开了房间。小小的、拖拽的步子，似乎在支撑着他那点残存的生命。

"他见到你好开心。"凯瑟琳在门口说。

我们无法想象那些疾病，它们的成因被称为先天的、自发的，但我们本能地知道必定还有什么别的原因，有什么看不见的弱点被它们所利用。很难认为它们是随机的，那样想简直让人无法忍受。

芮德娜来到街上。她心神不宁，似乎她刚才呼吸过的空气，喝过的酒杯，都已经被污染了。我们对这些东西到底知道多少？她想。她碰了他的腿。她的喉咙好像有点痛。她必须小心，看看有没有什么异常症状。蠢，她想，可鄙。别忘了，他的孩子们也住在同一套公寓，他妻子每天跟他睡同一个房间。她经过凌乱的药店，药剂师在店堂后侧工作。化妆品，药品，哮喘呼吸器——她看见自己的影像映在它们中间，这些可以疗愈、带来幸福的圣物。而在所有这些之上的某处，受害者也许正在沉睡，或看上去宛如沉睡，一切治疗和圣恩对其都是徒劳。

疾病是一个意外，还是某种选择？正如爱是一种选择——隐藏的，不自觉的，但又如指纹般确定。我们是死于某种意志吗——即使它无法被理解？

"再来看他。"凯瑟琳说。

一个月后情况更糟了，他又住回医院。他的家人已经放弃希望；他们在等待一切结束。天已经热了。死于夏日，死于一座人人都想逃离的憔悴都市，死得毫无意义，毫无气氛。

他在医院待了六个星期。他太强壮，没那么容易死。

医生每天定时来看他。"今天感觉如何？"他问。

"他们说我很好。"彼得勉强答道。

"你自己觉得呢？"

"我反抗不了全世界，不是吗？"

医生摸摸他的腹部，他的腿。"你有没有很不舒服？"

"没有。"

"但很痛？"

"痛得要命。"

"你是个硬汉，彼得。"

"是的。"

他想出院，去他海边的房子。他的生活变成了一系列的小事故；它已失去所有可能。他有一个雄心，他说，一个目标。他几乎已经动不了，胳膊和腿都无法弯曲，关节肿得像图坦卡蒙。他发誓要走到海边。

"亲爱的，你会的。"他妻子说。

"我是说真的。"他对她说。

"我知道。"

他转过脸朝向墙。

九月，他被送到阿默甘西特。没有比那更美的时候。白天洋溢着温暖，早晨有秋的气息。他们的房子是避暑别墅，冬天从来都没人住。墙壁很薄。那就像乘一只单薄的小船出海；第一阵寒流，第一场风暴，就会让其终结。

他躺在二楼的床上。房间朝东，面向广阔的大西洋。在他窗下，草坪上，一个穿白制服的护士正在晒太阳。

越来越多的争吵；每小时都带着怨言。而这些困境之下，藏着更深的不满。他指责妻子想离开他，想放手不管。

"她过去很棒，"他对芮德娜诉苦，"一个天使，很少有女人能做到她那样，但现在她想走了，想到城里待几天，休息休息——在我正需要她的时候。待几天……我知道那意味着什么。维瑞好吗？"

他几乎不听人回答。他在读传记，有三四本在他旁边的桌上——托尔斯泰，科克托，乔治·桑。

"弗兰卡好吗？"他问。"丹妮好吗？"

他告诉她自己的家庭故事，一些他以前从未提过的事情，他的第一任妻子，他偶尔还会给她写信，他妹妹，他冬天的计划。

他们在他房间里吃饭。做饭的是他经常一起钓鱼的朋友，约翰·沃瑞特。他们铺上玫瑰色的桌布。闪亮的酒杯，挺括的餐巾，壁炉里生着火，窗户上夜晚的寒气。彼得坐在床上，头发梳过，衬衫领口敞开。一顿美丽的晚餐，丰盛，怪异，就像圣莫里茨[1]的新年宴会，只可惜，主人不幸摔断了一条腿。

他自己什么都不吃。他无法进食已经快一周，咽不下去。只能吃点酸奶，喝点茶。他靠在枕头上跟他们说话。"有什么好的戏，

---

[1]　St. Moritz，瑞士城镇，滑雪和疗养胜地。

约翰？"他问。

沃瑞特正在吃自己做的嫩豌豆配蘑菇。他是个说话刻薄的大块头。他写戏评。他有栋小房子。他的妻子和情人是朋友。

"没一部好的。"他最终说。

"哦，少来。总有些好东西。"

"好东西？问题是，你说的好是指什么？有很多烂戏人们都觉得好。天呐，真是丢人现眼。每年他们都要出版那些诸如约翰·怀廷，布林斯，莱昂纳德·梅尔菲之流的剧本——那些戏根本没人要看，评论家一致叫差，把它们做成精装书简直是犯罪，但他们偏这么做，然后人们就开始称它们为杰作、现代经典。接着你就会发现，它们正在蒙塔纳大学或别的什么地方被当成保留剧目来演，或者被改编成电视剧。"他对着盘子说。他很少直视别人。

"约翰，你总是说同样的话。"他妻子说。

"你别管。"他对她说。

"那些你喜欢的戏，也没人要看。"她说。

"人们爱看《马拉-萨德》，不是吗？"

"你又不喜欢。"

"我是不喜欢，但也不讨厌。"他喝了口酒。他的上唇濡湿了。

他听说过理查德·布洛姆吗，芮德娜问。

"布洛姆？"

"你觉得他怎么样？"她问。

"啊，我对他没什么意见。我没见过他。"

"我觉得他是我们这个时代最惊人的演员。"

"你运气好。大部分时候你去看他的演出，看完出来就会站在某条破街上，周围都是旧家具店和干洗店，全关门了。我们都对看不到的东西感兴趣，但就他来说走得有点太远了。"

"他相信追随他的观众。"

"那是当然，那是当然，"沃瑞特叫道，"他厌倦了老式的观众，而作为其中一员我也厌倦了。但真的没有那种所谓的秘密剧场，那有悖于整个戏剧理念。最终它必须见光，必须面对大众，否则，那就不是剧院，而是别的什么东西，那不过是在自言自语。"

"你们在说谁？"彼得问。

芮德娜开始描述他。她说起他的表演，他躯体的力度，那永不枯竭的能量。沃瑞特已经在窗边的座位上倒向一侧睡着了。"他总是那样。"他妻子解释道。

"约翰，醒醒，听听这个，"彼得大叫着，"难怪你在剧院里永远找不到有趣的东西。醒醒，约翰！芮德娜，别理他，他没救了，接着说……"

沃瑞特夫妇开车送她回家。已经过了十一点。他们怎么看，她问。

"你说彼得？"

"对。"

"他还能活一个月，"沃瑞特说，"或者五年。据我所知萨格港有个得这个病的女人就一直活着——没这么厉害，当然。要看它有没有攻击到重要器官。他今晚状态很好。"

"他真了不起。"

"就像回到了过去。"沃瑞特说。

彼得·达罗再也没能走到海边。十一月他死了。在他的葬礼上，躺在棺材里，是一张涂脂抹粉的脸，像个无敌的老太婆，或某个小丑。

第五部

1

它去哪儿了，她想，它哪儿去了？

她惊叹于人生的距离，和其中失落的一切。她甚至不记得——她不记日记——和杰文第一次共进午餐时对他说了什么。她只记得阳光让她多情，那种确定感，他们聊天时空荡的餐厅。其余的一切都已消失，不复存在。

那些她曾铭刻在心的——画面，气味，他穿衣的样子，让她惊喜的亵渎之举——所有一切如今都变得黯淡，虚假。她很少写信，也不留来信。

"你以为它在那儿，但它并不在。你甚至不记得当时的感觉，"她对伊芙说，"想想尼尔，回忆一下你对他的感觉。"

"说来难以置信，那时我很迷他。"

"是的，你可以那么说，但你已经感觉不到。你还记得他那时的样子吗？"

"只能看照片。"

"怪异的是，再过一会儿你会觉得连照片都是假的。"

"一切都变了。"

"我一直以为重要的事情会以某种方式留存下来，"芮德娜说，"但其实不会。"

"我记得我的婚礼。"伊芙说。

"真的？"

"哦，真的。我妈妈来了。"

"她对你说了什么？"

"她只是不停地说，'我可怜的宝贝儿。'"

"我十七岁那年第一次来纽约，"这件事她从未告诉过伊芙，"和一个四十岁的男人。他是个钢琴家，来过阿尔图纳。他写信邀请我去，信里有支玫瑰。我们住在他长岛的房子。他跟他母亲一起住，然后他深夜来到我的房间。结果你看，现在我连他长什么样都忘了。"

一切都以缓慢的、难以察觉的速度离她而去，如同你转过背时的潮水：她熟悉的每个人，每件事。所有的悲伤和快乐，根本来不及做你的陪葬，就已提前消散，除了一些零星的碎片。她便活在那些遗忘的片段中，那些失去名字的陌生面孔中，她已被自己创造的那个独特世界排除在外。人生终将如此。但我要不露痕迹，她想。她的孩子们——不能让她们看出来。

日复一日，她塑造着自己的生活，所用的材料是空虚和惊慌，以及如发烧般涌起的阵阵满足感。我已经超越了恐惧和孤独，她想，我已经过了那个阶段。这个想法让她振奋。我已经超越，我不会沉没。

这种屈服，这种胜利，让她更为强大。似乎她的人生，在经历了各种低劣期之后，终于找到一种与之相称的形式。天然去雕饰，随之而去的还有愚蠢的希望和期盼。她不时感到一种前所未有的快乐，而且这种快乐似乎并非源于天赐，而是由于她自己的争取，她为此四处搜寻，毫无线索，不惜放弃一切次要之物——即使有些东西无可替代。

她的人生属于自己。它不会再被任何人主宰。

2

维瑞卖掉了房子，这让她震惊。她总以为这件事永不会发生，她毫无准备。这一举动让她不安。至于维瑞，不是出于虚弱，就是出于强悍；她不知道自己更怕哪个。那里有太多属于她的东西，她一直懒得去拿，因为她随时可以去。而现在，她突然发现它们行将消失。无所谓。她叫女儿们拿走自己喜欢的东西，剩下的她会处理。

维瑞要出国，她们告诉她。

"去哪儿？"

"他的桌上堆满了旅游指南。他在一些上面做了记号。"

她打电话给维瑞。"听到房子的事我很难过。"

"它要倒了,"他说,"还没倒,但我没法照看它。那得花上一辈子,你知道吗?"

"我知道。"

"房子卖了十一万。"

"那么多?"

"一半是你的。减去抵押贷款什么的。"

"我觉得你卖了一个好价钱。它不值那么多。我肯定他们没看地窖。"

"问题不在地窖,而是屋顶。"

"对,屋顶。但从另一个角度说,它的价值远超过十一万。"

"不见得。"

"维瑞,我对价格很满意。只是……反正,我们不可能再卖一次,不是吗?"

他在一个喧闹、伤感的下午登上"法兰西"号。芮德娜前来送行,像个妹妹或老友。人山人海,最后人们都站在码头边上,挤在一起,挥舞着手,让人想起二十年代,墨西哥革命,战争威胁。

他们坐在客舱里喝香槟。"你想看看浴室吗?"他说。"很舒服。"

"你要去多久,维瑞?"她问道,他们查看着那些固定装置,

314

那些为海上风浪而设计的各种细节。

"还不清楚。"

"一年？"

"哦，对。至少一年。"

弗兰卡终于来了。"太堵了！"她说。

"要来点香槟吗？"

"谢谢。我不得不在三条街外就下车。"

维瑞领她们在船上游览。一只手拿着酒杯，他带她们参观了沙龙，餐厅，空荡荡的剧场。楼梯拥挤不堪，经过的人散发出高卢牌香烟的气息。

"这些人都不走吗？"弗兰卡问。

"不是他们走就是他们认识的人要走。"

"不可思议。"

"全订满了。"他说。

广播开始要求送客上岸。她们走向踏板。他亲吻并拥抱女儿，以及芮德娜。

"再见，维瑞。"她说。

她们站在码头。她们可以看见他，就在刚才分手的甲板栏杆边，他的面孔又白又小。他在挥手；她们也向他挥手。船体巨大，每一层都有乘客，污渍斑斑的黑色表面庞大无比，吞噬了所有人。宛如在向一座图书馆或宾馆挥手道别。它终于启动了。"再见，"她们喊道，"再见。"汽笛嘹亮的鸣咽声响彻云霄。

那天晚餐，芮德娜发觉自己在想那些随房子而去的东西——或者更确切地说，是不由自主地，它们就像远海遇难船只的残骸那样被莫名地冲到她身边。不过，还有很多残留。她和女儿正坐在一座残余的房子里——其实不过是一些房间组合——那座已然消失的房子的残余。她们喝酒，她们讲故事。只缺炉火。

维瑞的晚餐在第二批。他在酒吧喝了一杯，每个人走进去都大叫着向酒保问好。走廊上有些五十岁的女人，她们在盛装等待晚宴，脸颊抹了胭脂。有两个坐在他旁边。其中一个在讲话，另一个吃着三角长面包和黄油块，每次两口。他读着菜单和背面一首魏尔伦的诗。上了清炖肉汤。晚上九点半。他正驶向欧洲。当他举起勺子，鱼儿正在他下方轻快地游弋，颜色黑如午夜之海的冰。越过它们上方的龙骨，像一把雷霆之梳。

弗兰卡成了一名编辑。她现在有手稿要考虑，要利诱。她在格子间工作，周围堆满了新书，图片，剪报，各种琐事。她去开会，午餐。春天她要去希腊。她宁静安详，微笑迷人，她不知道哪条是通往幸福之路，但她知道必将抵达。

"你还在见尼洛吗？"芮德娜问。

"可怜的尼洛。"弗兰卡说。

芮德娜在抽雪茄，这赋予了她些许威严和力量。她打开音乐，就像男人会为女人所做的，然后收起双脚盘坐到沙发上。

"今天下午，在船上，我在想这一切都弄反了。应该是我们送你走才对。"她说。

"我要坐飞机。"

"你一定要走得比我更远，"芮德娜说，"你知道的。"

"更远？"

"你的人生。你一定要变得自由。"

她没有解释更多；她无法解释。问题并不在于是否独自生活，虽然就她而言这非常必要。她所说的自由是征服自我。那不是一种自然状态。它只对某些人有意义，他们知道，没有自由的人生不过是吃吃喝喝，直到牙齿掉光，因此，为了自由，他们孤注一掷。

3

芮德娜的公寓靠近大都会博物馆。它在底层，是一座大楼的附属建筑。只有两个房间，但有个花园，不仅如此，还有一整面墙的落地窗，像间温室。花园已经枯萎；土地干结，葡萄藤脆弱不堪，石头花坛空空如也。但太阳全天都能照到，室内，玻璃墙后面，她养了很多植物，精心呵护、照顾。它们沐浴在阳光中，显得丰美而平静。通向花园的那扇门，像法国房子那样，上半部是漆过的格子钢窗。卧室里有个壁炉，一间狭小、破败的浴室。清晨，在小桌子边，光着脚，一个人，她坐在那儿，放飞想象。寂静，包裹着她的光。她开始——她对自己说不要当真——她太骄傲，经不起过早失败——写儿童故事。维瑞会给它们配上美妙的插图。常常，想到他时，她觉得自己就像某个名人的遗孀；她又看见他在早晨喝茶，有点笨拙地抽烟，轻微的口臭，他日渐稀薄的头发使记忆更为鲜明。他是那么依赖，那么傻。要是在艰难或动荡时期，他很快就会消亡，但他一直很幸运，他的人生总处于命运庇护之下，岁月安定。她看见他那小小的双手，他的蓝条纹衬衫，他的无能，他的妄想。然而，说到讲故事，他就像个熟悉火车时刻表的男人，精确、自信。他会以美妙而略带诙谐的句子开头。他的故事轻盈却不轻浮；它们有种奇异的清澈，就像在有的海域，你可以看见海底。

她看见镜中的自己。光线黯淡。她下巴附近的一颗痣变黑了。她脸上的皱纹已不再隐约。毫无疑问，她看上去老了，到了令人崇敬而不是爱慕的年纪。她的朝圣之旅已越过虚荣心、杂志内页，越过嫉妒本身，来到一个更为辽阔、宁静的世界。就像一个旅行者，她有太多东西可说，也有太多东西永远无法诉说。

年轻女子喜欢跟她聊天，喜欢在她身边。她们愿意向她坦白一切。她无拘无束。有个弗兰卡的同事，玛蒂，她的丈夫离开了她，结果她表现得仿佛已投水自尽。有天下午芮德娜教她怎么描眼线。正如传说中卡森一小时就让一名女演员脱胎换骨，她也只用一小时就让一张平凡、挫败的面孔变得像微笑的埃及皇后。

她能清楚地看见这些年轻女子的人生，看见对她们而言无形或隐藏的东西。然后有天来了个日本女孩，娇小，神秘，虽然出生在圣路易斯，但仍带着不可磨灭的异国印记，完全来自另一个世界。那就像注视着一只外来动物，它以自己的方式进食，有自己的行走步法。她叫优子。她经常来，有时会待上两三天。她发音柔软，带着一种东方的神秘。她很优雅，像只猫，她可以走在盘子上而不发出任何声息。她和一名医生同居了五年。

"但那已经结束了，"她说，"他是精神病医生，没有开业，他在做研究。一个非常睿智的男人，天才。"

"但你们一直没结婚。"

"对。我慢慢意识到……问题并不在精神病学。你知道，他们都很怪，他们有非常怪的想法。我都不想告诉你。他会出名的，"她说，"他正在写一本书。他已经写了很久。是关于非传统疗法。当然，和精神有关，思想的力量。你知道，有些人可以施行我们认为的奇迹。巴西有个人很有名，我们去看过他。他是个医院的小职员，但下班后他给人看病，人们从四面八方赶来，从数百里之外。他甚至不用麻药就可以开刀。甚至不会流血。是真的。我们拍了部纪录片。"

"我从没听说过他。"

"哦，政府封锁了一切，"她说，她激昂、笃定，"医生们竭力诋毁他。"

"但他是怎么工作的？他对病人说什么？"

"是的，我不会说西班牙语，但他会问他们：哪里不舒服？哪个地方痛？他触摸他们，像盲人那样到处摸，然后他停下来说：就这儿。"

"不可思议。"

"接着就切开，用一把普通的刀。"

"刀消毒了吗？"

"一把厨房里的切菜刀。我亲眼看见的。"

她们用交谈和赞赏将彼此催眠。时间过得很慢，城市陷入午后，那是她们独处的时光。芮德娜对东方的兴趣或许源自杰文，而现在，面对这纤细的日本女孩——她说起拥有九种感官，她抱怨自己没有胸——她发觉自己再次被它所吸引。优子有着小小的牙齿，很糟的牙齿，她发誓，她刚刚才看了两百美元的牙医，还是特价。

"我对他说只要在麻醉状态，他想怎么样都行。"

"然后呢？"

"我不知道。"

她体型完美。正如他们常说的，像个人偶。她的手指细长，脚趾瘦得像麻雀爪。她的公寓里点着焚香，她衣服上有股淡淡的焚香味。她有心理学硕士学位，但除了学习之外她什么都不读。芮德娜提到邬斯宾斯基[1]。不，她从没听说过。她从未读过普鲁斯特，帕韦泽·劳伦斯·德雷尔。

"他们是写什么的？"她问。

"托尔斯泰呢？"

---

[1]　Peter. D. Ouspensky（1878—1947），俄裔神秘主义学者、作家。

"托尔斯泰。我想我读过一点托尔斯泰。"

她们在现代艺术博物馆的花园里见面，高墙外的城市变得悄无声息。她们共进午餐，愉快地聊天。优子闪亮的黑发在阳光下燃烧，在她热切的眼神背后，芮德娜似乎一瞬间看见了某种深深触动她的东西——那种少有的感觉，那种当你的心已开始封闭时却交到一个朋友的感觉。

她心想，她就像棵果树，过了丰产期却依然强壮，就像很久以前马赛尔－马斯家的那片斜坡果园。他的名字最近常常见报。他有个重要的展览，有些关于他的文章。他终于得到了承认，所有他梦想和期望的，他说不出口的，他未曾有过的朋友、赞誉——所有这一切如今都拜倒在他的画布脚下。他终于安全了。他将存在下去，不会再消失。就连他的前妻也因此而得救。她是这成功的一部分，虽然在最后一幕前她退场了，但她整个余生都会对此津津乐道——在餐桌上，在餐厅里，在空旷的石头仓房中，如果她还住在那儿。

年轻女人们来找她。打电话，跟朋友交谈，维瑞偶尔来封信。她意识到，生活便是由这些鹅卵石组成。你必须忍受它们，她对优子说。"……走在上面，"她说，"脚会扭伤。"

"你说的鹅卵石是指什么？我想我明白。"

"……要躺在上面，筋疲力尽。你知道那种感觉吗？你的脸颊被它们汲取的阳光所温暖。"

"知道。"

"我来给你看看手相。"芮德娜说。

手很窄小，掌纹却深得惊人。看上去赤裸裸的，仿佛一个老妇人的手掌。她追索着几条主线。她感到优子那双平坦的眼睛正凝视着自己，眼神犀利，聪慧，纹丝不动，显得入迷而信任，但芮德娜不动声色。

"你的手相介于感性和理性之间，"她说，"两者都有。你能够冷静地看待自己，即使在你被感性主宰的期间，但与此同时你又很浪漫，你愿意完全献出自己，毫不犹豫。你的理性很强大。"

"我担心的是感性。"

"怕感性不够？"

"对。"

"够了。绰绰有余。哦，没错。"

她们都看着那小小、光光的手掌。

"但你其实早就知道了。"芮德娜喃喃道。她正在创造事实，谋划事实。她身后是明亮的植物和阳光，空气中布满了光束，一颗发亮的尘埃飘浮其中。优子本该回应的，但她没有，"不，真相是，你是个永不满足的女人。你四处探寻，但你永远都找不到。"

她在接近某种过于强大的力量。对这个顺从的女孩，她感到一种可怕的支配力，一不小心就会走得太远。她突然明白了将大头针扎进人偶是什么感觉。

后来她把这件事告诉了伊芙，仿佛她避过了一次车祸。

"那么，你怎么做的？"

"我带她去了埃托勒吃午饭。"

"埃托勒？"

"我感到内疚，"芮德娜说，"当然，拿到账单时我就不怎么内疚了。要三十美元。"

"你们吃什么了？"

"我不知道是什么让我这样乱花钱。我一直想改。"

"偶尔嘛。"

芮德娜笑了。她的牙齿依然雪白，保养良好。"不，我改不了。不知为什么，那对我来说很难。我知道我会贫困而死……"

"不可能。"

"……身无分文。变卖一切——珠宝、衣服。他们会跑来拿走最后一点家具。"

"我无法想象。"

"你不是我。"芮德娜说。

4

维瑞来到罗马，他一路走得很慢，像掉落街上的纸片。他住在老式宾馆。他衣着整洁，女仆会拿来洗好的衣服，整齐叠好的衬衫放在最上面。女仆叫安吉拉、露西安娜，都是神话中女英雄的名字。房间小，浴室大，浴室门槛上嵌着厚重发黑的铜条。有个窄小的浴缸，白色瓷砖地面，红点代表热水，蓝点代表冷水。

走廊上安吉拉在叫露西安娜。摔门声。看门人发出叹息。

他已经打开行李。鞋子摆在床下，当作书桌的玻璃台子上有几张照片，搁在上面的手表，滴嗒声被玻璃放大。他被流放到一个服务生与跛脚女侍的国度。他没什么真正的工作。他假装在游览，结果看到了所有以前没注意的东西。他在读蒙田的传记。有一两次他提起要写本书。

黎明。车流开始涌动。白昼已经充满一种平坦的意大利式光线，如同一扇扇剧场大门在清晨打开。他一个人。带着一种农夫般的庄严，他撕开面包；面包颜色微微发白，底下沾着糖霜，那是送来的早餐。他在沉默中喝茶，抹上柔软的黄油卷。远处传来汽车的咆哮和微弱连续的敲击，那是工人用锤子在敲打石头。

他喜欢沿着狭窄、僻静的街道散步，他看进映满路人身影的古董店橱窗。在凉爽的室内，巨大的椅子间，古董贩子们坐在那儿聊天，偶尔还一边打手势，对他好奇的目光毫无察觉。

他四十七岁，头发稀疏，走在罗马的阳光下。他迷失在这些欧洲城市，鸽子缩在每个壁龛，睡在圣人膝上。他是个等着《论坛报》送达报摊的男人，他一个人吃饭。看见自己在橱窗中被光照亮的脸，他不禁愕然。那是张年老政客的脸，一张退休者的脸，皱纹黑得像墨。不要因为衰老而鄙视我，他在心里乞求。

他在餐厅吃饭，坐在靠窗。寒冷的午间，寒冷的光。外面的树已经开始落叶。这里是波勒兹别墅公园；巨大的公园，空气潮湿而寂静，远处的声音传来像遥远的冰崩。他面前有张纸，趁着每道菜之间的漫长间隙，他在列一张清单，关于那些可以拯救他的事物，哪怕只有片刻，也就是说，一些残存的愉悦。燃烧的壁炉，他写道，伦敦时报，朋友聚餐……

对维瑞来说，时间已经变质。时间在他口袋里发臭。他有一些模糊的计划、安排，但一事无成。他的注意力无法集中，它像只死虫子一样滑落。时不时地，毫无缘由，他感到没有一丝气力，甚至懒得挣扎，他在其间蹒跚、摇摆，他觉得，哈，要是能像个狂热的信徒那样奔向死亡该多好，狂喜，晕眩，迈着加快的步伐，如同奔向爱情——但接着，某个安静的午后，坐在那儿，打开报纸，他又完全成了另一个人。

他站在浴室，周围是白色的椅子，灰色的大理石窗台，巨大的磨砂玻璃窗似乎增强了光线。妇洗盆边缘那向内的曲线，它的光滑，让他瞬间涌起一股深切的渴望。那曲线暗示着女性胴体的某一部分要压上去，他虚弱得就像男人看到爱人扔到一边的内衣，迷你而鲜嫩。

他无法看清自己，那就是问题所在。他知道他有才华，有天分，也知道他不会像被冲上岸的软体动物那样腐烂、消亡。所有那些过去，他对自己说，那些无比艰难的经历，曾有的挣扎，像个旅行者带了太多行李——理想主义，忠诚，所有你的美德，面子——它们都会在你年老时变得有用，它们会腌制你，让你保持活力；也就是说，它们会让人感兴趣。而后，某一天，病痛会击中你；对此他还无法觉察或理解。突然他感到从未有过的紧张，恐惧，绝望。一闪念间，他意识到了崩溃是什么：日常生活失去控制。他掬口发痛，双腿冰冷，他不停地咽口水，脑袋愚蠢地飞速运转。他看向外面，冬日下午的庭院，那些包着玻璃的阳台和露台。他与世界的惟一联系，除了微弱的车流和走廊上永不停息的嘈杂，便是那台黑色电话，一个可怕的装置，叫声尖锐如噩梦，里面突如其来的话语，语气让他不明所以。他没有力气、也没有欲望出门。想到人他就害怕。他不想说意大利语；那不是他的语言，不是他的情感。他想再见见孩子们，一次就够，在死之前。

第二天，在阳光下，一切又好起来。天空温和，人们微笑而友好。仿佛他们能看出来他是个残废，是一次事故的幸存者。

他去了两个建筑师的办公室，他们之前通过信。两人都年轻而真诚。其中一个他在纽约见过。接待室宁静而奢华，那种由万无一失的选择所构成的奢华。显示出秩序、理解力，他立刻感觉好像回到了家。狂热已经过去。

秘书抬起头。"早上好 [1]。"

"我是柏兰德。"

"早上好，柏兰德先生。"她的脸朝上转过来，一张玲珑、聪慧的面孔，黑色短发，像鸟的翅膀。"我们正在等您，"她说，"有人在卡利先生的办公室；几分钟就好。"

"好的。"

---

[1] 原文为意大利语。

他们互相看着对方。她似乎微微点了下头，像东方人那样。"您在罗马很久了吗？"她问。

"几个礼拜。"

"您喜欢这儿吗？"

"怎么说呢，我觉得我还是不太习惯。"

"您会讲意大利语吗？"

"啊，刚开始学。"

"好。"她简单地说。

"我讲得很糟。"

"不，不会的。哪个更容易，说还是听？"

"听。"

"对。"她表示同意。

她展开微笑。她的嘴小得像个孩子。她叫丽雅·卡瓦列里，三十三岁。她住在新教墓园附近。他去过那儿吗？她问。他回答得很慢。她似曾相识。"没有。"他喃喃道。

"叶芝葬在那儿。"

"真的？在罗马？"

"这么说你没看过他的墓？非常动人。孤零零在一个偏远的角落。你知道吗，上面没有名字。"

"没有名字？"

"有美丽的碑文，但没有名字。"

她正想说，"我可以带你去"，但克制住了自己。他第二次来她才说。

他们在一个柔和的冬日去看叶芝。脚下的地面干结。远处，靠近一棵树，他看见两块墓碑。之后他们共进午餐。

就像他正在读的蒙田传记，他去意大利旅行时遇到一个当地女人，他坠入爱河。惟一缺少的是卢卡的温泉浴场。蒙田当年四十八岁。以为枯竭的洪流突然喷发。

5

丽雅来自意大利北部。她父亲生于有陡峭墓地的热那亚；她母亲，则生于更为浪漫的尼斯。这些都是她说的。他爱听她的人生细节，这让他着迷。他已进入那样一个阶段，自身的一切似乎都在重复，都已发生过两三次，仿佛一场他清楚所有可能性的表演。她让这种感觉消失了。

"尼斯。难道它曾属于意大利？"

"一切都曾属于意大利。"她说。

她告诉他的那些名字、历史、童年插曲——所有这些都是新的，都像她头发中的黑色能量那样闪闪发光。她有一种忍耐的智慧，她挑剔，害羞。她人生的最大不幸是一直未婚。

从第一眼，看到她自信而小巧地坐在桌前，看着她打字或接电话，他就意识到她有多么能干。但她从不出击，只是等待，这些年她始终在等一个男人出现。她仿佛一个天才的跛子；她可以想象一切，但却无法行走。而他也好不了多少。虽然一开始就被她强烈吸引，但他还是迟疑不定；他已经太久没追过女人，即使心动也不知所措。

他们去一家餐厅吃饭，餐厅是以那个面包师的女儿，弗娜丽娜命名的，她曾是拉斐尔的情人。这是冬天，花园区关闭了。她看到他的那一刻就想跟他聊天，她说。从信件，从他们对他的谈论，她已经对他形成了一个概念，但什么都无法解释他第一次走进接待室她感到的那种亲密和熟悉。

"你是万里挑一，"她对他说，"是的，你非常特别。"

一阵暖意涌过他全身，一种仿佛跟敌人战斗过的晕眩。她用一句话、一道目光将他拥抱；她打开了阴沉的天空，光倾泻而下。拯救我们的永远是某种偶然。某个我们从未见过的人。

她如此熟悉罗马，就像是其中的终身囚犯。她熟悉它的店铺，广场，有特别景致的街道。她会带他去看。他的饥渴感又回来了，他的向往，他感受欢愉的能力。

她给他的酒杯斟满酒，但给自己只倒了一点，而且不喝。她告诉他——不带丝毫的急切——她完全无力抗拒。

"我以为你知道。"她说。她的手滑入他掌下。她手指的触觉几乎令他窒息。

她有一辆小车，很多双鞋，她伤感地说，一些瑞士存款；她就像一顿备好的美餐。

"然后你终于来了，"她说，"是的，这是一顿丰盛的美餐，一生的美餐。"

汤，肉，蔬菜，奶酪。桌布上一排用旧的白盘子，粗糙、简单的面包，侍者们穿着有点脏的短上衣。酒对他毫无作用，他太亢奋。当她俯过身帮他看菜单，他能感到她脸上的温暖。她吃得很少，她抽了几支烟，她说话。她父亲是个谷物经销商。他保守，矮小，对她哥哥极度失望。而对女儿他或许又爱得太多；这份爱有时显得太沉重，太肉欲。他总是吻在她嘴上，深入而毫不畏缩的吻。他老是说，等她母亲死了，他就要娶丽雅。当然，他是开玩笑，不过有次在巴士上他摸了她的胸，她感到恶心。

"你觉得我说的无聊吗？"

"当然不。"他说。

"你确定？"

"我在为你惊叹。你的词汇量太惊人了。你的英语怎么会说得这么好？"

"我已经说了很多年。"她说。

"为什么？"

"我猜是为了等你，亲爱的。"

我们该不该描述这爱的动作？或许就在那晚，他们将融为一体。有套属于一个朋友的公寓，她有钥匙。她把钥匙转动了三次；一扇涂过清漆的窄门，有两道门，打开了。没有地毯，地板冰冷。他毫不迟疑，毫不畏惧。恍若他以前从未见过女人；她赤裸的身体，黑色的核心，将他彻底击溃，他的脑中呢喃着献辞，他的耳中充满低语。城市像座花园般打开，街道接纳了他，回荡着他们的名字。他像上帝的天使那样俯视罗马，从上方，从高处，它的灯火，它最穷困的部分。他祝福它，坠入它的心脏。他成为它的使徒，他信仰它的优雅。

她在旅馆入口把他放下，然后她那辆简朴的小车，轰鸣着，疾驰而去。上楼回到房间的每个细节——看门人的面孔，沉重的钥匙，锃亮的大门一开一合，上升，他沿着拱形走廊的缓慢脚步——一切都在确认着他的成就感。他躺到床上，感到心满意足：在如此隆重的时刻独自一人，让他可以尽情品味。沉睡的城市街道上，沿着空旷、崭新的大路，穿过空荡荡的广场，她的小车还在猛冲，它的前灯在高低不平的路面上神经质地跳跃，当它移动时，他的思绪包裹着它，庇护着它。

早晨，电话响了。"早安，亲爱的。"她说。

"早安。"

"我想听你的声音。"

"我在睡觉。"他坦白说。

"哦，当然。会睡者有福。我也在……"

她的话让他醒过来。女仆正在走廊上挥动扫帚。

"我想象你躺在那儿……"她终于可以自由说话了。她已经憋了太多东西要说。"我想象你在洗澡。浴缸里正在放水，屋里充满了那种奢侈的声响。"

"你在家里吗?"他问。

"对。在家,在床上。只是一张小床,不像你的床。"

"我的床?"

"你有张大床,不是吗?至少,我想象中是那样。"

她从自己房间打的电话,声音带着轻微的警觉,虽然据她说,她母亲不会英语。他在意大利。街头的女郎,机械师,郊区男孩在冬夜开着摩托车下班回家,报纸卷在手里——他突然觉得自己可以融入他们的生活。

他们又去了那套带木门的公寓。白天的光线下它看上去似乎被废弃了。地板有模糊的花朵图案,墙壁是褐色。衣柜里挂着屋主的英国衣服,被推到了挂杆一边。阳光,仿佛出于偶然,从一扇窗户射进来。这里荒芜而寒冷,但来了一次又一次,它渐渐变成了他们的。

他们周六也去。他坐在那儿画对面废墟的素描。肘边有叠破旧的杂志:《今日周刊》,《巴黎竞赛画报》。街道上偶尔的脚步声,嘈杂的车声。他看似平静,但其实害怕。我永远都学不会,他想,这种语言,这种时光,这种生活。他把注意力集中到素描上,寻找着合适的颜色。

她出现在他身边。"音乐会打扰你吗?"

"完全不会。"

她放上一张唱片。看着他工作。下午他们去看电影。把车停在三条街之外。走向影院时,他感觉自己像个没复习功课就走进教室的男孩。他不安地混入人群。他们坐在黑暗中，她把重要的对白低声说给他听。

收音机柔和地响着。夜里很冷；他们冻坏了。光线，即使在这些南纬地区，也已经枯萎。她在准备茶杯和勺子，一边等水烧开——那微弱、家常的声响触动了他，仿佛某种遥远的回应。对她的温柔，他第一次产生了一缕恐慌。他所需要的不是温柔。他的生活早已被冲垮，它支离破碎，像纸片般随波逐流；他需要的是价值、工作、责任。当她把茶杯拿到他椅子上，并在旁边跪下，他对她虚弱地微笑。沉默。以一种侍女的方式，她开始帮他脱去鞋和袜子。他光着脚。她把它们拉向自己。

"你们很冷。"她说。她把它们握在自己手里。"我会让你们暖和起来。"她就像对孩子那样对它们说话。"瞧，好多了，是不是？是的。对，你们还不习惯冬天，不习惯这里的冬天。那是新东西。这里会很冷，比你们想象的还要冷。穿着你们漂亮的英国鞋，大家都以为你们很暖和，心满意足。瞧，你们的鞋多漂亮，他们说，多好的鞋。是的，他们以为你们很暖和，因为你们看上去不错；他们以为你们很幸福。但幸福可不那么容易找到，不是吗？很难找到。就像钱。它只出现一次。如果运气好，它会出现一次，而最糟的是你完全无能为力。你可以期望，你可以探寻，愤怒，祈祷。一无所得。没有幸福是多么可怕啊，苦苦等待，耐心，做好准备，像领圣餐的女孩那样抬起面孔，容光焕发。是的，你对自己说，我，我，我准备好了。"

她的脸颊贴着他的光脚。她看上去好小。

"但什么都没发生，"她说，"总是别人。是的，你想，会轮到我的。然后你可以献出的每年都变得更多，没有花费，没有东西被拿走。你越来越有钱，你被装满了，而每年都是一样：什么都没有。直到最后几乎没有别人了，只剩下孤零零的你，就像大草原上的一朵花，已经是秋天，是的，白天变得越来越短，草在风中弯倒。太阳出来了，阳光仍然照耀着你，孤零零的在那片广阔的田野上，最后一朵花，是的，正因如此，它很美，于是你就在那儿，在那漫长、无尽的午后，等待着，等待着……"

她是个强有力的女人。她很纤弱，但她拥有意志，以及令人惊骇的孤独。那孤独在城市中回荡。夜晚，巨大的卷闸门都拉上了，街道变得空旷，不见人影。只有几家零星的餐厅和空荡荡的咖啡馆还亮着灯，其余是一片黑暗、虚无。那些古迹在沉睡，猫蜷在停着的汽车下。这是座建立在婚姻和律法上的城市，尽管被嘲笑，被鄙视；其余一切都是过眼云烟，毫无意义。

"你会找到幸福的。"他告诉她。他们在餐厅。一连数天的冬日暖阳，午后的无限平静。他撕开一片面包以掩饰不安，他为自己话中的紧张感到沮丧。

"你这么觉得？"她冷冷地说。什么都瞒不过她。

"对。"

"但愿。"她审视着他的脸。她小心，警觉。

他后悔自己刚说的话，感觉仿佛他想从她的生活中抽身而出。他的内疚和周围餐桌上那些健康的面孔，在他心里激起一阵混乱和羞愧。那些意大利女人的黑色长发，她们热情的脸庞——那些脸格外令人心酸，因为它们的柔和不会超过十年——那些夫妻、家庭间的对话，他们对彼此的强烈兴趣，他们的笑声，这一切似乎都在歌颂着婚姻生活，它们在各方面都比他的婚姻——甚至也比他所有可能的婚姻——更美好。他恐惧地意识到，他和丽雅已步入那种常规进餐的沉默，等待上菜时，他们的注意力会游离到别人身上，那些旁边坐着的人。

"你很沉默。"她说。

"有吗？"

他不知还能怎么回答。他可以想象，坐在他对面的，仿佛尘埃落定，是个已与他成婚的女人，他注定要和她共度余生。他羡慕周围每个不是他的男人，他们娶了其他女人，他们沉浸于轻松的交谈；从长远来看，还有什么比那更重要？那是性生活的面包。

与此同时，他发现让他缄默的是某种恐慌，他不再是他自己，他缺乏信心。这个女人体内有着深切的、几乎是无敌的热望和饥渴。它们不会一天就显现出来，它们已被浸渍太久。她就像个罪犯，像个弃儿，你必须信任她，否则她就会迷失，她需要被人拯救。她会让那个男人惊慌，那个向她承诺一生的男人。地下河的念头又浮现在他脑海，只有很少人敢踏上那段旅程，因为你要赌上一切。

"你知道吗，丽雅，我有个想法……"

"告诉我。"

"我想做次旅行。我想和你去某个地方,离开罗马,就我们俩。你觉得怎么样?"

"好,亲爱的。"

"大概一个礼拜。"

"好。你能等几天吗?我父母正计划外出。那是个好时机。"

"他们要去哪儿?"

"西西里。"

"那我们去北边。"

"别担心,他们不会发现的。"

他无法理解正在发生的事,因为他无法让思绪保持足够久的完整。他脑中一片混乱。他正在经受考验吗?他还有可能承受比那更多吗——从一种类似幸福感突然跌入厌倦和恐惧?或者也许,他会像某些人那样,对自己的弱点视而不见,再次投入那令人绝望的家庭生活,再次重复以前的轨迹,正是沿着那条轨迹,他才会被带到这儿,这远离故乡的奇异国度。

有时他会在那套公寓过夜,不安,孤独。早上她会过来。她手提包里装着橘子、花朵、照片——她小时候的,对她疼爱得过于直接的父亲,在希腊米科诺斯岛,在伦敦,那时她重达五十五公斤——太可怕了,她快速翻过去,她感到害臊,但她想向他展示一切——相貌平常的英国女友,在其乡村别墅她度过了一个冰天雪地的圣诞。她想和他分享自己的人生。穿着白色内衣,她盘腿坐在床上剥橘子。她不说话,表情严肃。百叶窗开着,光倾泻而入。

她带他游览自己的城市。马耳他骑士广场的钥匙孔,从中望出去,可以看见一座隐蔽的花园,越过花园,飘浮在半空,大如太阳,是圣彼得教堂的穹顶。她带他去看奥斯蒂亚的废墟和博物馆;去看圣乔万尼洗礼堂,那儿有棵被闪电击中的树;去看圣阿格尼丝教堂,罗马的理发师在那儿替乞丐修面;去看那些小餐馆,墓地。在一面褪色的红泥墙上——她小时候那儿的人行道下住着个疯子,他们经常去听他说话,然后在他嚎叫时跑开——有句胡乱的涂鸦。维瑞站在那儿读。青年男子,英俊,勤奋。目标:婚姻。寻找认真而多情的女子。下方是个电话号码和一些不敬的评论。

"是的,"丽雅干涩地说,"婚姻。"

"难道他是认真的?"

"谁知道?"

温和的一天。冬天即将过去。

6

他们四月去了阿格塔里奥。路上空空荡荡。一连几小时,他们开着车,在穿过挡风玻璃的温暖阳光中,在汽车的轻微摇晃中,他感到平静。路过的乡村和他想象的不一样,都是些光秃、工业化的海滨。没有宁静的小镇,没有农场。

丽雅开车。看着她,说着话,盯着她娇小的双手,他意识到,尽管有这一切，但不知为何他仍在自我逃避：逃避自己对她的看法。相反，他却在茫然地揣测芮德娜会怎么想；他几乎有点紧张，他想象着各种情况，甚至包括敷衍了事地被她打发，他做好了跟她争辩的准备——那总会将他激怒，总以他失败告终。

"你在想什么，亲爱的？"

"我在想什么？不知怎么我从来都答不出这个问题。"

"是些秘密想法吗？"

"不，不一定。"

"告诉我。"

"没有任何秘密。只是有些东西无法很好表达。"

"你勾起了我的好奇。"

"晚上告诉你。"他说。

她微笑。

"你不相信我？"

"我不想刺探隐私。"

她选的宾馆位于一座山坡上。偏远而昂贵。在一栋小小的接待楼里，他们在一个身着条纹西裤和晨礼服的年轻男子面前登记了自己的名字。他们的行李被运到下方的其中一侧翼楼，房门已经开了。像个从行政办公室被带走的囚犯，沿着走廊，最终听到牢房被关上的钢锁声，维瑞，在只剩下他们俩的那一刻，感到无法形容的绝望。他站立的地面是瓷砖的。房间阴冷，昏暗，窗户被其他楼房的阴影所覆盖。有张大床，以一种务实的方式构成：

由两张小床拼在一起。除了床，几乎没什么额外的空间。

"对不起，"他对她说，"你喜欢这房间吗？"

她简略地看看四周，然后耸了耸肩。

他又爬楼梯回到办公室，在那儿，大家对住宿登记簿进行了深入研究，虽然整个宾馆几乎是空的，再经过办事员与后屋看不见的某人之间的几次探讨，他们被安排换一个房间——事实上，是一个套间。

维瑞实在提不起劲说意大利语。"价格一样吗？"

"是的，价格一样。"那个办事员说，头也懒得抬。

"谢谢。"

"当然，先生。"

午餐后他们散步去海边。阳光温暖。下坡一路蜿蜒，经过一栋接一栋崭新的别墅，每个院子都是刚铺上的草坪。丽雅正说着在罗马可以住哪里，住哪种公寓。他心不在焉地听着。那些别墅的屋顶，短短的车道，全都一模一样。时不时地，他发出几声附和。他努力装得很自在。

他们躺在卵石海滩上。用竹子和棕榈叶搭成的酒吧关着门，还没到旅游季节。

"跟我讲讲，"她说，"你很少讲自己。我很着迷你的名字。你怎么会姓弗拉基米尔？"

"那是个俄国姓。我的家族来自俄国。"

"俄国的哪部分？"

"我不知道。南部。"

他沉默地躺在那儿。一个孤单的侍者正在耙海藻。水还太凉，他们没法游泳。低下头，他突然看见父亲那双细瘦的白腿。他用毛巾把自己裹起来。丽雅的皮肤——带点微微的褐色，显得奇特，有异国风情——被风吹得起了鸡皮疙瘩。

"你要毛巾吗？"

"我喜欢晒太阳。"她说。

"西西里是怎样的？"

"我没去过。"

他们慢慢往回走。那是条很长的坡道，他下来时就意识到了。她两次停下来休息，他则站在旁边等，一次是在一堆垃圾上。"他们把垃圾到处扔，"她说，"你知道，有罢工，亲爱的。他们不收垃圾了。"

他开始注意到沿路的灌木丛里塞满了绿色塑料袋。

"我们应该开车下来。"他说。

"对。"

傍晚的房间有股潮味。他注意到一只蚊子在沿着墙壁上部滑翔。他躺在靠近露台的长沙发上，丽雅在他旁边。她的睡袍敞开着——是他解开的——她的眼睛藏在暗影中。她肚脐的黑印，那甚至更黑的楔形阴毛，像池底的黑石那样对他闪耀。她很瘦，肌肤柔嫩，容易淤青。他在她上面，在她双腿之间，她一丝不挂，压在自己衣服上。蚊子已经飞走了，消失了。他们紧扣着彼此的胳膊，冷漠，赤裸，弄脏了身下凌乱的床罩。

他们的动作显得莫名的可悲，一种厌倦和绝望感加入进来，因为找不到其他感觉。很快就结束了。他躺在她身边，一只胳膊枕在她脑袋下面，另一只胳膊把睡袍拉出来给她盖上，仿佛她是间店铺，而他正在关门打烊——一间你要与之交谈的店铺。她没说话。她一动不动地躺在黑暗中。

在圣斯特凡诺港他们找到一家餐厅，他们走进去坐下。除了他们只有一桌客人。"我们来得有点儿早。"他说道。

"对。"

他指望这顿晚餐能弥补一些失去的快乐，正如一个人指望吃药或消遣。他仔细地阅读菜单，读了两遍，像在寻找什么莫名其妙丢失的东西。侍者立在他的肘边。

她不饿，丽雅说。这一声明让他心寒。他开始提议一些她可能喜欢吃的东西。"蔬菜杂烩肉。"

"不。"

"他们有鱼。"

"什么都不要，亲爱的。"

餐厅里空荡荡的，连外面的街道也很冷清。他把餐刀伸进装盐的小玻璃瓶里蘸蘸，再抹到菜上。他试着喝点酒。他菜点多了。

她不太说话，只看着他吃。她就像个他在旅途中邂逅的陌生人，突然他不知该不该信任她。他确定她能感觉到他的紧张。侍者坐在通向厨房的门口；店主看上去昏昏欲睡。

"感觉就像我们正在流亡，"维瑞说，"意式宽面不错。尝尝看。"

她点点头。他在空荡的房间里一只手举起叉子，这里似乎即将发生一场暗杀。

"你想回罗马吗？"她问。

他感到内疚。他感觉自己毁了一切。"我不知道。我们明天再定，"他说，"我有点神经质，我不知道为什么。我肯定自己会好起来。那个宾馆……也许是因为气压什么的。过一两天就会没事的。"

后来，在床上，他看着她走过来。她举起胳膊脱掉睡衣。甚至这一举动也让他惊恐。她滑入他身边，赤裸着，不慌不忙。"亲爱的，我会等。"她说。"这你知道。我是你的，"她用一种无望的语气说，"你可以为所欲为。"

7

被放逐的恐怖，来到一个新世界的恐怖。最初是新颖，奇妙，慢慢凝固成难缠的生活，笑声凋零，如同一座永无尽头的可怕学校。他感觉不到假期。连周日也毫无意义，令人畏惧，闭合如一本书。

亲爱的，她喃喃低语，甜蜜的爱。忘了这残忍的求爱。她已无所保留，她说。她的饥渴只有孤儿能懂。她开始失去希望。

但不知怎么这让她更为坚强。她一度呈现在他面前的那种极度强烈的渴望，那种令人恐惧的渴望，如今她已收回。取而代之的是某种贵族化的屈服。她和父母去了米兰。他们观赏歌剧。她剪短了头发。酒店老板希望他女儿也把头发剪成像我这样，她写道。他们去看展览，购物。即使这样也无法消除我的寂寞。我渴望着你。我会在晚上抽一支雪茄。他们叫我"小雪茄"，又黑又瘦。她回来时显得机智而美丽。她的眼神清凉。我想要你，她说。她活在一种邓南遮式的激情中，既隐忍又绝望。我要像块你喜欢的肥皂那样合手。他们坐在波勒兹别墅公园的长椅上，从箔纸盘里吃奶油巧克力。那是她乳头的颜色，她后来说。她必须回家吃晚饭。再见，我的天鹅，她微笑着说。

他们在一个周日成婚。丽雅母亲送给维瑞一只她们家传的珐琅戒指。她信任他。在婚宴上她异常欢快，她最大的恐惧消失了。连丽雅的哥哥也很友善。

他们开始了第二次人生。他们住在朱利亚路上的一套三楼公寓。你要在走廊尽头登上一座椭圆形的楼梯。公寓不大，但有间书房。采光好，小小的厨房，一个浴室。丽雅非常开心。一套知识分子公寓，她说。

他们从容不迫，在罗马老城过着平静的生活。他喜欢老城。他在它的店铺和街道间散步，去纳沃那广场，去圣尤斯塔基奥。他睡得很好。身材清瘦。他跟卡利和罗瓦一起工作。他看上去年轻了，脸上的皱纹少了，要不就是它们原先由于焦虑而加深了，而如今在渐渐消退。也许只是因为光线。

门上有两道锁。"罗马到处是贼。"丽雅说。

他站在旁边，看着她将钥匙转动两次，三次，四次，不断深入地驱动锁舌。还有一把钥匙开楼下的门，汽车也有两把钥匙。他回想起曾经他们什么都不用锁，除非进城。他想起那条河，秋日被太阳晒暖的干燥草坪。他想家了。

他意识到自己的心情。难道我只能自由那么短时间？他想。往回看，表面上一切都显得美好。围绕他的是古老的城墙，毫不相干的家族，永不改变的习俗。在公寓的小房间里，在狭窄的街道上，所有丽雅的缺点似乎都跳出来，都在要求得到承认：她的神经质，缺乏独立，对被爱的执着。他现在知道了，她不会自得其乐，没有他，她就会陷入绝望。

"我爱你，"她解释说，"我想在你身边，亲爱的。别扔下我，别让我一直渴望。"

他无法打击她的热情。从她眼中他能看出她有多认真。她的爱过于强烈，让人感到可怜。

他们开车去乡下吃饭，一个叫蒙塔梭的简陋餐馆。天气温和，仿佛康复期的第一天。她穿着深蓝色的裙子和无袖衬衫。田野上穿圣餐服的小女孩们在玩耍，在阳光下白得耀眼，她们的家人在吃饭。远处有条铁轨。偶尔，会驶过一列庞大的特快火车，引起所有人注目。

她照旧吃得很少，他已经习惯。他终于达到一种深层次的领悟。他不是在旅行，他是在这里生活，这是他的人生，他最后的、惟一的人生。耐心，他对自己说，门会打开的。面包很美味。他像农夫那样把一小块面包蘸进酒里。这是她的海洋，这穿过葡萄叶洒落到他们身上的阳光。她在其中闪耀。她的短发闪亮，她的羞涩已去。她眼睛下面永远有淡淡的蓝眼圈，显得性感。她就像个难民，像个曾目睹军队经过的女人，亲历了所有那些毁灭、荒诞。她幸存下来，她活了下来。

"你是个很好的建筑师。你知道吗，他们非常敬重你。"

"真的？"

"他们十分喜欢你。"

他似笑非笑，但他很高兴。"那会很奇怪，不是吗？在美国失败了，却在这儿取得成功。"

"不奇怪。你注定要来这儿。"

"也许。"

"为了找到我。"她说。

"找到你……"

"是的，就像找蘑菇。你拨开树叶，而我就在那儿。"她看上去平静、顺从。"你有个松露猪般的鼻子，亲爱的。"

"你这么觉得？"

"你有直觉，"她说，"很强、很发达的直觉。你知道，我对这类东西很感兴趣，我研究它们。我最终会成为一个神秘主义者，"她说，"当时机到来。当肉体的最后一丝渴望消失。"她补充说，带着淡淡的微笑。

有个神婆，跟动物一起生活，丽雅经常去找她。维瑞陪着她。在一个住宅区，一幢毫无特色的建筑，时髦，冰冷。公寓里塞满了植物、鸟、怪诞的绘画、鱼缸。还有其他来访者：想要孩子的夫妻，妈妈带着生病的儿子。克拉拉夫人触摸他们。她用某种挣扎、遥远的语调对他们说话。水泵柔和的气泡在她旁边升起。对维瑞她说，"来，看这个。你会说意大利语吗？"

他们站在昏暗的水族箱前，一串珍珠似的气泡在上升。她穿着双绒拖鞋，钮扣解开的毛衣。

"它们是我的孩子。"她说。

鱼儿们悬浮在发光的阴影中，它们的动作有种好奇的急促。她轻敲玻璃。

"来，孩子们，来。"说着，她把手慢慢伸进水里，满怀爱意地，用手掌捞出一只。它静静地躺在她手心的一小点水里。"万物皆一。"她说。

她和女仆住在一起。她有丈夫和家庭，丽雅说，但她离开了他们，献身于自己的事业。

你心里有两颗种子，那个女人对维瑞说：一个活着，一个死了。你最爱那个死的。他不明白她的意思。

"她会治病，"丽雅说，"她无所不知。"

"她看上去对我很冷漠，"维瑞说，"很疏远。"

"是的，她很冷漠。通晓一切意味着一无所爱。"丽雅引述道。

她给他泡茶，把他衣服整理得井井有条，替他放洗澡水。药柜的架子上堆满了她的乳霜和洗液。浴室的窗户对着院子，景色永远一成不变。夜晚。他出来时她躺在床上，赤裸的橄榄色肌肤，纤细如一条线。他用意大利牙膏刷牙，吃意大利菜，日复一日，他渐渐融入那些古老的街道，面色黝黑的人群。他坐上体积庞大、带银色数字的绿巴士，经过那些——越来越视若无睹——破败的圆柱，流着黑泪的雕像。乘客，观众，人群，他消失在他们中间，跟其他人一样，受困于最卑微的日常行为。他在阳光下转过街角，他消失在遮阳篷的暗影下，篷顶上印着"饮食店"，他停留在书店前。

有时，在下午到晚上之间，他会因想念女儿而绝望地哭泣。他狂热地给她们写信，但很少能真正写完，她们的面孔浮现在他眼前，他们度过的那些日子。他的手抖得像个病人。要奉献，他写道，了解快乐的意义，让我的爱永远伴随你们身边。

他温柔，沉着。一家又一家餐厅，一个又一个地方，沉默落入他们面前的空杯。

"切腹自杀？"她拿起餐刀，严肃地提议。

他挤出一丝微笑。"对我有点耐心。"他对她说。他实在想不出别的。

深夜她会对他说话。必要时会把他唤醒，他躺在那儿倾听。

"是的，"她说，"你害怕，我知道你害怕。我知道你的脾气，你的想法。你娶我是为了我，而不是为了你自己——至少目前还不是。那会变的。哦，是的。因为我会等。我是个聚宝盆，我会满得溢出来。我不甜蜜——不，不是那种你一口就能尝出的甜蜜。但甜蜜的东西很快就会被遗忘，甜蜜的东西没有力量。我有耐心去等，是的，不管多久。我会等上一个月，一年，五年，我会像个寡妇那样坐在那儿，玩着"拿破仑"牌[1]，因为慢慢地，慢慢地，我会将你征服。当时机成熟，当我知道时间到了，我就会动手，我会成功的。在此之前，我会像个小妾，坐在你桌边，躺在你身旁——是的，我会把自己完全交给你，让你为所欲为，我会突袭你的幻想，我会将它们洗劫一空，然后用那些幻想来催眠你。我会说，'这些都是你梦想的，我会让它们成真。'我会做你的阿拉伯女孩，我会赤裸着服侍你，对，我会用牙齿为你咬住食物，我会做你的女儿，做你的娼妓。你无法相信我都会些什么——不，你永远想不到——我想象过什么。亲爱的，秘诀在于要有生活的勇气。如果你有勇气，一切迟早都会改变。"

他起身走进浴室寻求庇护。她的热烈，她语调中的孤寂压垮了他。在镜中，他看见一个男人，带着那种刚醒来的苍白。他看上去虚弱，奄奄一息。他清楚地看到某件难以想象的事已摆在眼前：他将成为一个老人。他不相信，他必须阻止这件事，他不能允许它发生——然而同时，那又是他整个人生的意义所在。

她在轻轻敲门。"你还好吗，亲爱的？"

---

[1]　一种历史悠久、广泛流行的西方牌戏，诞生于英格兰，被称为"胜利"牌戏。

"还好。"他打开门。她已经披上睡袍。"我没事。"

"过来,"她说,"我给你泡点茶。"

他的进展缓慢,如同日子的流逝,但最终,他不再注意到水磨石地面的冰凉,电话铃的刺耳,以及没有水压的水龙头——仿佛深陷干旱。经过无尽的抑郁,不眠之夜,意识到他所踏入的生活是一场灾难,毫无希望,他慢慢变得清醒,甚至坦然。他可以阅读,思考。日子静静地展开。我还活着,他想。就像一场事故的幸存者,他察看自己。他触摸自己的四肢、面孔,踏上了遗忘过去的必经之路。

他进入了一段平和期,对日常生活心怀满足。他感激地打量着四周。对他而言,那还不太真实,那有点像在火车上看到的风景,一部分生动鲜明,飞掠而过,一部分却只是空白。

8

信箱里有封信,他一眼就认出了信封上清晰的字迹。他在走廊上就拆开信读起来,他的心怦怦作响。最亲爱的维瑞……她的声音瞬间穿过千万里,穿过一切。他的视线掠过那些句子。他一直期盼着听到她说自己错了,说她已经回心转意。没有哪一天,哪一个小时,他最直接、本能的反应会是放弃。他就像那些老兵,退伍多年,一天又接到战斗的召唤;没有什么能留住他们,他们的心雀跃不已,他们放下工具,抛下自己的房屋、土地,奔赴前线。

她想借一万美元。她需要这笔钱，她说——你知道，这就是生活。她保证会还。

一万美元。他不敢告诉丽雅；他知道她会说什么。惟利是图的意大利生活，严苛的利益法则主宰着一切。来打扫卫生的女人每周要拿两万里拉，相当于威尼托街一双鞋的价钱，甚至还不用。他要怎么对她说？罗马是一座南方城市，一座靠财富与金钱的利斧建立起来的都城，银行就像停尸房。他们张开血盆大口，那些意大利人，他们像狗一样露出獠牙。

丽雅看了信。她沉默，冷淡。"不，"她说，"你不能给。她为什么需要钱？"

"她从没要过什么。"

"她会榨干你。她对钱根本无所谓，你自己告诉我的，她随便乱花。如果你现在给她钱，六个月后她会要更多。"

"她不是那种人。"

他无法解释，他知道，尤其是对这个突然变得多疑、警觉的女人。她瘦小，确定，她懂他的语言，懂这个世界的构造。

那天晚餐，她又提起这个话题。孤寂的刀叉声悬在空中。

"亲爱的，我想问你点事情。"

他知道她要说什么。

"是的，当然，你知道。"她说。

她看上去消沉，抑郁，似乎她最终接受了另一个女人的存在。

"别给她。"她恳求。

"丽雅，为什么？"

"别给她。"

"好吧。"他说。

"亲爱的，相信我。我知道。"她是某种苦涩知识的守卫者。

"但事实是，"他平静地说，"你不知道。"

沉默。她把盘子收进厨房。她走回来。

"你听说过保罗·梅克斯吗？"她问。

"没有。"

"保罗·梅克斯是个作家，他是欧洲的智慧所在。你没听说过他？"

"好像没有。"

"那么相信我，他学识渊博，有非凡的洞察力；没人比得上他。他能流利地阅读希腊语和阿拉伯语。他可以在欧洲最崇高的团体中畅行无阻。"

"这和我们说的有什么——"

"梅克斯已经深入到浮游生物的层面。他的思想已深入到某一层，就像海底鲸鱼觅食的那一层。再下面就是黑暗，寒冷，长着巨牙互相吞噬的海兽，死亡。他已经穿越到那下面。这对他轻而易举。他感知着那里的结构，生命的基本结构。"

他完全失去了头绪。"你在说什么？"他问。

"我是说在欧洲人们知道某些事情。它们已经一再被证实。这座城市几乎有三千岁了。你会明白的。"

那封信摆在他们卧室柜子的棕色大理石台面上，黑暗中看不见上面的字。它们是被飞快写下的，正如芮德娜一贯的风格，长句，没有停顿，那些话，就像辱骂或精确的判决，必须要重读，你永远都无法准确地回忆起它们——那些语句，就像写下它们的人，充满直觉，闪烁着，像海底的鱼儿那样一掠而过。

……你知道我有多讨厌重提往事，但那时我们要是在靠近阿默甘西特的某个地方买栋小房子该有多好。一栋房子或十亩地。玛丽娜告诉我那边现在的地价，我简直无法相信。我想当时我们没买的原因一如往常：我们没钱。目前我正在做些有意思的事情，一些我一直想做的事情。我在一家花店做兼职，那对我很合适，那就像去一个我特别喜欢的房子。实际上，花很少。大部分是植物。写起来感觉并不怎么荣耀——花店——但我可能不会继续待在那儿，我可能会去做别的事。维瑞，我想请你帮个大忙，而且我不想多加解释……

这些语句整夜都叠放在那儿。它们像无数其他请求一样来到罗马，它们加入了这个新世界，一切都被服侍着，一切都永恒不变，一切都深陷绝望。然而，它们还是很危险。它们的周围是水晶瓶，破旧的里拉纸币，一把梳子，一只金笔。它们在那儿迎来黎明。

赤裸着，丽雅在他腰旁跪下来。晨光充满房间，他还半睡半醒。她正在解开他睡衣上磨损的白色纽扣，她冰凉的手指毫不犹豫，她镇静，沉着，一如她曾发誓要成为的阿拉伯女人。他的头转向一侧，他闭上眼睛。

"看着我。"她命令道。

她肤色黝黑，像个街头女郎，身体一侧被清晨明亮的阳光点燃。

"看着我。"她说。她是一道天国之光的锋刃；她的手臂纤细，乳房像十六岁的少女。

她迟疑片刻。她的动作缓慢，恍若梦中，她的双手放在大腿旁托着自己。那封信是她的观众，她在为它表演，仿佛它有眼睛，仿佛它是个可怜无助的孩子，在其面前她可以展示她的无耻，她的力量。她弯下身子，嗓音破碎。

"对，"她喃喃道，"我要做你的娼妓。"

他的头朝后仰，仿佛被割断了，埋在枕间。思绪坍塌。

"做你的一切。"

随后她起身下床。她从容，不慌不忙，动作毫无停顿。浴室的门关上了。他躺在变静止的房间，墙壁淡去，天花板像大鱼跃起后的银色水面。他是这残留舞台的目击者，这与肉体世界相对的回忆世界，他的思绪不可抗拒地转向自己一直乞求遗忘的那一切：首先是芮德娜，尽管有那封信，她的人生依然闪耀着活力，他总是在追随她的踪迹——甚至在他们成为夫妻之前，之后，直到现在。然后是她的对手，她们也让他害怕。这些女人，她们的需求和信心，她们令人目眩的自私，她们的微笑——他永远都征服不了她们，他太畏怯，太软弱。他对她们无能为力。他跟她们很亲近，是的，无比亲近，甚至像是同类，然而又完全不同，他孤立无助，就像军营里一个跛脚的新兵。

独自一人，他躺在仍然暖和的床上。他已经把被单拉到腰上，他能感觉到有条腿下面的潮湿、黏稠和凉意；孤单一人，在这座城市，这片汪洋。日子散落四周，他是个时间的醉汉。他一事无成。他这一生——这没什么价值的一生——不像有的人生，虽然也会终结，但却真实饱满。如果当初我有勇气，他想，如果当初我有信念。我们总想着不朽，似乎那很重要，不惜以他人为代价。我们只顾自己。如果他们失败，我们就会成功，如果他们愚蠢，我们就会睿智，然后我们一路向前，紧追不舍，直到再也没有别人——只剩下我们自己，除了上帝，再也没有别的同伴。而我们并不相信上帝。我们知道他并不存在。

9

死神的最后几步走得很快，像一阵风。

芮德娜病了。她不承认，她只是突然感觉住在城里有些难受。她想要新鲜空气，想要与世隔绝。就像那些溯河产卵的鱼类——它们会无意识地前往自己的终结之地，它们可以穿越不可思议的距离，找到回家的路——她来到阿默甘西特。那是初春，她找到一栋曾是农场棚屋的小房子。周围有些苹果树，早就不再结果。老旧光滑的木地板。村庄和田野，一切都空旷而寂静。这是她的静修地，在开阔的天空下，有时伴着炉火，靠近这座大陆排成指状的边缘。

她四十七岁。她的头发茂盛而美丽，她的双手强健。仿佛她所知道、所读过的一切，她的孩子们、朋友们，那些曾一度截然不同、彼此竞争的东西，终于都尘埃落定，在她内心找到了各自的位置。一种收获和丰饶感，充盈着她。她无事可做，她等待着。

她在寂静的卧室中醒来，世界还又冷又黑。她不困，她知道夜已经过去。苹果树那多节的小小枝条在无声的风中晃动。太阳还没升起。西边的天空是最深的蓝色，上面的云朵几乎显得太亮，太浓厚。东边已经泛白。她的身体和大脑都已充分休息，它们如此平静。它们已准备好那最后的转化——虽然她只是猜测。

在罗马，为丽雅打扫房间的老妇人在坐着哭泣。她八十岁。动作缓慢，但还能工作。她的手因年老而迟钝。

"怎么了？"丽雅问。"出了什么事？"

那个妇人只是继续茫然地抽泣。她的身体呜咽着。

"怎么了，阿苏塔？"

"夫人，"她呻吟道，"我不想死。"她坐在厨房的一把椅子上，悲痛欲绝。

"死？你病了吗？"

"不，没有。"她的面孔破败不堪，充满恳求，一张老孩子的脸。"我没病。"

"那你在说什么？"

"我只是害怕。"

"哦，亲爱的，"丽雅柔声说，"瞧，别难过。别傻了。"她拿起老妇人的手。"一切都会好的，别担心。"

"夫人……"

"嗯。"

"你觉得死后还有什么吗？"

"阿苏塔，别哭。"老人是多么可怜，她想。他们是多么诚实，欺诈和骄傲已被耗尽。

"我害怕。"

"我来告诉你那像什么，"丽雅安慰她说，"那就像累了，很累很累，然后就睡着了。"

"你觉得是那样？"

"美美地睡一觉，"她说，"只有那些工作了很久的人才有资格，睡个够。"

她令人温暖，令人欣慰，带着一种无可所失者才有的力量。她甚至无法想象人生会有尽头。在她前面还有数十年，十二月她要和丈夫去巴黎，在旺多姆广场边的小旅馆吃晚餐，室外的灯火和圣诞装饰，在冷飕飕的下午吃牡蛎——她的第一次——旁边是半个柠檬，小小的方面包。

"甜美的一觉。"她说。

老妇人擦擦眼睛。她平静了一点。"是啊，"她附和道，"对，是那样的。"

"当然。"

"不过……"她说，"早晨醒来，喝杯刚做好的咖啡，那是多美啊……"

"是啊。"

"那气味真香。"

"可怜的女人。"维瑞后来评论道。

"我给了她一点酒。"丽雅说。

"她没有家人吗？"

"没有，她的家人都没了。"

那年夏天，弗兰卡去看望母亲。她们坐在树下。芮德娜有点钱，她买了些好酒。"你还记得乌苏拉吗？"她问。

"我们的小马？当然。"

"它实在是多余。我想卖了它，但你父亲不肯。"

"我知道。他真的很爱它。"

"他有段时间爱它。你还记得莱斯莉吗？莱斯莉·达兰德？"

"可怜的莱斯莉。"

"很奇怪。最近我老是想到她。"芮德娜说。

"但你跟她并不太熟。"

"是的，但我对那些年很熟。"

她看着女儿，一阵嫉妒和幸福感掠过，如一阵浓稠的风。她们聊着房子，那些久远的日子，时间流逝，仿佛她们身旁一条静止的小溪。四周绵延的全是广阔的农田，因看不见的海而颤动。兔子养在满是尘土的野外，岸边有海鸟。所有这些都会消失，最终都会属于贵宾犬的主人，阿诺德说过。这里的偏远救了它，但如今这些农场正在像春天的冰一样消融；他们破产了，永远地离开了。这片辽阔的尽头，这片贫瘠的土地，将会无影无踪。我们活得太久了，芮德娜想。

"你记得凯特吗？"弗兰卡问。

"记得。她怎么样了？"

"她现在有三个孩子。"

"她那么瘦。她简直像个男孩——一个漂亮、顽皮的男孩。"

"她住在波基普西。"

"流放。"

"她父亲出名了，"弗兰卡说，"你看到那篇文章了吗？"她进屋找到那期《时尚芭莎》。

"我读到过。"芮德娜回忆道。

弗兰卡翻动书页。"这儿。"她说。她把杂志递给她。是篇很长的文章。"他要在惠特尼[1]开画展。"

"是的，我知道。"

一张巨大的灰色面孔盯着她，鼻子和脸颊上的毛孔清晰可见。她感觉在看某种护照，那是惟一真正需要面孔的地方。

---

[1] 惠特尼美术馆（Whitney Museum of American Art），以收藏美国现代艺术而闻名。

"他是个很好的画家。"弗兰卡说。

"毫无疑问。他就住在附近，跟几个法国伯爵夫人。"

"你在取笑他。"

"不，我没有。好吧，再见了，罗伯特。"她翻到下一页，鲜艳、绿色的巴哈马群岛，绿和蓝，修长黝黑的女郎，束腰长袍，白色帽子。"只是很难相信有真正的伟大，"她说，"尤其是朋友之间。"

她们躺在那儿，神圣的阳光覆盖着她们，鸟儿飘浮在她们头顶，沙子温暖着她们的脚踝，她们的腿背。像马赛尔－马斯一样，她也抵达了。终于抵达了。一个疾病的声音在对她说话。那就像上帝的声音，她不知道它的来源，她只知道自己被召唤了，她要去品尝一切，去看，对世间万物投以长长的最后一瞥。她突然感到一种平静，那种伟大旅程走向结束的平静。

"读书给我听。"她对弗兰卡说。

沙丘上高高的褐色草丛里，远眺大海的异教徒沙发上，她抱膝坐在那儿听弗兰卡朗读，那也是维瑞过去常做的，为女儿、为全家人朗读。是特罗亚[1]写的托尔斯泰传记，一部圣经般的书，如此丰富，那些事件、悲伤、离别，充满了挣扎——力道渗透了每一页。那些章节成了一个人的肉体，成了一个人自身；那些磨难将你洗涤一净。这儿很温暖，吹不到风，她聆听弗兰卡用清晰的嗓音描绘着俄罗斯大地，一段又一段，直到最后读累了，停下

---

[1] Henri Troyat（1911—2007），法国著名传记作家、小说家、评论家。

来。她们沉默地躺着，像枯草中的母狮，威严，满足。

"写得很好，对不对？"她女儿问道。

"我是多么爱你，弗兰卡。"芮德娜说。在所有爱中，这才是真正的爱。在所有爱中，这是最好的爱。其他的，那种奢华的爱，让人迷醉的，让人渴望、嫉妒、信仰的，那不是爱。那是爱所追寻的；那是爱的悬念。但亲近一个孩子，为其付出一切，用自己的生命去保护和滋养她，有那个孩子陪在身旁，宁静平和，是真正的、最深切的、惟一的幸福。

那些迷失在彼此爱恋中的情侣，光脚走在嘶嘶作响的海边，偶尔触碰，互挽着腰，在幽暗的汽车内，走进商店，那种拥有对方的满足感如此强烈，充满了他们，几乎要溢出来。她看着他们，他们和蔼地经过她面前，一如普通人遇见朝圣者。她对他们没有兴趣。他们柔弱，透明，如同花瓣。他们的时间还没到。从她身上彻底消失的，是她一度确信自己会永远拥有的东西：品位，日常生活的升华——它们被爱所照亮，有爱，就有一切。"那只是一种幻觉。"她说。

她的思绪开始向后展开，深深的宽恕，柔情。有些事她几乎已经忘了，她从未说起。它们出其不意地涌现——也许是最后一次。

"你祖父，"她说，"我父亲——他当过海军，你知道吗？他是他们船上的拳击冠军。他经常讲那时候的故事。我还是个小女孩，他的样子我还记得很清楚，他模仿当时的动作。你知道，他会举起拳头。在场的有海军上将，所有男人。越过拳台，他闪闪发亮的面孔和金牙，古巴……"

"你从没跟我说过。"

"我以前很喜欢那些故事。我猜他想要个儿子。当我大概十二岁的时候，当我已经很显然是个女孩的时候，他就不说了。他是个难弄的家伙。不容易沟通。你知道吗，最奇特的是，我也是偶然听说的：伊芙的母亲和我母亲都葬在马里兰的同一个小墓地。我是说，那地方非常小。在乡下。

"她是从那儿来的。她在一次野餐中认识了父亲。太久以前了。如今他们都死了。她家是开小店的，来自弗吉尼亚。她有两个姐姐和一个弟弟，但弟弟还是个小男孩时就死了。他是家里最受宠的。他叫沃迪。"

"我真希望自己认识她。"

"她有双美丽的手。我想她很思念马里兰。她不太坚强。"

"她婚前姓什么来着？"

"麦克蕾。"

"对，麦克蕾。"

"他们没一个有钱，"芮德娜说，"那就是遗憾之处。正直，是的，可正直当不了遗产。"

"所以我有苏格兰血统。"

"俄国血统占大部分，我觉得。你非常像你父亲。"

"你真那么觉得？"

"是的，那很好。"

"为什么？"

"让我瞧瞧。对，"她说，"因为这里有点神秘莫测的感觉。"她伸出手摸摸弗兰卡的脸颊。"是的，"她说，"神秘而神圣。"

弗兰卡拿起她的手吻了吻。

"妈妈……"她说。她快要哭了。

"你知道，你能来我真的好开心，"芮德娜说，"我一直在想我们在这儿也许待不了多久了，我们得另找地方。我们真该出去吃几次。凯瑟琳告诉我有家两兄弟开的希腊餐馆，说还不错。我们可以吃穆萨卡[1]。我在伦敦吃过。那儿有家绝妙的希腊餐厅。我们什么时候可以去。"

"好。"

她抚摸着女儿的头发。

"我想去。"弗兰卡说。

10

和她父亲一样，她死得很突然，就在那年秋天。仿佛在她最爱的乐章离开音乐会，仿佛在天亮前一小时放弃。至少看似如此。她爱秋天，爱那些蓝色、完美无瑕的日子，中午热得像非洲海岸，

---

[1] moussaka，用茄子和肉做的希腊菜。

晚上凉爽——辽远而洁净。仿佛微笑着，动作敏捷，仿佛要前往某个比我们这儿更好的国家、房间、夜晚。

她死得和她父亲一样。先是病倒。腹部疼痛。开始他们无法确诊。X光什么都看不出来，名目繁多的验血。

似乎一夜之间，树叶都落了。村里那条高大的林荫拱廊很快就放弃了抵抗；树叶像雨一般洒落。它们铺在地上，如同沿着忧郁之路的流水。季节更迭，它们会再绿起来，这些大树。它们的枯枝会折断，它们的主干会复活，焕然一新。当然，它们会再次变得美丽，而除此之外，还有它们在天空下形成的华盖，它们的窃窃私语，那柔缓、含糊不清的声响，那倾泻而下的茂盛，以及，除了所有这些，它们还在为万物刻度，一种真正的刻度，可靠，智慧。我们活不了那么久，我们所知的没那么多。

它们撒下自己的树叶，仿佛在为她哀悼，仿佛在因一位树的女王而哭泣。

参加葬礼的人寥寥无几，弗兰卡独自站在那儿。她没有丈夫。她的脸和手都显得素洁，仿佛被洗得很干净。她庄严，苍白，她的脸正是死者的脸，不过更美，远超过她母亲当年。现实强劲。回忆凋零。

丹妮带着两个孩子，小女孩，一个两岁一个四岁，几乎不认识她们的祖母。祖母！简直不可思议。她们有着纯洁的面容，性情安静，虽然大点的那个在仪式上高声说话旁若无人。两个女儿，一边一个，她们——虽然还没意识到——将会经历下一个世纪，下一个千年。或许她们也会大声朗读，一如维瑞那样，在那些漫长的冬夜，那些懒散的夏日，在那栋海滨别墅，如此，他所创造的家族似乎会永远继续下去。自然，她们会变得高挑而热情，她们也会给自己的孩子们——这没有保证，我们只能想象，我们别无选择——举办神奇的生日派对，插满蜡烛的巨大蛋糕，比赛，猜谜游戏，为数不多的小客人，六到八个，房间通向花园，从远处你能听到里面的笑声，门突然开了，他们涌出来，奔入悠长美好的午后。

你有那么多事情想问她。答案已经消散。靠近达罗家那块横在路上的小墓地，他们想把她葬在那儿。她也许甚至在某天晚上喝酒时提起过，但这并不好办。芮德娜自己或许还能解决，但弗兰卡只是徒劳。几乎没什么办法，他们告诉她，此事由一个理事会来决定；她们家是住这儿的吗？越是困难，越是要坚持到底。他们希望她跟普通的死者分开。他们不想要平等；她从未相信过平等，从未。

伊芙站在她们旁边。她衣袖里面的腕骨凸出来，让她看起来很憔悴。她的长手和细手指就像属于某个抵押农场里的妇人。黑草帽，衣服是布料。一如既往，她身上有种令人悚然的低俗。她会镇定地说，"你到底知道什么？"她就是那种女人，而在她脸上你会看见，是的，跟她相比，你确实一无所知。她面无表情地站着。当棺材被放下去，她突然像是要咳嗽，她弓下头，仿佛噎住了。泪水浸湿了她的脸。

"她们俩很漂亮，丹妮。"仪式结束后她说。她被介绍给两个小女孩。她从指头上拿下一只戒指，从手腕上拿下一只手镯。"给。你们洗礼的时候我没送东西。不过你们也许没受洗，有吗？"

"没。"丹妮答道。

"不要紧。你们应该有点礼物。这是个很好的戒指，"她对那个大点的孩子说，"你不会弄丢的，对不对？以前拿世上任何东西来换这个戒指我都不肯。"

雅迪斯，年幼的那个，把手镯掉到了地上。丹妮把它捡起来。"握紧。"她命令道。

"这是古金的。"伊芙说。

在凯瑟琳·达罗家有个简短的招待会。她们和每个人道别，接受大家喃喃低语的致哀，她们又待了一会儿，最后终于坐上一辆租来的车动身回城。小女孩们睡着了。太阳似乎很暖。开始没有人说话。她们在沉默中驶过空荡的乡村，一年中最后的、几乎不自然的温热从胳膊移到膝盖。

"有个形状像鸭子的商店，"弗兰卡说，"还记得吗？"

她们在路拐弯的前方看见了那只鸭子，圆圆的，形状有点原始，胸口有扇门。一处童年之爱的遗迹，有多少次，他们黄昏时从这儿经过，灯光从那扇门里溢出来。

"爸爸讨厌它。"丹妮说。

"你还记得？"

"那是因为我们太爱它了。我们想住在一个形状像只巨大的鸡的房子里。我要一个在鸡嘴里的房间。好的，他说。我们还坚持一定要铺上真正的羽毛。然后我们就开始哭。我们嚎叫着，然后听到对方的哭声就叫得更响。"

弗兰ㄑ点点头。"为什么我们现在不哭了？"她喃喃道。

"因为那不是装的。"

"对。"

伊芙沉默地坐着，似乎独自一人，眼泪滚下她扁平的脸颊。

这辆车，有着茶色玻璃，在沿着高速公路疾驰，两边是光秃、荒芜的土壤，带手绘标牌的水果摊，简陋的房屋。一小时后，进入密集的建筑群，仍然是炎热的下午，公寓，商店，掠过垃圾散落的马路，驶入生活的中心，驶入一片嘈杂。

11

维瑞回来是在一个春天。他在一个温暖的春日从纽约开车过来。他一个人。静止、沉默的空气，光线，一种恐惧充满了他，他害怕再看见那些东西，它们对他太过强烈。他走到河流上方的悬崖，站在那儿眺望。高度让他感到奇异的晕眩。他朝下看。几百英尺的绝壁下散布着冰川时代的碎石。巨大肮脏的河流在阳光下闪烁。远望，无边无际的房屋；他几乎能闻到那些安静房间的气味，那种温暖：在里面做饭，被子，地毯。收音机柔和地响着，狗躺在正方形的阳光下。他已经与所有这一切毫无关系，他望着，带着一种冷漠,甚至恨意。为什么他要被自己抛弃的东西所刺痛?为什么即使被鄙弃他还要追求?

他再次望下去,思绪缓慢地流溢。坠落的念头令人生畏,然而在那一刻,不知怎么,似乎过去的一切,他的整个人生,并不比在空中滑落所需的时间更长。

他离开时,另外还停着两辆车,都空着。他看不到车里的人去哪儿了。他害怕遇见别人,甚至包括陌生人的微笑。垃圾箱是空的,小卖铺关了。

对他来说,所有未曾改变的都显得可怕,一家木建筑的加油站,这片土地。他的脑袋变得麻木。他竭力不去想,不去看。所有一切都在证实着生活的继续,生活的回报。而他却被扔入了漂泊和绝望。

他走进那栋房子外面的苹果林。他能透过树林短暂地瞥见房子,沉默,奇异。他周围的树叶被阳光穿透,颜色发白。掉落的藤蔓绊住他的脚。

他穿着在罗马买的灰西装。他走得很慢。鞋底因潮气而变黑。这些树很高大,没有低的枝桠。树冠在奋力追寻阳光,那些低枝则已枯死掉落。它们潮湿,掩埋在土里,在他的脚下断裂。他看见一根勘测标杆上褪色的旗子;再远处,一座被遗忘的儿童城堡。边上有把锤子,锈迹斑斑,手柄被虫蛀了。他每走一步都充满了细枝和枝桠的声响,岁月的残骸。他试了试那把锤子,手柄咔嚓一声断了。鸟儿在寂静中呼唤。空中有小小的飞虫。顶上,高处的阳光中，飞往欧洲的航班在轰鸣。

城堡已经倒了，孩子们也走了。她们曾躲在这片树林里，躺在那些小野花中间。哈吉在雪中打滚，洗澡，背朝下躺着扭动，又突然暂停，欢快的小兽，眼睛黑如咖啡，微笑的嘴。那些永不消逝的下午，全都结束了。他搬走了。他的女儿们，不见了。

一个树林中的老人，他的思绪在回忆和现实间飞速穿梭。他的步伐缓慢，小心，眼睛凝视着地面。然后他看见了一样东西，拱凸着，十分奇妙。他停下来，不敢相信。它怎么可能逃过那些汽车、狗、孩子们敏锐的目光？他无法理解，但反正它做到了。是他们的乌龟。它没看见他，他盯着它慢慢移动，爬过树叶时发出沙沙声。他弯下身把它捡起来。爬行动物的脸，冷漠，睿智，无可奉告；苍白的眼，珠子般清澈，它似乎在急着扭头去看别的地方。强有力的四肢在弯曲着挠他的手指，但只是徒劳。最终，它缩回壳里，壳上雕着姓名缩写，淡得犹如一块板上风化的字迹。几乎无法辨认。他濡湿手指，擦了擦；它们奇迹般地变清楚了。他不情愿地放下乌龟。他盯着它看了一会儿。它没有动。

树木似乎在呼吸，似乎认出了他，将他视为自身的一员。他感受着变化。如同深深感激的感动。血液在他体内奔涌，冲上他的头部。

他走向河边，小心翼翼地踏下每一步。他的衣服太热太紧。他来到水边。有座码头，现在已经荒废，剥落的油漆和腐朽的木板，支柱浸得发绿。这巨大的黑色河流，这河岸。

一切都发生在转瞬之间。一切都只是漫长的一天，一个无尽的下午，朋友离去，我们伫立在岸边。

是的，他想，我准备好了，我早就准备好了，我终于准备好了，终于。

译后记

秋日之光

孔亚雷

我醒过来——就像有什么在呼唤我。但是没有。周围昏暗而寂静。我伸出手去拿手表，触碰到磨旧的皮质表带。差五分五点。这是一栋湖边小村庄里的老房子。一年前我们租下了这里，作为工作室兼家庭度假屋。我又躺了一会儿。然后我起身下床，打开门走到露台上。

世界一片幽蓝。仿佛可以被呼吸进去的蓝。我看着湖对岸远处的群山。山的边缘微微发红，就像它们背面是灼热的烙铁。一切都在期待着。我突然涌起一股对工作的渴望。我突然知道了是什么在呼唤我。

我下楼来到厨房，给自己做了杯咖啡。（我想起修士作家托马斯·莫顿日记中的一句话，"早餐只喝咖啡意义非凡。"）我选了一张唱片放进唱机：格伦·古尔德1982年版的《哥德堡变奏曲》。我调小音量。然后我坐下来，一边喝咖啡一边翻译《光年》的最后一章。

* * *

"如你想象的那样去生活，否则，你会如你生活那样去想象。"法国诗人瓦莱里在一篇文章中说。我们很容易把这句话当成是出自芮德娜——《光年》的女主人公——之口。我们甚至可以看到她说话时的样子：四十多岁，离异，单身，一张美丽而知性的面孔（"没有丝毫的多愁善感"），嘴角带着浅淡的微笑，优雅，沉静，超然，散发出某种近乎透明的神秘——就像一束光。

而在小说开头，我们第一次看见芮德娜的时候，她二十八岁，正在一个最适合家庭主妇的场所：厨房。

> 她的戒指摆在旁边。她身材颀长，全神贯注；她的脖子光着。她停下来去看食谱，低着头，她聚精会神的样子美得惊人……摊在木质台面上的花，她已经修剪好茎干，准备插进花瓶。她面前是剪刀，薄如纸片的盒装奶酪，法式餐刀。她的肩上有香水。

随即，镜头一转，摇向她所居住的这幢带花园的河畔大宅，维多利亚式的外观搭配波希米亚风的内饰，一如她的生活本身，既典雅又嬉皮，既摩登又自然。

> 我打算从里到外来描述她的生活，从它的内核，房子

也一样，从各个房间收集生活的碎片，那些沐浴在晨光里的房间，地板上铺着曾属于她婆婆的东方地毯，杏黄，胭脂红，棕褐，它们纵然破旧，却似乎喝足了阳光，汲取了它的温暖；书籍，干花罐，马蒂斯色系的靠垫，物件如证据闪烁。

其他闪烁的证据包括：一对天使般可爱的女儿（七岁和五岁），一个温柔而有才华的建筑师丈夫，一辆绿色敞篷跑车，一只叫哈吉的牧羊犬，一个无所不谈的闺密，以及，一个秘密情人。某种意义上，小说便是围绕着这些证据在缓缓展开。但那到底是什么的证据呢？是幸福？还是不幸？

从表面上看，《光年》是一部碎片化的婚姻生活编年史。通过一系列电影化的场景切换，它为我们生动地展现了一对美国中产阶级夫妇，维瑞和芮德娜，从 1958 到 1978 二十年间的生活切片。它的结构犹如巴洛克音乐，既华丽又清晰：一方面，是繁复而有质感，令人愉悦而充实的大量细节铺陈；另一方面，就像巴赫的《哥德堡变奏曲》，这些华美的变奏都源自同一个简洁的主题。这个主题显然就是维瑞夫妇。哦不，等等——也许我们应该说芮德娜夫妇？或者，更确切一点，我们也许应该直接说，这个主题就是芮德娜，而且只是芮德娜。正如他们的好友彼得指出的，离婚后的维瑞之所以不快乐，是因为"任何两个人，当他们分开时，就像劈开一根原木。两边不对称。核心含在其中一边"。"带走那神圣核心的是你，"他接着对芮德娜说，"你可以一个人快乐地生活，他不行。"

这就是整部小说的秘密所在。芮德娜。芮德娜不仅是他们婚姻中的神圣核心，也是这部小说的神圣核心。她掌控了整部小说的精神气质。为什么这部以婚姻生活为主要材料的小说却几乎没有任何对婚姻的深刻观察和见解？（而且这种缺失似乎并不是由于缺乏才能，而是由于缺乏兴趣。）为什么时光的流逝在书中显得如此飘逸，如此冷漠，如此漫不经心？因为芮德娜。因为无论是对婚姻还是时间，芮德娜都毫无兴趣，也毫不畏惧。

那么，芮德娜对什么感兴趣呢？生活。生活这件事本身。"她真正关心的是生活的本质：食物，床单，衣服。其他的毫无意义；总能应付过去。"对芮德娜来说，"生活是天气。生活是食物"。其他的——工作、交际、政治，甚至友谊和爱情——都毫无意义。对芮德娜来说，有意义的是：抚摸小狗柔软的皮毛；开车进城（"她只在几个固定的地方购买食物"）；在书店里的艺术书籍间流连；野餐；在林间的松木教堂听音乐会；海（"海浪丝滑"）；为女儿们编写童话；充满生命力的性爱；松香味的希腊葡萄酒；法国布里奶酪、黄苹果和木柄餐刀；阅读马勒传记；晚睡晚起（"在床上一直赖到九点，然后醒来，舒展身体，呼吸着新空气。久睡者通常特立独行"）……因此，正如我们的恐惧通常与我们的所爱紧密相连，芮德娜最畏惧的，同样是生活——也就是，不能"如你想象的那样去生活"。跟女友伊芙逛街时，芮德娜看中了一套昂贵的葡萄酒杯，当伊芙说"你不怕它们打碎吗"？她的回答是：

"我只怕一件事，那就是'平庸生活'这个词。"

显然，这里的"平庸生活"并非指日常生活本身，而是指一种生活态度。芮德娜所恐惧的（以及她所厌恶和抛弃的），是以庸常而缺乏想象力的方式去对待生活（"如你生活那样去想象"），是怯懦或麻木地陷于那些平常而庸俗的外在规则中无法自拔——从而看不见生活本身所蕴涵的奇迹般的美。

这些规则中，婚姻无疑是最重要和最醒目的之一。我们很难相信芮德娜不是为了爱情而结婚。这样一来，小说把叙事的起始时间定在他们成婚八年之后，就显得别具意味。因为即使从最平常的标准看，这时爱情也已经自然死亡。（或者，在较好的情况下，转化为一种坚固而美丽的结晶体：亲情。）事实上，这时的芮德娜看上去就像一个殉难的圣徒：

> 她知道那是她必犯的错，最后终于犯下。她的面孔放射出知识之光。一条无色的静脉像道伤痕，垂直划过她前额的中心。她已经接受了人生的限制。正是这种悲伤，这种满足，造就了她的优雅。

而出于某种直觉，维瑞从一开始就意识到了这场婚姻的不对等：

> 他对她的拥有已得到认可，而与此同时，她身上有什

么变了。……那种令人绝望、无法承受的情感消失了，取而代之的是一个二十岁的年轻女人，被判处和他一起生活。他无法精确地解释。她已经逃离。

因此，当他终于出轨，他最强烈的感受不是内疚，而是一种夹杂着恐惧的骄傲。他感到"在某种意义上，他与她突然平等了；他的爱不再单单依赖于她，而是更为广阔"。当他第一次偷情归来面对芮德娜的时候，他感觉空虚而平静，他觉得自己"充满了秘密、欺骗"，但是，"这让他完整"。

芮德娜则始终是完整的（以至于似乎没有什么能真正伤害到她，束缚住她）。这种反差也表现在对他们夫妇各自外遇的不同叙述手法上。在维瑞这里，一切都遵循传统的出轨模式：从派对到餐厅到床上。就像"一部有着愚蠢片段的电影，但却仍然令他们沉迷"——也令我们沉迷——那些场景虽然老套，细节上却显得古老而新颖，并带有一种不可思议的穿透力。（最好的例子是，做爱后，维瑞给卡亚放水洗澡，他看着她滑入浴缸。"水怎么样？"他问。"像又一次做爱。"她答道。）再来看看芮德娜。十月的一个黄昏，杰文，他们的家庭朋友，带着礼物前来拜访。他跟维瑞寒暄，跟孩子们逗趣。他接过芮德娜递来的餐前酒。然后，突然，毫无铺垫，毫无过渡，出现了这样一段：

午间，一周两次，有时更多，她躺在他床上，后屋一个安静的房间。她枕边的桌上有两只空玻璃杯，她的手镯，戒指。她什么都没戴，双手赤裸，手腕也是。

随后是一连串流畅的，新浪潮电影般的场景交叉切换：温馨的家庭画面与激情的午后幽会平行推进。一边是喝酒，聊天，给壁炉生火；一边是呻吟，扭动，拥眠。一边是"她看见他在自己高高的上方。她双手扯紧床单"；一边是杰文蹲在壁炉前，"火升起来，发出噼啪声，在粗重的木块间窜动"。这或许是小说史上对外遇最冷酷、最令人震惊的描写之一。然而，在很大程度上，导致这种震惊的并不是芮德娜的行为本身，而是她对这一行为的态度——以及与之对应的奇特叙述方式：如此平常，如此自由，简直就像季节转换——无比自然，却又带着生命自身那种永恒而本质的神秘。

与维瑞的犹豫、惊慌和空虚相比，这就更值得惊讶。同样是婚外情，芮德娜却显得自在、安宁、充实。她的出轨似乎拥有某种纯真，使其不只是情欲那么简单，而更接近于某种修行（以至于我们用通奸这个词都会感到别扭）。似乎她通过不忠做到了另一种忠诚：忠于充满存在感的生命力——为此她几乎可以不顾一切。（也许除了孩子，这惟一对她有效的世俗规则，但那是因为"在所有爱中，这才是真正的爱"、"最好的爱"。）这种忠诚甚至还有一个不乏讽刺的体现。虽然不断地更换情人，但你会发现，在一定时期内，芮德娜的身心只属于某一个人，也就是说，她不会跟任何别的男人做爱——即使那个人是她丈夫。"他们睡觉时仿佛彼此订过协议；俩人连脚都不会碰。""不过的确有协议，"后面紧接着写道，"那就是婚姻。"

除了婚姻，芮德娜——实际上也是这部小说——的另一个蔑视对象是政治。当然，这里指的是广义上的政治，即对时事或真或假的关注。这也是一种规则：无论个人还是作品，当其对自己的时代背景采取全然漠视的态度，都会面临道德上受谴责的危险。在这点上，《光年》几乎达到了现实主义小说的极限。二十世纪六七十年代的所有重要时事，从越战到刺杀肯尼迪，从登月到古巴导弹危机，从伍德斯托克音乐节到披头士，在书中都无影无踪——就像从未发生过。取而代之的是精美的晚餐、钓鳟鱼、插花、塔罗牌、在雪莱住过的英国小镇散步、《天鹅湖》、莫扎特、瑜伽、纽约大都会博物馆的古雕像……这不禁让人想到另一部美国小说，《斯通纳》。一如《光年》，它对时代的漠然也同样令人侧目（而且它也同样一度被严重低估）。不同的是，大部分时候，拥有大学终身教职的斯通纳都是在被动接受（就像穿着防弹衣），而在芮德娜这里，一切都是开放的，裸露的，主动的。我们会有一种感觉，《光年》中的道德和时代感之所以缺失，纯粹是因为芮德娜抛弃了它们，她根本不屑于遵守或谈论它们，因为它们不符合她的品味，因为它们"毫无意义；总能应付过去"，因为，归根结底，它们不是"生活的本质"。

但问题是，究竟什么才是**生活的本质**？"食物，床单，衣服"

这个回答显然无法让人真正满意。而且我们也必须提防"品味"这个词——它往往让人联想到虚荣、做作和附庸风雅。（还有什么比"品味"这个词更没有品味吗？）这个词缺乏力量、反叛和创意。而这些正是芮德娜的特质。所以也许更适合她的词是"风格"。在她极具风格化的世界里，没有世俗规则的位置。她有自己的道德和时代，自己的标准和规则，而简单地说，那就是竭尽全力，"如你想象的那样去生活"，去感受生活最深处的本质，以及随之而来的意义。于是我们又回到了那个问题：什么是生活的本质？随之而来的意义又是什么？事实上，这也是我们在阅读《光年》时所面对的问题：什么是这部小说的本质？这些连绵不绝、精妙绝伦的场景意义何在？

一个美丽的谜。

谜底也许隐藏在十七世纪的荷兰。不知是有意还是无意，"荷兰"这个词出现在小说的第一页（但仅此一次）："这里曾属于荷兰。""这里"指的是纽约哈德逊河流域——芮德娜和维瑞的家就在河边——它于十七世纪最早由荷兰人开拓为定居点。正是这一时期的荷兰人，不仅创建了《光年》中的故事发生地（纽约），而且还以一种隐秘的方式——或许连作者本人都没有意识到——对应着这部小说的美学风格。那就是十七世纪中期到末期，以维米尔、伦勃朗、哈尔斯为代表的荷兰风俗画派。法国学者茨维坦·托多罗夫，在他论述这一画派的杰作，《日常生活颂歌》中指出，是荷兰风俗画将绘画第一次彻底"从宗教画中解放了出来",使那些最普通的日常活动——切洋葱,戴项链,看信,甚至发呆和打瞌睡——成为"完全独立的主题","获得了一种特殊的尊严"。而且,由于这种对日常生活的描摹达到了一种前所未有(也后继无人)的高度,散发出一种几乎接近神秘的生命力,以至于"荷兰绘画似乎实现了某种等级上的颠覆……画家发现,即使最微不足道的事物,最平淡无奇的举止之中都可能存在美……凭借他的画笔,他能够向人们表明,物体值得拥有美学甚至伦理上的赞美"。

这几乎就已经解答了《光年》之谜,不是吗?为什么那些场景描写的无比美妙竟然会让人迷惑?因为它们"实现了某种等级上的颠覆"。它们颠覆了正常的文学制度。那些日常生活场景——起床,做饭,开车,聊天,在海滩上,在餐厅,在朋友家——的存在(及其美妙)不再是为某个主题服务,它们本身就是主题。它们没有(也不需要)任何内在意义,它们本身——它们散发出来的美和愉悦,就是全部意义。它们"获得了一种特殊的尊严",散发出一种特殊的光芒:"海发出隐约的轰鸣,仿佛在玻璃杯里"。"河流是一种明亮的灰色,阳光看上去像鳞片。"做爱时动作"带着某种庄重、残忍的缓慢"。小马的耳朵"是暖的,硬得像只鞋。"圣诞树"枝叶茂盛如熊皮"。而书中随处可见的对话场景流畅而极具节奏感(有时几乎像诗),它们既像真正的聊天(似乎什么都说了,又似乎什么都没说),也像最好的聊天(其间常常闪现着令人回味的睿智,例如:"冷漠带来幽默。")

通常来说，意义即道德。这些句子、片段和场景在意义上的自足导致了它们在道德上的超越。它们拥有自己的道德，因为它们"值得拥有伦理上的赞美"。这种道德，一如荷兰风俗画所体现的，是一种对世界具体而充实的爱，对生活直接而宁静的喜悦。这种道德追求的是表面化，是充满生命力和物质感的爱和欲望，是生活本身。而这也正是芮德娜的价值观。由此，小说的形式与内容、文本与灵魂达成了一种深度的结合与共鸣。

这实际上是一种古老而美妙，但已被现代人遗失的价值观。它源于古希腊人对生命的着迷与感激。他们对生活充满爱意，但并不去探求生活背后的意义或秘密，那是神的范畴。（美貌、智慧、性欲、食物，甚至睡眠——在古希腊人看来，生活本身已是一连串的奇迹。）他们有一种孩子般的自在和幸福。（正如尼采所说，他们的深度就在于他们的肤浅。）这种幸福显然已经被宗教、工业化、电子化所摧毁，但它又永远不会被真正摧毁。因为生活本身不会被真正摧毁——只要我们还活着。这种原始而本真的价值观永远会在黑暗中闪现：尼采的酒神狂欢；佩索阿的长诗《守羊人》（思考事物的内在意义／是多此一举，好像去思索健康）；维米尔那幅《戴珍珠耳环的少女》；詹姆斯·索特的《光年》。它们都以不同方式，对应着方济各会修士、神秘主义者托德的那句话：玫瑰没有"为什么"的问题。

生活也没有"为什么"的问题。

生活的目的就是生活本身。生活的本质即表面。生活的意义

就是不需要意义。对生活之谜来说，谜面即谜底。它由无数基本
而常见，微妙而闪烁的细节构成。它是充满爱意和创意地去衣食
住行、生老病死。它还事物和欲望以本来面目。"物件如证据闪烁"。
但那既不是幸福的证据，也不是不幸的证据。那是存在的证据。
那是任何微不足道、平淡无奇的事物和动作（词语和句子）都能
散发光亮，都蕴含着美和愉悦的证据——当然，这必须要通过艺
术：绘画的艺术，文学的艺术，人生的艺术。

＊ ＊ ＊

2016年初，我们在莫干山脚下的一座小村庄里租了栋老房
子。我一直想住到乡下。房子不大，但有个宽敞明亮的庭院，周
围被茶园、群山和湖水环绕。我包揽了所有的装修设计，就像那
是我创作的一部作品——在某种意义上，它也的确是。我保留了
它的外观和结构：石基，黄土墙，木梁和灰瓦，但将内部改造成
了某种简洁而混搭的北欧风格：老木头地板，整面墙的白色书
架，黑胶唱机，铸铁壁炉和尼泊尔地毯。大部分家具都是一件件
从旧货市场淘来的，因此它们有几个特点：便宜；散发出美妙而
无价的时间感；而且，如同写作一样，你不知道自己到底会遇见
什么——于是经常，它们就像某种恩赐。

我想芮德娜也会喜欢这里。事实上，这里似乎跟《光年》中
她的房子在遥相呼应。它们都在水边，都是乡村老宅，都有书籍、

音乐、花园、孩子的身影。在这里，我能如此真切地——几乎是身体性地——感受到她的感受。湖面上的光。旧餐桌上的水果。室外无声飘落的雪，而室内"木块在壁炉里如枪击般轻柔地爆裂"。孩子的成长仿佛"开始履行承诺"。开车进城购物，返回时"一路飞驰，只开左车道，超速，疲惫，快乐，充满计划"，然后，从远处，看到自己的房子"像一艘船，在黑暗中，屹立不动，每扇窗都充满了光"。

但我对芮德娜的认同还有更深层的原因。福柯有句名言："令我惊讶的是，"他说，"在我们的社会中，艺术只与某个对象或客体有关，而不是与个人或生命有关。为什么一盏灯或一座房子可以成为艺术对象，而我们的生活却不行？我们的人生为什么不能成为一件艺术品呢？"我想，芮德娜和我，或者说，詹姆斯·索特和我，都是这句话的信徒。

* * *

詹姆斯·索特不是他的真名。直到1956年——那年他31岁——他的第一部小说《猎手》出版之前，他都叫詹姆斯·霍罗维茨。霍罗维茨1925年出生于新泽西一个殷实的中产阶级家庭，他在纽约的上曼哈顿长大，高中就读于著名的私立学校霍瑞斯曼，比另一个未来的大作家，杰克·凯鲁亚克，低两个年级。在父亲的要求下，跟父亲一样，他大学上了西点军校。在那里他受训成为一名飞行员。他一直想驾驶战斗机，但他错过了第二次世界大战——1945年，就在他毕业前一个月，战争在欧洲结束。不过总会有战争——这次是在朝鲜。在开了六年运输机后，他的新飞机是F-86"佩刀"，美国空军第一代喷气式战斗机。

《猎手》便直接取材于他执行的近百次战斗任务。这也许是美国在朝鲜战争中的最大收获：《猎手》对空战和飞行生活精确而富于启示性的描写，使它成为有史以来最伟大的飞行小说之一。而霍罗维茨——不，现在他已经是詹姆斯·索特——则因此被公认是文学史上迄今最伟大的两位飞行员作家之一，另一位，当然就是《小王子》的作者，圣埃克苏佩里。

索特（Salter）的词根是"盐"（Salt）。这是个合适的笔名。跟盐一样，索特的作品宛如某种纯粹的结晶体，既高贵又平凡。战斗机飞行员是天生高贵的士兵。他使用的武器如此昂贵。他在天空中作战。所以这也许并非偶然：正如圣埃克苏佩里以一部童话闻名，索特的小说也往往令人想起某种神话。他们俯瞰人类生活。他们看到的是全景和本质，对附着于生活的污渍和灰尘——时事、谋生、权力，他们既看不见，也不屑一顾。他们飞翔于这个世界之上。但飞行（更何况战斗飞行）同时又与最直接、最本能的生理感受紧密相连。孤身一人，飘浮在天空，心与肌肉的收缩，精确与放纵，刺激与宁静，高潮与坠落。这也解释了为什么索特的作品主题常常聚焦于高处——要么在肉体上，要么在精神上——而同时又带有一种强劲的、几乎是原始的生命力，一种令人身心颤栗的冲击力。《猎手》自不用说，它的故事背景就是高空。《独面》，他的另一部小说杰作，同样与真实的高度有关。以美国传奇登山家加里·赫明为原型，它改编自一部遭拒绝的电影剧本，却因其逼真可信而受到专业登山者的极度推崇。（"你简直可以攀着那些句子往上爬。"一位评论者说。）而《游戏与消遣》——也许是索特最有名的小说——处理的则是另一种高峰：性高峰。被誉为二十世纪最性感的情色小说之一，它从一个不确定的、谜一般的旁观者视角，偷窥并想象了一个美国年轻人和一位法国少女间的情爱关系。无论是法国还是性爱，虽然这两者都是老生常谈，但在文学上，索特都将其提升到了一个不可思议的新水平。而在他的代表作，《光年》中，芮德娜则仿佛一名高贵的战士。她超脱、轻盈而无敌，她决意要击败那些平庸的世俗规则，而她的武器——正如我们之前提到的——同样既珍贵又平凡，那就是纯粹的、生理性的日常生活本身："食物，床单，衣服"，或者，"午餐在一块蓝色格子布上，有点盐撒落到上面"。

如果我们将索特的长篇小说看成某种远距离飞行，那么他的短篇小说就是花式飞行表演。虽然数量不多——大约只有二十几篇，分别收录于两部短篇集，《暮色》和《昨夜》中——但他被广泛认为是一位短篇小说大师，并对这一体裁做出了耀眼的创新。1989年，《暮色》获得美国笔会的福克纳奖。"年轻时他就会飞。"著名非虚构作家菲利普·古雷维奇在《暮色》的前言中写道，"……

而且他一直在飞，事实上，是永远在飞"——只不过，后来是用句子在飞。他接着指出，阅读詹姆斯·索特的最大乐趣之一，便是"他似乎允许自己做任何事"，以至于有时"连他自己笔下的人物也感到震惊"。奇特的、毫无准备的突然离题和插叙。闪电般照亮一切（但又立刻熄灭）的真相。大幅度、犹如时空黑洞的情节省略。的确，读索特的短篇小说就像在飞，就像坐在正进行花式表演的飞机副驾驶座：猛烈转向，垂直上升和下降，瞬间提速和停顿——我们的肾上腺素会急速飙升，或者，按《华盛顿邮报》的说法，"他用一句话就能让你心碎。"

这显然需要高超的技巧。他是怎么做到的？既然他的手段并不比别的作家更多——无非是白纸黑字——甚至可以说更少：他以行文简洁而著称。这也许要归结于他除了飞行员之外的另两种身份，法国爱好者和电影人。虽然他的电报式文风，他大胆的性描写，经常让人想到海明威和亨利·米勒，但他更隐秘的文学导师却是那些法国作家：纪德，塞利纳，杜拉斯。这种对法国的迷恋，这种欧洲气质，不仅表现在小说的背景设置上（《游戏与消遣》几乎完全发生在法国，《光年》中也有相当篇幅的欧洲场景），更体现在他的写作风格上：无论是文字还是叙述方式，它们都弥漫着一股颓废贵族式的优雅、唯美和放荡不羁。而他的电影人经历则赋予了这种风格一种无与伦比的质感和分寸，在最好的时候，其美妙程度，会让人恍若置身于克洛岱尔所说的——"必要性的天堂"。

他的电影生涯并不成功。1961 年，处女作《猎手》的出版及其带来的高额电影版权费，坚定了他离开军队的决心。他携妻子安和两个年幼的女儿定居在纽约哈德逊河畔的一个中产阶级社区。正是在这里，他遇见了《光年》中维瑞夫妇的原型，罗森塔尔夫妇，并为其精致而充满知性的生活方式所倾倒。也正是在这里，他渐渐变成一个无名的低产作家，和一名失败的电影编剧兼导演。他写了十六部电影剧本，但只有四部开拍。他惟一的导演作品，改编自欧文·肖同名短篇小说的《三角关系》，也差强人意反应平平。电影带给他的，是欧洲旅行、婚姻破裂、高级酒店和餐厅、充满魅力的男人和女人，以及，最重要的——一种极具画面感、近乎卓绝的新文体。我们很难想象，如果他没有进入过电影业，《光年》中会出现这样的句子：

最终她睡了几个小时，车孤单地停在蓝色灯光的服务区。当她醒来，东边的天空已经泛白。她到了一个似曾相识的国度：倾斜的山坡，深色的树。公路已经可以看见，平滑而苍白，目力所及全是森林，没有任何房屋或灯火。她莫名地兴奋；或许一贯如此，她想。一天的开始，就像海边的黎明，会让她震颤，赋予她新生。

远景——近景——特写。色彩——视角——情绪。另一个更妙的例子：

> 他仔细地阅读菜单,读了两遍,像在寻找什么莫名其妙丢失的东西。侍者立在他的肘边。

一个静止的横切镜头。奇特而有效。我们看不到面孔或表情,也不需要看到——菜单一角,僵硬的肘部,侍者制服上的钮扣(金色?),全都散发出微妙的焦躁与等待。我们感到无以名状的愉悦。这是一种奇异的愉悦:它既熟悉又陌生。熟悉的是,这种愉悦显然是文学性的,它与词语的组合方式有关,与这种方式带来的意象与氛围有关。陌生的是,它似乎只与词语有关,它似乎停留在那些意象与氛围表面——仿佛那已经足够——从而消除了一般文学所蕴含的心理和道德意味。在某种程度上甚至可以说,凭借神秘的天赋和孤傲的勇气,詹姆斯·索特创立了一种新的文学价值观,它与《光年》中芮德娜的人生价值观形成完美的对应:本质即表面,文学即语句,形式即内容。

这也再次让我们想起托多罗夫的《日常生活颂歌》。他对十七世纪荷兰风俗画大师维米尔的阐述同样也适用于索特。"他将绘画带到了如此完美的境地,以至于我们再也无法超越其表面形象。"而"他描绘所有物体的那种强度,他给予描绘对象的不朽性",让人感觉到"与其说他是在为某个主题服务,倒不如说是他利用了这个主题"。于是我们会发现,"这些作品的意图既不是心理学层面的,也不是道德层面的——它们是绘画层面的……他带给世界的,是作为根本价值的绘画本身"。

我们只需将绘画改成文学。詹姆斯·索特带给世界的，是作为根本价值的文学本身。这种类型的作家一直都有，比如博尔赫斯（虽然是以完全不同的方式）。有一个特别针对他们的专业名词：作家的作家。而对于詹姆斯·索特，正如《纽约客》指出的，我们甚至可以更进一步：他是作家的作家的作家。

在《光年》中，被提及和引用最多的，也许便是芮德娜对"名声"的质问："名声必须是伟大的一部分吗？"对此，维瑞的回答是 yes。"名声不仅是伟大的一部分，"他在心里对自己说，"它是更多。它是证据，是惟一的证明。"

而詹姆斯·索特缺乏这"惟一的证明"。那就是这一质问被频频提及的原因——詹姆斯·索特不出名。被普遍认为是二十世纪最被低估和忽略的美国小说家，他严格符合身为"作家的作家"的标准条件：写得极好，卖得极差。与同时代的索尔·贝娄、厄普代克、菲利普·罗斯这些闪亮的名字相比，詹姆斯·索特这个名字黯淡得犹如正午的星光。虽然在许多同行看来（他们大部分都比他更有名），他在文学上的造诣和影响丝毫不输于那些大师。苏珊·桑塔格称他是自己"为数不多的渴望阅读其全部作品的北美作家之一"。至今保持最年轻普利策小说奖得主纪录的裘帕·拉希莉，说自己一直在"无耻地向《光年》偷师"。而与雷蒙德·卡佛同为"肮脏现实主义小说"主将的理查德·福特，则在企鹅现代经典版的《光年》前言中宣称，"这已成为一种坚定的信念，那就是詹姆斯·索特写的句子好过当今美国任何一个作家。"那么，他为什么不出名？事实上，这也正是《纽约客》杂志对詹姆斯·索特的长篇特写，《最后一本书》的副标题。

最后一本书，指的是索特2013年的最新长篇小说《这一切》。（它的出版或为当年一个重要的文学事件，它终于获得了某种程度上的成功：广受关注，入选多个年度最佳，进入畅销榜单。）小说主人公是一位经历过二战的纽约文学编辑，对他房子的形容同样也适用于他——以及这部作品本身——"让人感觉有种美妙的干燥"。它包含了所有迷人的索特式元素（洗练而磁性的文字，绝佳的电影画面感，令人心悸的爱与背叛），但语调更为放松而苍凉，就像位看透一切，疲倦，但仍然风度翩翩的老绅士——他也的确是：2013年，索特已经八十八岁。这是他三十多年来出版的首部小说。低产，这是《纽约客》特写中剖析他为什么默默无闻的原因之一（他的上一部重要作品，也就是《光年》，出版于1975年）。其他几个原因包括：对时代的极度漠视（"他的人物似乎存在于一个没有政治、阶层、科技或流行音乐的世界，"《纽约客》上写道，"而且，大部分时候，根本不考虑谋生"）；过于风格化（"他的视角太过狭窄、私密而微妙"）；以及，贯穿他所有作品灵魂的，一种古希腊式的英雄主义（"在一个反英雄的时代，他却倡导英雄主义"）。

如果说这些原因听上去很熟悉，那显然是因为它们令人想到芮德娜——它们简直就是芮德娜。对于名声与伟大的关系，大部分评论都把焦点放在维瑞的想法上（并多少将其看成是詹姆斯·索特的心声），却忽略了真正的重点：芮德娜对自己的问题其实早有答案。

　　"我真正想知道的是，"芮德娜说，"名声必须是伟大的一部分吗？"

　　"唔，这个问题很难回答。"莱恩哈特最终说道，"答案是，并不一定，但从现实的角度看，必须有某种共识。它迟早要被加以确认。"

　　"这里面还少了点什么。"芮德娜说。

　　"或许。"他承认。

　　"我认为芮德娜的意思是伟大，就像美德，不需要靠说出来才能存在。"维瑞解释说。

　　"但愿如此。"莱恩哈特说。

　　是的，这里面还少了点什么——如果简单地将名声视作伟大的"惟一证明"，那么伟大就会变得像名声一样不可信任。（正如在小说的结尾部分，芮德娜对一位终于成名的画家朋友的评论："只是很难相信有真正的伟大，"她说，"尤其是朋友之间。"）当然，跟所有正常人一样，索特也渴望名声。也无可否认，在维瑞身上，能看到些许索特的身影，但他真正的精神化身无疑是芮德娜。（就像福楼拜说"包法利夫人就是我，我就是包法利夫人。"）所以詹姆斯·索特不出名的根本原因也许是他并不**那么渴望名声**——他不愿改变风格去吸引众人的眼光，就像芮德娜不会为了他人的认可而循规蹈矩。在他们的生命之书里，最重要的永远是风格。他们相信伟大（甚至也相信"伟大会为自己所有"），但他们并不相信名声必须是伟大的一部分，他们相信真正的伟大不是依靠外在，而是来自内心，来自每个人生命最深处、某种根源性的东西——也就是芮德娜所说的，**这里面还少了点什么。**

但那到底是什么呢？

* * *

在 1993 年《巴黎评论》的采访中，詹姆斯·索特说，"我相信人应该有正确的活法和死法。"芮德娜的人生，显然，是对这句话的最佳阐释。而在芮德娜看来，"正确的活法"中必须要做的一件事，更是离婚，去独自生活。

我们只要稍加观察就会发现，《光年》中的几个标志性事件都发生在秋天。而如果要用一个季节来形容芮德娜，那么也应该是秋天。她是个有秋天气质的女人：成熟，感性，智慧，适宜中带着一丝冷。这本书也是如此。所以这并不奇怪，小说的结构，随同芮德娜的人生一起，以"离婚"为界，被分成清晰的两部分，而它们都是从秋天开始。

在小说的开篇，她二十八岁：

这是 1958 年秋天。他们的孩子七岁和五岁。河面上，颜色像石板，光倾泻而下。柔和的光，神的悠闲。远处的新桥闪耀如一项声明，像某封信中让人停住的一行。

离婚时，她已经四十一：

那年秋天他们离婚了。我本希望可以不必如此。他们都被秋日的清澈所打动。对于芮德娜，仿佛她的眼睛终于睁开了；她看见了一切，她全身充满了一种巨大、从容的力量。天气仍然暖和得可以坐到室外。维瑞在散步，那条老狗游荡在他身后。凋零的草，树木，那特别的光，都令他晕眩，仿佛他病了，或饿了。他闻到自己生命消逝的芬芳。

除了秋天，这两段里另一个共同的意象是"光"。事实上，"光"是这部小说里出现最多，也是最关键的意象——它照亮了小说的每个角落（同时也暗示了黑暗的存在）。光，也许是所有自然现象中最具神性的（以至于有时候它让人感觉就像神本身），它几乎不言而喻地象征着一种来自更高力量的启示。但并非所有人都愿意，或能够面对这种启示。同样的光，让芮德娜"看见了一切"，却令维瑞晕眩。这正是他们之间最本质的区别，也是使芮德娜成为他们婚姻——以及这部小说——"神圣核心"的原因：她身上有一种维瑞所缺乏的，古希腊式的英雄主义。

正是这种英雄主义，促使芮德娜做出了种种在常人看来"不合时宜"的选择：年过四十，没有青春，没有稳定收入，却毅然离开温暖舒适的安全地带，投入一种全然自我的新生活。

所以这并不是我们熟知的，现代社会中那种与民族或牺牲有关的英雄主义。这是一种个体与神性相结合的英雄主义。与其说它是面对世界的，不如说它是朝向自身的。它对应的是苏格拉底所说的"认识你自己"（或者，按照福柯的解释：发明你自己）。这是一种极其个人化的英雄主义。它看重的不是身份的高贵，而是内心的高贵。它追求的不是金钱和权力的自由，而是爱和欲望的自由。因此，它所定义的英雄或伟人是古希腊意义上的：他（或她）必须能从爱和欲望的熔合中获取强大的力量，而不是——像大部分现代人那样——因爱和欲望的分离而备受折磨。换句话说，他（或她）必须顺从自己的爱和欲望，从而让它们发出耀眼的光芒——但在现代社会，这种顺从往往表现为背叛。

芮德娜离婚之前的部分，正是对这种力量（光芒）的追寻：她对欲望的无比珍惜和顺从（无论那是食欲，性欲，还是求知欲），她对日常生活细节的无限迷恋。当她跟随一名叫莱昂的希腊老人（注意：希腊）在健身房锻炼时，"她的身体苏醒了，她突然察觉到，在自己体内——仿佛本身就存在——有种深切的力量感"。这种力量感，这种光芒，在她离婚后得到了充分、美妙，但同时又不无凄楚的展示：

她住在玛丽娜名下的一间工作室。要穿过各式卡车和凌乱的小街。一对夫妇带着个孩子住在楼上，她听见他们争吵。

她买了一床棕色的床罩，以及玫瑰，熏香，干花。床头放着书，她收藏的放大镜，闹钟。女儿们每天给她打电话。她从不抱怨。她充满力量。

夏天，她仍然去了海边，但这次不是和维瑞和孩子们：

她的生活就像完整的、被充分利用的一小时。其秘诀在于她没有自责或自怜。她感觉自己被净化了。日子就像采自一个永不枯竭的采石场。填入其中的有书籍，家务，海滩，偶尔的几封邮件。坐在阳光下，那些邮件她读得缓慢而仔细，仿佛它们是来自国外的报纸。

跟芮德娜一样，我们感觉既幸福又悲伤，既充实又空虚，既渺小又伟大。我们感觉到一种勇气——有时它会被误认为是一种自私。但那不是自私，那只是自我。（恰如书中对戏剧奇才卡森的形容："自我感强烈到被当成自私，两者已合而为一。"）自我与自私的区别是：前者需要勇气，而后者是出于怯懦——出于对自我的逃避——逃入貌合神离的婚姻、友谊、工作（因而很多时候，自私会伪装成某种表面上的"无私"）。

所以这就是芮德娜的最动人之处：一种勇气。一种敢于面对自我，投入自我，并创造自我的勇气。这也是那一丝凄楚的来源。因为真正的勇气、力量都带有一种天生的悲伤。这是一场必败之战。一趟必死之旅。但一切也因此变得更美，甚至更令人愉悦，也更值得我们去——全力以赴地，无所顾忌地——享受和珍惜所有真实的爱和欲望。因为一切将逝。我们应该鼓起勇气，但并不是那种盲目、轻浮、短暂而充满激情的勇气。我们需要的是一种冷酷、坚定而又持久的勇气，一种芮德娜式的勇气："充满力量"，"从不抱怨"，"没有自责或自怜"，也没有幼稚的希望或梦想。可以说，这是一种艺术家的勇气——如果我们要把生活变成一件艺术品。对这种勇气，格雷厄姆·格林说过一句很精彩的话（它常被用来形容詹姆斯·索特，但也同样适用于芮德娜）："作家心中必须有一块小小的冰。"

芮德娜同样也死于秋天（"仿佛在她最爱的乐章离开音乐会"）。她才四十七岁。她依然美丽——她将永不衰老。对于死亡，就像对于道德和时间，她同样毫不畏惧。因为她已竭尽全力地投入生命。"一种收获和丰饶感，充盈着她。她无事可做，她等待着。"这就像在说詹姆斯·索特自己：2015年，他逝世于纽约。他九十岁。他度过了丰美的一生，在某种意义上，他也已无事可做——他已经写完最后一本书——他等待着，满怀平静。事实上，早在四十年前，他就已经提前想象了这种平静。在芮德娜人生最后的夏天，最后的海滩，长女弗兰卡陪在她身边：

她们躺在那儿，神圣的阳光覆盖着她们，鸟儿飘浮在她们头顶，沙子温暖着她们的脚踝，她们的腿背。像马赛尔－马斯一样，她也抵达了。终于抵达了。一个疾病的声音在对她说话。那就像上帝的声音，她不知道它的来源，她只知道自己被召唤了……她突然感到一种平静，那种伟大旅程走向结束的平静。

马赛尔－马斯就是芮德娜那位最终成名的画家朋友。他终于抵达了伟大——有名声为证。但芮德娜和詹姆斯·索特同样也抵达了伟大——因为名声并非"惟一的证明"。因为"这里面还少了点什么"。除了名声，真正让一个人伟大的是更为内在，更为高贵，同时又更为简朴的什么。那就是勇气。那是因风格而抛弃名利的勇气。那是完全投入并创造自我的勇气。那意味着做一个真实而纯正的人，不绝望也不希望，不妥协也不后悔，不慌不忙，只爱自己真爱的人，只做自己真爱的事。那也意味着一种"正确的死法"：就像芮德娜和索特那样，当人生走到尽头，会有"一种收获和丰饶感"，一种"伟大旅程走向结束的平静"，因为，正如《圣经》中的使徒保罗所说，"那美好的仗我已打过。"

* * *

最后一章很短。短得就像死。短得就像一个句号：简洁，完满，空虚。我合上电脑，走到院子里。世界已经充满了光。秋日之光。一切都如此清晰。空气清凉而干爽。狂躁的夏日已成为过去（或将来）。世界现在既冷静又洗练，既古老又崭新，像个真正的成年人——不年轻，也不苍老。我在台阶上坐下。我四十二岁。我感受着心中那块小小的冰。

二零一七年十月六日

Light Years

By James Salter

Copyright © 1975 by James Salter

Simplified Chinese translation copyright © 2018

by Beijing Imagin st Time Culture Co., Ltd.

ALL RIGHTS RESERVED

著作权合同登记图字：20-2022-033

图书在版编目(CIP)数据

光年 / (美) 詹姆斯·索特著；孔亚雷译.
— 桂林:广西师范大学出版社, 2018.6（2022.2重印）
（詹姆斯·索特作品）

ISBN 978-7-5598-0060-2

Ⅰ.①光… Ⅱ.①詹…②孔… Ⅲ.①长篇小说 –
美国 – 现代 Ⅳ ①I712.45

中国版本图书馆CIP数据核字(2017)第315296号

广西师范大学出版社出版发行

 广西桂林市五里店路 9 号　邮政编码：541004
 网址：www.bbtpress.com

出　版　人：黄轩庄

责任编辑：雷　韵

封面设计：陆智昌

内文制作：马志方

全国新华书店经销

发行热线：01C-64284815

山东韵杰文化科技有限公司

开本：880mm×1230mm　1/32

印张：12.75　字数：240千字

2018年6月第1版　2022年2月第4次印刷

定价：67.00元

如发现印装质量问题，影响阅读，请与出版社发行部门联系调换。